悠悠岁月叙事
寄语乡村教师教育生命之情

高原烛光

梁中凯 编著

光明日报出版社

图书在版编目（CIP）数据

高原烛光 / 梁中凯编著. -- 北京：光明日报出版社，2016.10（2021.8重印）
ISBN 978-7-5194-1937-0

Ⅰ. ①高… Ⅱ. ①梁… Ⅲ. ①纪实文学—作品集—中国—当代 Ⅳ. ①I25

中国版本图书馆CIP数据核字（2016）第255284号

高原烛光

GAOYUAN ZHUGUANG

编　　著：梁中凯	
责任编辑：曹美娜	责任校对：赵鸣鸣
封面设计：范晓辉	责任印制：曹　净

出版发行：光明日报出版社
地　　址：北京市西城区永安路106号，100050
电　　话：010-63169890（咨询），010-63131930（邮购）
传　　真：010-63131930
网　　址：http://book.gmw.cn
E - mail：gmcbs@gmw.cn
法律顾问：北京德恒律师事务所龚柳方律师
印　　刷：三河市华东印刷有限公司
装　　订：三河市华东印刷有限公司
本书如有破损、缺页、装订错误，请与本社联系调换

开　　本：170mm×240mm	
字　　数：313千字	印　张：18
版　　次：2016年10月第1版	印　次：2021年8月第2次印刷
书　　号：ISBN 978-7-5194-1937-0	
定　　价：59.00元	

版权所有　　翻印必究

编委会

本工作室建设指导专家：杜富川　甘义勇　刘　德
　　　　　　　　　　　　刘炜炜
成 果 指 导 专 家：杨升平　郑启彦　罗树银
　　　　　　　　　　　　李进洪　刘千勇　任佳佳
　　　　　　　　　　　　毛光敖　申　俊　杨天庆
编　　　　　　　著：梁中凯
副　　主　　　编：王永明　李红艳
编　　委　　　会：毛成龙　蔡大军　罗　勇
　　　　　　　　　　　　牟　勇　高　鹏　谭朝飞
　　　　　　　　　　　　李光平　许　强　陈　琳
　　　　　　　　　　　　张胜伟

前　言

　　遵义市首届名校长余庆县龙家小学梁中凯工作室,以此成果献给遵义市教育局党组,遵义市教育局,献给高原上可亲可敬,可爱可靠的伟大的乡村教育工作者,我们储势待发,积极运用拿来主义,领跑中国西部乡村教育!

　　21世纪初,遵义市教育局党组,市教育局决定以"走进发展,定位事业坐标;走进民生,定位价值坐标;走进学校,定位均衡坐标"的"坐标定位"为教育价值目标,在全市教育系统深入开展"坐标定位",为全市教育焕发生机活力。

　　在这个背景下,遵义市首届名校长工作室建设拉开了历史的序幕。

　　遵义市首届名校长工作室以加强中小学校长培训培养和推动青年教师快速成长为重点,集中力量实施五大计划:即遵义市名师名校长引领计划、遵义市"金种子"校长培养计划、遵义市卓越名师领航计划、遵义市全员教师成长计划、遵义市教育管理干部提升计划,在全市掀起新一轮师资大培养、大培训、大提升工程,力争通过2-3年努力,在全市培养100名"金种子"校长、200名名校长、500名名师、3000名骨干教师,并将全市7万专任教师轮训一遍,着力打造遵义教育的中流砥柱。让城乡学校共享更加优质、阳光、快乐的教育,努力创造出无愧于时代、无愧于历史的业绩。

　　遵义市名校长余庆县龙家小学梁中凯工作室担负着这神圣的使命,拓展工作室培养工作,强化幅射作用,坚持(工作室幅射到周边镇县,幅射至省内外),积极推行"五荣五耻"教育实践。为强化师德师风建设,进一步提升教师队伍素质,提高教育教学质量,在工作室涉及的学校教师队伍中开展"五荣五耻"("以为人师表为荣,以误人子弟为耻;以爱岗敬业为荣,以得过且过为耻;以关爱学生为荣,以体罚学生为耻;以研修创新为荣,以自满守旧为耻;以决战课堂为荣,以有偿家教为耻")教育活动。通过活动的开展,让教师牢固树立教师荣辱观,养成"热爱教育、服务学生、无私奉献、团结互助、诚实守信"的良好品德,增强责任感和使命感,争做"四有好老师",办人民满意的教育。

《高原上的烛光》是遵义市首届名校长梁中凯工作室启动以来的首个成果,以记实的手法,描述了基地合作学校的乡村教师群像和新时期遵义乡村学校的形象,担负着历史史命,扎根高原乡村,办好人民满意的教育,让烛光更灿烂,照亮人民走上脱贫致富,迈步小康大道。

我们工作室全体成员怀着对这个伟大时代的感激,对工作室这份工作的激情,编写了《高原上的烛光》,以示对时代乡村教育的纪念。本书在编写过程中得到了吉林农业大学研究生支教团龙家小学地6位教师、市县教育行政部门领导、地方党委政府和社会各界的大力支持,在此我们工作室表示感谢。在编写过程中,由于时间和水平原因,难免存在这样或那样的问题,敬请读者批评指正!

编委会
2016年1月17日

目 录
CONTENTS

第一篇　遵义市首届名校长梁中凯工作室成员学校 …………………… 1

百年名校遵义市余庆县龙家小学 …………………………………… /梁中凯/ 3
为家乡教育事业发展奋斗终身 …………………………… /蔡大军　毛成龙/ 9
生于斯　长于斯　爱于斯 ………………………………………… /罗　勇/ 12
奉献家乡教育,实现人生观和价值观 ……………………………… /曹礼刚/ 13
我是为爱而来 ……………………………………………… /曾　艳　传仕红/ 14
有爱而来 …………………………………………………… /段未未　付义芹/ 15
今生就爱这所学校 ………………………………………………… /龚国瑛/ 17
一生就爱这所乡村学校 …………………………………………… /龚文芬/ 18
把一生精力奉献给乡村百年老校 ………………… /官平勇　胡大先　李　飞/ 19
人生精彩岁月献给家乡教育事业 ………………………… /刘长福　毛乾兰/ 22
一辈子献给乡村教育事业 ………………………………………… /沈　军/ 23
为乡村学校发展而奋斗 ………………… /汪佳艺　王光莲　王　静　王元芳/ 24
今生无悔 …………………………………………………………… /魏　芳/ 28
信奉贡献与法码 …………………………………… /吴山山　吴兴鸿　杨　敏/ 29
一生就爱这所乡村百年老校 ……………………………………… /岳启琼/ 32
爱,是有效的教育 ………………………………………… /岳　琼　赵政娴/ 33
把青春写在小村教育发展史上 …………………… /姜卓简　李永娇　孟祥茹/ 35
结缘高原乡村百年老校 …………………………………… /李晨曦　向美琦/ 38
青春在高原上闪光 ………………………………………………… /傅思维/ 39

凤冈县进化中学简介 ………………………………………………………… 41

1

持守乡村教育的曹尔印 ······ /曹尔印/43
扎根乡村，润物无声 ······ /董永常/44
恪守奉献的韩建洪 ······ /韩建洪/45
用行动书写榜样 ······ /刘成凤/46
默默耕耘，谱写华彩 ······ /牟 勇/47
教书育人两相宜 ······ /欧晓芬/48
实践出真知 ······ /潘光富/49
有耕耘，才有收获 ······ /汪叶林/50
坚守乡村教育一线 ······ /王文建/51
身为世范，为人师表 ······ /王政奇/53
桃李天下，春晖四方 ······ /魏再芬/54
爱满黔山 ······ /吴 军/55
学无止境的传帮带 ······ /肖泽禄/56
函鬓斑白，青春不衰 ······ /张大仙/57
悉心灌溉的张真武 ······ /张真武/58

湄潭解乐九年制学校简介 ······ 60
生命不息，奉献不止 ······ /陈廷锋/62
以校为家，政勤为上 ······ /代忠芳/63
心系学生改革创新 ······ /高 鹏/64
真情打动学生，汗水浇灌学生 ······ /毛明霞/65
没有爱就没有教育 ······ /孟永英/65
扎根山乡 现身教育 ······ /秦义久/66
说老实话 干良心事 ······ /任义华/67
以生为友 身正为师 ······ /王 敏/67
倾听童声 学会微笑 ······ /王在喜/68
辛辛苦苦享受教育 ······ /王 钊/68
成功是细节之子 ······ /杨朝林/69
工作着 思考着 ······ /杨 莎/70

湄潭县石莲镇中心完小学校简介 ······ 71
桃李不言，下自成蹊 ······ /曹光林/73
教育无小事 教师无小节 ······ /胡国琴/74
眼中有孩子 心中有目标 ······ /李光平/75

才称其职　爱岗敬业 …………………………………… ／石泽华／76
　　有所尝试　有所作为 …………………………………… ／谭永会／77
　　独特之教风　以尽匹夫之责 …………………………… ／王国玉／78
　　师严道尊　桃李争妍 …………………………………… ／徐　峰／79
　　博观而约取　厚积而薄发 ……………………………… ／杨天伦／80

务川自治县第三小学简介 …………………………………………… 82
　　执着杏坛，甘于奉献 …………………………………… ／纪光武／85
　　走下讲台讲课　走近学生心灵 ………………………… ／李爱婵／86
　　扬黄牛精神　做平凡工作 ……………………………… ／田　瑜／87
　　无名英雄　教坛名师 …………………………………… ／文　昌／88
　　丹心热血沃新花 ………………………………………… ／许　强／88
　　教育学生，从爱出发 …………………………………… ／晏莉梅／89
　　言传身教，育人有方 …………………………………… ／杨永培／90

务川县第一小学办学成果介绍："一体两翼"战略布局，助推特色内涵
发展 ………………………………………………………… ／陈　琳／104
　　鹤发银丝映日月，丹心热血沃新花 …………………… ／曾　熊／106
　　爱岗敬业　敏而好学 …………………………………… ／何　静／106
　　三寸舌三尺讲台，三寸笔三千桃李 …………………… ／李玲玲／106
　　奉献青春　桃李争妍 …………………………………… ／申珍婵／107
　　良工心苦　门墙桃李 …………………………………… ／王玉华／107
　　诲人不倦　良师益友 …………………………………… ／徐武方／108
　　言传身教　润物无声 …………………………………… ／晏　丽／108
　　用勤恳探寻教育之路 …………………………………… ／郑　燕／108
　　乐中学　学中乐 ………………………………………… ／陈　敏／109
　　学生是学习的主人 ……………………………………… ／邹　红／109
　　热爱学生　求真务实 …………………………………… ／邹启远／110
　　真诚育人　默默奉献 …………………………………… ／邹小飞／110
　　老师的好助手　同学的好伙伴 ……／吴若含　覃茉奕　田雨禾／110

新舟镇乐耕小学学校简介 ………………………………………… 112
　　学校近年补充的新鲜血液 ……………………………………… 114
　　学无止境　甘为人梯 …………………………………… ／敖顺华／114
　　把微笑留在课堂 ………………………………………… ／陈嫚书／115

爱心成就未来	/陈薇	/117
少儿世界最精彩	/黎安霞	/118
十年树木,百年育人	/李成友	/120
行为比语言更有说服力	/廖建	/121
用爱心启迪孩子的心灵	/罗治琴	/122
为学生的一切,一切为学生	/冉茂超	/124
碧血丹心写未来	/万大全	/125
播种希望,收获明天!	/汪 堃	/127
立足三尺讲台,塑造无悔人生	/王 珊	/129
生以求知为乐,师以从教为荣	/吴 茜	/130
事在人为,境由心造	/向义兰	/131
心系学生 宽容为怀	/杨 会	/132
一心育幼苗,两肩担未来	/张胜伟	/133
让学生健康、快乐成长		/135
倾情教育 无怨无悔	/谭朝飞	/137
扎根山村 奉献教育	/晏常庆	/138
献身教育,无悔今生	/李厚禄	/139

第二篇　友好学校交流 …… 141

美丽和平 幸福家园		/143
根植教育 情系未来	/王永明	/146
执子之手 与子偕长	/李艳红	/149
倾情教育,用心耕耘	/常艳娟	/151
平凡中追求挚爱的教育事业	/陈小芳	/153
一分耕耘,一分收获	/程萍丽	/154
春风化雨育新人	/杜文婕	/155
烛光里的期待	/冯 静	/156
夜空里的皓月	/郝 艳	/158
三尺讲台成就梦想	/侯秋珍	/159
教师——无悔的选择	/连玉红	/160
心中有爱才是真	/刘惠萍	/161
做快乐教师 享幸福生活	/刘玉新	/162

守望的灯塔 ……………………………………………… ／汪　雯／164
　麦田守望者 ……………………………………………… ／王解冰／166
　三尺讲台的播种者 ……………………………………… ／王秀秀／167
　师德典范　教育楷模 …………………………………… ／王媛媛／168
　育人心　德育情 ………………………………………… ／肖　芳／169
　含泪满校园　笑看满庭芳 ……………………………… ／许红霞／171
　一滴水里的海 …………………………………………… ／张　寰／172
　一生钟情栽桃李 ………………………………………… ／张　俊／173
　教育路上的引路人 ……………………………………… ／张　彦／175
　奋斗前进其乐无穷 ……………………………………… ／周　娟／177

第三篇　桃李情怀 ……………………………………………… **179**
　记忆我的学生 …………………………………………… ／闫　飞／181
　桃李情记 ………………………………………………… ／梁中凯／185
　春风化雨 ………………………………………………… ／梁中凯／187

附：名校长培养对象所在学校学术文章收编 ………………… **192**
　化学实验与教学情境的创设 …………………………… ／牟　勇／192
　浅谈制约农村学校教育教学质量发展的因素及对策 … ／张胜伟／194
　求真务实办教育　持之以恒结硕果 …………………… ／张胜伟／199
　农村学校小学生语文课外阅读实践研究 ……………… ／毛成龙／203
　浅谈树小学校的大教育观 ……………………………… ／罗　勇／212
　数学中的生命安全教育日记体例实践 ………………… ／王光莲／215
　在语文教学中提高学生的自主学习能力 ……………… ／胡大先／218
　浅析课堂教学的创新 …………………………………… ／吴兴鸿／221
　生活语文教育实践 ……………………………………… ／梁中凯／225
　农村小学如何培养学生的科技创新能力 ……………… ／王　静／228
　浅谈农村留守儿童的德育教育方法 …………………… ／蔡大军／231
　探索生态环境教育　营造生态校园典范 ……………… ／高　鹏／235
　《用列举法求概率》教学设计 …………………………… ／陈　丹／239
　《用百分数解决问题——纳税》渗透法制教育教学设计 … ／龚文芬／243
　用开放性的课堂讨论去解决生活问题 ………………… ／杨正广／247

初中化学课堂教学优化初探 ·················· / 杨正光 / 249
我和学生同成长 ····························· / 岳启琼 / 252
刍议品德与社会教学的几点创新 ············· / 李光平 / 255
对学生数学思想的培养 ······················ / 申　俊 / 257
做"四有"好教师　谱写教育新篇章 ········· / 许　强 / 259
教学中的创新和实践设计探索 ··············· / 梁正宏 / 262

第一篇 01

遵义市首届名校长梁中凯工作室成员学校

百年名校遵义市余庆县龙家小学

贵州高原上有一所乡村百年老校,学校创办于清朝宣统年间,学校位于贵州高原东南面、乌江北岸。百年风雨兼程、师生志同道合,现有教师38名,有高级教师21名,中国共产党党员15名,中国共产主义青年团团员7名,其中有全国著名特级教师,有荣获中华人民共和国教育科学研究成果奖的教师,有全国劳动模范,有贵州省委省人民政府授予的"贵州省省管专家"称号的教师、香港柏宁顿第三届亚洲(中国)"孺子牛"金球奖荣获者,受国家表彰的师生5人次,受省市表彰的师生39余人次,学生近700人,校园占地面积50余亩。

建有大学生各类基地5个,学校师生建有红领巾林场300余亩,花卉园艺场一个,师生每年养花2000余盆,师生在校园里创办了养鸽场,年养鸽子200余只。校园里有珍稀古大银杏树,种植银杏树300余棵,银杏园是余庆县龙家小学的别称。

办学特色

乡村教育领跑珍爱生命、乡村教育立足关注师生、乡村教育用心孕育集体、乡村教育面向优化家庭、乡村教育服务村庄、乡村教育志愿依靠组织、乡村教育交际走向前沿、乡村教育整体提升质量、建设乡村生命校园。——乡村学校教育要面向每一种具有生命的物件;乡村学校教育要面向每一位师生;乡村教育要面向每一个班集体;乡村教育要面向每一个学生家庭;乡村教育要面向每一村庄;乡村学校教育要面向每一个相关的社会组织;乡村教育建设要面向我国改革开放的前沿城市;乡村教育要面向每一个提升质量的环节(简称乡村教育的"八个面向")引师生:实现教师第一做学生的朋友,第二做学生的先生,建设乡村生命校园欣欣向荣的发展景象。

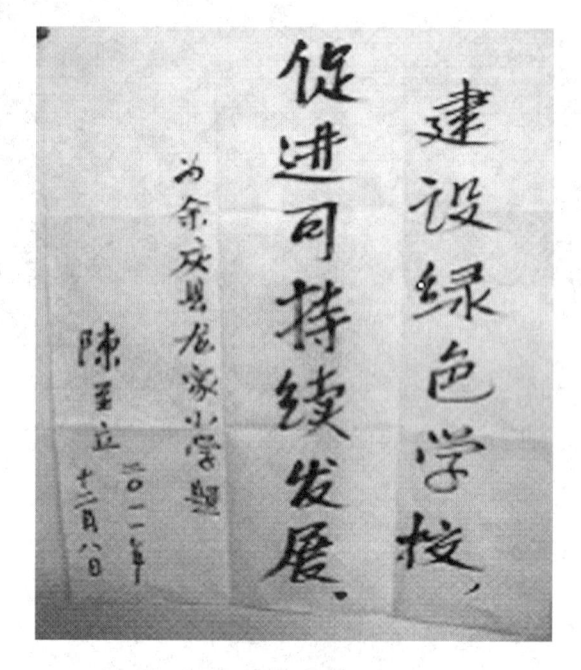

全国人大常委会副委员长陈至立亲笔为龙家小学题词

近年办学成果

国家教育部表彰"全国中小学德育工作先进集体";国家教育部,中宣部等十部委表彰"全国敬老爱老先进集体";国家教育部"规划课题组""专设课题组";团中央首批表彰的"全国红旗大队";国家教育部中国教师发展基金会"全国教育科研先进集体";国家环境保护部,全国人大环资委,8部委将表彰"第五届母亲河奖";全国建立龙家小学教育科研成果推广应用基地中小学72所;国家教育部重点课题《村寨儿童活动中心建设与管理研究》;贵州省教育厅,环境保护部表彰"贵州省绿色学校";贵州省委贵州省人民政府"哲学社会科学优秀成果三等奖";贵州省档案馆全省收藏的"乡村百年老校"。遗交资料23件,等续;中央电视台拍摄上下集《山与海的对话》;梁中凯科研成果《农村义务教育创新管理研究》荣获中华人民共和国教育部第四届全国教育科学研究优秀成果三等奖。

师生关系:教师,第一做学生的朋友,第二做学生的先生。

理念:建设乡村生命校园。

领导的关怀:国家领导人全国人大常委会副委员长陈至立亲笔写信勉励龙家小学师生,并给龙家小学师生题辞;原中共贵州省委书记栗战书亲笔致信勉励龙家小学师生。

草原英雄小姐妹龙花亲笔题词

友好学校的关心:20世纪末期,21世纪初期,全国各地78所大学、中学小,分别以不同形式与这所乡村百年老校建立为友好学校、教育基地、实验学校;青年作家曾凡忠在此创立:青年作家曾凡忠遵义革命老区余庆县龙家小学发展基金会;

教学特色:助理教学法。助理教学法是余庆县龙家小学课题组,在全国首创的一种大面积提高学生学习能力的一种新型教学法。创始于1991年。核心理念:教学方式以教师为主导,学生为主体;学习方式以学生为主动,教师为参与;突出师生参与、交流、实践；最终实现大面积提高学习水平和教学质量。

获得荣誉

荣获过国家教育部学会学习总课题组奖励；荣获过贵州省教育厅科研成果奖励；陈至立在北京人民大会堂亲切接见梁中凯校长；荣获过遵义市人民政府社科成果奖励；全国33所友好中小学定点推广应用；为做大做强，目前挂牌遵义师范学院《遵义师范学院2010年5号文件》；全国出版科研成果11部，其中少年儿童文学作品《56名乡村少年的故事》、《田园孩童之歌》在全国引起良好的反应；中央电视台在龙家小学拍摄的《山与海的对话》上下集，在全国引起很大的反映；获得两项世界纪录：世界上保存学生书信最多的乡村学校（保存有书信12000余封）、世界上用毛笔字书写百年校史字数最多的学校。

梁中凯，男，汉族，大学本科文化程度，中国共产党党员，1962年9月出生，贵州省余庆县龙家镇光明村人，现任职于贵州省余庆县龙家小学校长。兼职于中国创造学会会员，教育部中国教育学会会员，德育研究会理事、观察员，遵义师范学院成人教育中心兼职教授等，遵义市首届名校长培养工作室导师，吉林农业大学支教服务团研究生导师，全国中小学著名特级教师。创立的乡村教育生命观点和独特的师生观在全国农村教育改革领域产生了一定的影响。（中小学管理（2006-12）发表日期：2007年3月5日）

1969年9月至1974年8月，在余庆县龙家公社光明大队小学就读小学；1974年9月至1978年8月，在余庆县敖溪区平桃公社小学戴帽初级中学学习；1979年5月至1980年5月，在四川省秀山县溶溪区服装厂跟师学艺；1980年6月至1981年6月，在民间做手艺；1981年8月至1982年8月，在余庆县龙家公社光明大队创办农民文化夜校；1982年9月至1983年8月在余庆县龙家公社光明大队举办的小学复读班担任代课教师（兼职夜校扫盲教师；1982年9月至1983年1月担任光明小学全日制代课教师；1983年3月，敖溪区公所教育办公室招考为民办教师；1984年9月，担任余庆县光明小学团支部书记，少先队大队辅导员；1985年9月至1986年8月担任余庆县光明小学教导主任；1985年9月至1988年8月在贵州省中等师范函授广播学校就读中等师范；1986年9月，调余庆县龙家镇龙家小学任教，期间担任学校团支部书记、少先队大队辅导员，同年加入中国共产党组织；1992年8月招考为国家公办教师；1992年9月至今，担任余庆县龙家小学党支部书记、校长；1994年8月至1997年8月在遵义师范学院（原遵义教育学院）就读大学专科,后于2011年8月至2014年8月,考入贵州师范大学汉语文学专业本科学习,在21世纪初期先后在华中师范大学、北京师范大学参加过进修学习。

梁中凯同志在工作中不断坚持向实践学习,为农村教育事业做出了一定的贡献。1987年10月,被评为贵州省工农教育委员会"全省扫除青壮年文盲先进个人";1991年9月,被国家教育委员会,国家劳动人事部评为"全国教育系统劳动模范",获得国家"人民教师奖章";1998年12月,被评为香港柏宁顿(中国)亚洲第四届孺子牛"金球奖"(国家教育部持评选);1996年9月,被评为共青团遵义市委、遵义电视台、遵义日报、遵地区教育局"遵义市十大杰出青年";1995年9月,被评为遵义地区教育局、遵义地区人事局评为"遵义地区十佳教师";2000年10被评为国家教育部"全国中小学骨干校长"同月,在国家教育部中南教育行政干部培训中心、华中师范大学参加教育部组织的"全国中小学骨干校长"培训学习;1991年9月,被贵州省人民政府授予"中小学特级教师";2003年1月,被贵州省省委省人民政府授予"省管专家";2001年7月,被评为中共遵义市委"优秀党员",同年,遵义市委授予"市管专家";2008年,遵义市委授予"15851"人才工程第二层次人才;2010年12月,被遵义市委授予"市管专家";2011年7月,中共贵州省委授予全省"优秀共产党员"称号;2004年7月开始,遵义师范学校、贵州省凤凰师范学校、遵义师范学院成人教育中心分别授予"特聘教授";"九五"期间,承担主持国家教育部"特级教师专设课题"《农村九年义务教育阶段学生交际教育目标及实施体系研究》;"十五"期间,承担主持国家教育部规划科研课题《国家贫困地区义务教育工程项目学校成果巩固与发展模式研究》、"十一五"期间,承担主持贵州教育厅重点课题《农村学校师德师风群体建设研究》、遵义师范学院"教育教学环节中助理教学法应用深化研究"科研课题研究任务;"十二五"期间,主持承担国家教育部重点科研课题《村寨儿童活动中心建设与管理研究》等。

梁中凯同志30余年持守在乡村学校的百花实践园地中,以先后在国家教育部核心报刊《中国教育报》、全国中文核心期刊《中小学管理》、《现代中小学教育》等发表论文200余篇;出版儿童文学作品《56名乡村少年的故事》《田园孩童之歌》;在国家级出版社出版教育教学科研成果著作《中小学交际教育法应用研究》《农村义务教育学校创新管理研究》《师生在和风细雨中成长》;讴歌乡村教师生活的散文著作《先生你好》《远行的大学》《师生在和风细雨中成长》《乡村生命校园》等15部。科研成果代表主要有全国首创"助理教学法"、发明专利《识字牌》;1999年6月,出席了联合国教科文组织召开的亚洲国际扫盲大会,并作大会报告;在全国教育科学领域中,探索了特色先进科学的教育思想:"教师,第一做学生的朋友,第二做学生的先生"和"促进农村义务教育持续健康发展,建设乡村生命校园"等。树立了乡村大教育观点,在全国农村教育界引起一定的关注。

几十年来,梁中凯同志全力领跑乡村教育生命,在全国推广应用所在学校研究的教育教学科研成果,创立由"农村推广到城市,由城市带到农村"科研互补网络体系。他带领全体师生,在全国建立乡村学校的课题实验基地学校80余所和友好学校76所,利用暑期,带领教师跑遍了大半个中国的部分城市学校。分别在华中师范大学、北京师范大学、华南师范大学等进修学习,代表贵州大山里这所乡村百年老校在全国各地做学术报告70余场,20世纪80年代组织曾经三次做工作,调动他到遵义城,政府部门,余庆城工作,他都婉言谢绝了组织的关怀。利用科研成果推广的机会,广泛传播贵州高原上这所乡村百年老校的开门办学思想和吸纳山外先进文化,养育并形成乡村学校的特色文化,让现代乡村教育服务于社会主义新农村的伟大建设实践。受到全国同行专家的推崇,被同行誉为我国当代乡村教育家。

梁中凯校长的科研成果,多次荣获国家教育部、贵州省教育厅,教育科研成果奖,荣获贵州省人民政府,遵义市人民政府哲学社会科学成果。多项教育科学研究成果,在中央电视台,贵州电视台,中央人民广播电台"中国之声",贵州日报,人民日报等引起多年来的关注。

他在余庆县龙家小学是贵州高原上的一所乡村百年老校担任校长近30年。全校教师们荣获省级以上表彰奖励的达20人次,学生达100余人次。所在学校是华中农业大学、遵义师范学院、长沙环境保护学院、东北大学、大连海洋大学、吉林农业大学研究生支教服务基地等高等院校的挂牌实验基地学校。学校被国家教育部表彰为"全国中小学德育工作先进集体";被中宣部、教育部联合表彰为"全国敬老爱老先进集体";荣获全国人大环资委、国家农业部,共青团中央等授予的全国第五届(欧莱雅)"母亲河"奖,贵州省教育厅、贵州省贵州省环保护厅授予"贵州省绿色学校";共青团中央授予全国"红旗大队"、教育部中小学幼儿教师奖励基金会授予"全国教育科学研究先进集体"、为学校创造了"世界上保存师生书信最多的学校"和"世界上毛笔抄写百年老校校史字数最多的学校"两项世界纪录等;国家领导人,全国人大常委会副委员长陈至立对龙家小学师生办学精神高度肯定,并亲笔写信勉励龙家小学师生,为这所做出优异成绩的乡村学校题词,中央办公厅主任,中央书记处书记原贵州省省委书记栗战书亲笔写信勉励龙家小学师勤奋学习,强身健体,立志长大后建设家乡,建设祖国。学校有多项科研成果填补国内同领域的空白,贵州省档案馆、杭州师范大学、曲阜师范大学、吉林农业大学、洛阳师范学院、湖州师范学院等珍藏了龙家小学百年办学史料和科研成果,2015

年,贵州省第一所规模最大的乡村百年老校校史馆在龙家小学诞生,几十年里师生团结一致、奋勇当先、创新发展,带领着贵州大山里这所全国有名的乡村百年老校走在欣欣向荣的发展的康庄大道上。

为家乡教育事业发展奋斗终生

蔡大军,男,汉族,中共党员,公元1983年9月出生,贵州余庆县龙家镇新坪村人,大学本科学历,2002年8月毕业于贵州省凤岗师范学校,后进修贵州师范大学汉语言文学专业。2002年8月在余庆县龙家镇新坪小学参加教育工作,因组织培养安排于2009年9月调入余庆县龙家小学。现任余庆县龙家小学副校长、总务主任,吉林农业大学研究生支教团导师。多年带领老师在全国各地参加各种校本研修实践活动。2011年08月,获全国和谐德育研究委员会表彰"先进工作者"称号;2012年09月,获余庆县教育和科学技术局表彰"优秀教育工作者"称号;2014年01月,获国家环保部环境保护宣传教育中心表彰"环保先进个人"称号;2015年3月,获中国青少年发展基金会授予"中国名师联盟·希望工程园丁奖"。2012年07月,参与的全国和谐德育课题研究《农村校内外教育基地建设实验研究》结题;2013年01月参与遵义师范学院《在学习活动中突出实现学生是学习主人的途径》结题。2009年07月,《浅谈汉语拼音教学点滴》论文发表于现代教育报。2010年10月,《在班级管理中渗透德育》获全国和谐德育课题研究二等奖;2012年10月,《德育要发展,师爱必不可少》获全国和谐德育课题研究二等奖。多次参加学校主持的国家教育部重点课题研究与实验和遵义师范学院"助理教学法研究与实验"。2015年遵义市教育局文件命名为"遵义市首批名校长培养对象",在工作中先后参加过贵州师范大学、遵义教育学院、西南大学、吉林农业大学等的进修学习。

该教师在平时的工作中,与学校各部门通力协作,以校为家,努力好学,尊重领导和老师,坚持服务管理,服务师生,为学校的发展献计献策,努力做好学校的内当家,当好校长的参谋和助手。以"今天工作不努力,明天努力找工作"作为自己的人生信条,用实际行动诠释了一名人民教师的神圣职责。

蔡大军同志是这所乡村百年老校发展史上的中流砥柱,在学校校园文化建设中无私奉献,一切工作坚持"从群众中来,到群众中去",为21世纪中期的龙家小学"继承、创新、发展"思想,推向新的历史高潮做出了重要的贡献。

毛成龙,汉族,1972年8月出生,贵州省遵义市余庆县人。大专文化,毕业于贵州省遵义师范学校,参加工作后进修遵义师范学院(小学教育文科方向),取得大学专科学历,20世纪初期,受学校推荐先后到贵州省团校,贵州省教师进修学校、西南大学(原西南师范大学)等参加学校管理及教师教育进修班学习深造。

1992年8月参加工作,于1994年8月从余庆县太平区调入余庆县龙家小学工作,先后担任龙家小学语文教研组长,学校教导主任等职务,在学校工作以来,多次配合校长带领教师先后到过北京教育学院、大庆市机关第三小学、天津市蓟县城关第二小学、别山小学、内蒙古包头市蒙古族小学、西安市实验小学,长沙环境保护学院等地友好中小学校开展校本科研活动,对推动学校发展做出了积极重要的贡献。在学校里,长期从事小学语文教学工作,教育教学成绩始终走在全县、全镇前列,多次被评为优秀管理者,优秀教师,受到余庆县人民政府,余庆县教育局等单位的表彰奖励,参与学校主持的国家教育部规划课题,重点课题,专设课题研究与实验,遵义师范学院"助理教学法研究与实验"个人主持县级课题1个,担任遵义市首届名校长培养工作室专业培训教师职务,担任吉林农业大学研究生支教团指导教师,在湄潭县石莲小学、遵义师范学院等地做过经验交流报告,受到同行的好评。积极研究教育工作及学校管理工作,有5个科研成果在省级以上报刊发表,参加编写样校本教材1部,参加编写全国公开出版的作品5部,参加全国中小学德育工作研究实验,先后5年荣获中央教育科研所和贵州省教育科学院的表彰奖励,荣获曾凡忠博士"乡村教育事业贡献奖"等。在学校的领导下,共同走"开门办学"之路,志同道合,一路艰辛,一路收获,走遍大半个中国的友好学校,真正意义上实践了"读万卷书行万里路"的理念。

在学校管理和教育教学中坚持遵循规律,教书育人,为人师表,客观公正对待老师和学生,坚持用因材施教的育人思想服务于乡村教育事业。在学校管理工作岗位上,坚持管理育人,服务育人,主持校园文化建设,为这所全国有名的乡村百年老校的发展做出了重要的贡献,他的教育人生观和价值观在这所百年老校的发展史上能够永远的铭记,以启来者忠诚于党的教育事业,办人民群众满意的乡村教育事业,为家乡的社会经济建设做出积极的贡献。

生于斯 长于斯 爱于斯

　　罗勇老师,男,公元一九八二年四月出生于余庆县龙家镇光辉村红旗村民组,中国共产党党员。1988年就读于余庆县龙家小学,2001年毕业于凤冈师范学校,现本科学历。2001年任教于龙家镇小坝小学,2003年在龙家镇光明小学任教,于2007年调入龙家小学任教。组织任命,现担任中共龙家镇委员会龙家小学支部龙家小学党小组组长、学校教导副主任并承担毕业班语文教学工作。

　　其设计的《ai. ei. ui 的教学》的教案在第一届全国课程标准《语文》"优秀教案"评选中获二等奖。2011年4月28日获县品德学科优质录像课一等奖;2013年1月获县政府"优秀工作者";2013年10月29日县班班通优质课大赛二等奖;2015年获县"高效课堂"优质课一等奖。2009——2011年参与了遵义师院和余庆县龙家小学共同主持的《助理教学法深化研究与实验》。2013年12月《小学语文课如何设计结尾》发表于《考试指南报》;2008年6月《情感作文"四部曲"教学实践》发表于《教师之友》。"十一五"以后,配合学校,积极参加学校为国家教育部承担的多项目教育科研任务,并取得了优异成绩,担任遵义市首届名校长培养龙家小学工作室办公室主任,课题研究办公室主任,参与编写校本教材和多部国家级出版社公开出版的科研成果。21世纪初期,在学校统一安排下,多次带领老师在家乡凤岗、湄潭、黄平等地一带领开展校本研修活动,推广龙家小学和科研成果。

　　他是龙家人,生于龙家,长于龙家,从教于龙家,追求"音乐语文",养育百年老校文化,与学生一起行走在爱的路上。在学校长期的管理中是一名真正意义上"学校内当家",亲自主持学校参与国家义务教育均衡发展验收、"新两基"国家级验收工作和教师继续教育工作,他承担的工作多次荣获余庆县人民政府表彰奖励,为贵州高原上这所乡村百年老师校的发展做出了重要贡献。

奉献家乡教育,实现人生观和价值观

曹礼刚,男,汉族,1982年10月出生于贵州省余庆县龙家镇坪桃前进。初毕业于贵州省凤岗师范学校,现本科文凭,贵州师范大学毕业。2002年8月在余庆县龙家镇前进小学开始从事教育教学工作,2005年8月调入龙家小学,一直担任实验室的管理工作,曾兼职六年的班主任工作。

2009年至今承担遵义师院、余庆县龙家小学共同主持的《助理教学法》课题研究。

2009年9月荣获余庆县2008—2009学年"十佳优秀班主任"光荣称号;2010年5月荣获"余庆县优秀青年教师"称号。2011年10月《水的三态变化》荣获余庆县第八届中小学优秀自制教具评选(小学组)一等奖。

2010年7月《浅谈说服教育的实践》荣获贵州省教育科学研究所、贵州省教育学会2010年教育教学科研论文、教学设计评选三等奖。2012年7月县中小学现代远程教育优秀论文评选《浅谈运用多媒体教学时常见的问题》一等奖。2015年6月10日《为学生创造一个安全的学习环境》荣获余庆县小学科学实验优秀论文评选二等奖。

努力付出,方能收获;献博爱,方铸栋材。为了这所乡村百年老校的发展,曹礼刚老师成为这所学校发展的主力军。

曾艳,女,汉族,1983年10月出生,大学本科,2012年7月毕业于贵州省师范大学汉语言文学专业。2001年8月参加工作,语文高级教师。曾艳老师于2008年9月调入乡村百年老校余庆县龙家小学,担任语文教学及文科教研组组长。在她的教学生涯中,她努力学习新课改的先进理念,为人师表,教书育人。她曾荣获余庆县"教坛新秀"荣誉称号;余庆县中小学主题班会优质课评选中获小学组三等奖。全县教学质量综合评估中获镇级二等奖。主持县级课题《引导小学生写实作文实践研究》课题研究及学校承担的国家教育部重点课题研究实验活动。曾艳老师在这所乡村百年老校的发展中起着积极的作用,把人生观和价值观写进了乡村教育发展的每一天。

我是为爱而来

传仕红;女;汉族;公元1991年7月14日出生于贵州省遵义市余庆县敖溪镇;是一位共青团员;2015年7月在遵义师范学院科学教育专业完成本科学业;同年5月因参加国家特岗教师考试进入教师这一行业;于2015年9月调入龙家小学担任三年级语文及四年级、六年级科学老师。

传仕红老师身为教师这一行业的一员,愿将自己的一生都奉献给龙家小学这所乡村百年老校。在这里,学会珍惜,懂得感恩,将教育树立为自己的神圣职责,尊重学生,爱护学生,上好每一堂课,改好每一次作业,做到真正地为学生服务,成为一个尽职尽责的人民教师,因为我是为爱而来。

有爱而来

段未未,女,汉族,中共党员。公元1991年11月30日出生在贵州省遵义市余庆县白泥镇下里村,2014年7月毕业于贵州省铜仁学院教育技术专业。

2015年8月参加国家考试考入龙家小学这所乡村百年老校从事教育教学工作,担任《数学》学科等教学和信息技术教研组等工作。

段未未教师对于教育事业的人生观和价值观:两粒种子,一片森林。学生对于教师来说,是教师美好的礼物,这份礼物的包装就是教师的使命。坚守教育事业,弘扬教育精神,促进教育发展,体现人生价值观。

因为有爱而来,所以爱学校,爱学生是一生奋斗的目标。

付义芹,女,汉族,1978年2月出生,大学本科,小学语文高级教师。2014年1月毕业于贵州省师范大学汉语言文学专业。1998年8月参加工作。付义芹老师于2002年9月调入乡村百年老校——余庆县龙家小学。现任二(1)班语文教学,担任二(1)班班主任及学校图书管理员。在她的教学生涯中,为人师表,教书育人。努力学习新课改的先进理念,曾荣获余庆县"图书管理员"荣誉称号;全县教学质量综合评估中获镇级二等奖。近年来参加了县级《班级档案文化建设与管理研究》课题研究;遵义师院和余庆县龙家小学共同主持的《助理教学法深化研究与实验》、县级课题《引导小学生写实作文实践研究》课题研究。在学校的领导下,共同走"开门办学"之路,志同道合,一路艰辛,一路收获,走遍大半个中国的友好学校,真正意义上实践了"读万卷书行万里路"的理念。

付义芹老师在这所乡村百年老校的发展中起着积极的作用。把人生观和价值观写进了乡村教育发展的每一天。

今生就爱这所学校

龚国瑛,女,汉族,群众。龚国瑛教师公元1986年10月14日出生于贵州省余庆县松烟镇大松村,大学本科毕业,毕业于贵州师范大学汉语言文学专业,小学数学一级教师,现担任龙家小学三年级数学教学及班主任工作。2007年9月参加工作,2011年9月从龙家镇平桃小学调入龙家小学。

龚国瑛教师2010年荣获余庆县"教坛新秀"称号,2011年德育科研工作突出被评为"先进实验教师"。2014年撰写的论文《如何做好数学后进生转化工作》在中国基础教育研究会主办的第十届全国中青年教师(基教)论文大赛中荣获二等奖。2014年在2014年余庆县中、小学学科教学渗透法制教育优秀论文、案例评选活动中荣获小学组二等奖。2014年6月撰写的教案《6、7加减法的应用》在中国基础教育研究会主办的第五届全国数学教师教学设计大赛中荣获二等奖。

龚国瑛教师教育感言:静心做老师,尽心教学生!

一生就爱这所乡村学校

龚文芬,女,汉族,生于公元1962年8月。余庆县龙家镇光辉村人,1986年8月参加工作,小学高级教师,在校期间,担任数学教研组长。1968年毕业于余庆师范学校。

参加教育工作以来,荣获龙家教育辅导站"教学能手"的称号;2003学年、2004学年、2005学年、2006学年、2008学年、2009学年、2010学年学生文化素质考试在同级同类学科中均获镇级一等奖;2011年9月、2012年9月、2013年9月辅导的学生作文在全国"新人杯"文学大赛均获"全国校园文学辅导三等奖"荣誉称号;2011年9月28日辅导的学生作文《校园银杏在微笑》获第三十六界全国中小学生"课本作文"优秀指导奖;2011年12月辅导的学生作文《味道》在艺丰杯第三届《当教育》贵州省作文竞赛中荣获佳作奖;2012年5月在教育部等九部门开展的第14界全国推广普通话宣传周活动——第八界全国语文规范知识大赛中荣获小学组优秀指导奖;2003年被余庆县妇联评为"巾帼建功标兵";2005年教学质量综合评估县级二等奖;2006年获小学教育教学成绩县级优秀奖;2008年教学质量综合评估数学科获县级一等奖;2008年获余庆县人民政府表彰"十佳优秀学科带头人;2009年获余庆县教育局小学教育教学成绩综合评估镇级二等奖;2010年教育教学科研论文《在新课改教学中如何提高学生在课堂的听课效率》获贵州省教育科学院三等奖。在学校的领导下,共同走"开门办学"之路,志同道合,一路艰辛,一路收获,走遍大半个中国的友好学校,真正意义上实践了"读万卷书　行万里路"的理念。

几十年来坚守在这所乡村百年老校,兢兢业业,教书育人,为人师表,坚持与学校一道参与国家级教育科研课题研究与实验,承担遵义师范学校课题《助理教学法》研究与实验,全国德育工作研究实验,多年受到各级表彰奖励,对数学教学研究成果丰富,研究文章分别在《遵义教育》等杂志发表,荣获曾凡忠博士"乡村教育事业贡献奖"等。为了这所学校的发展做出了积极的贡献。

把一生精力奉献给乡村百年老校

官平勇,男,汉族,中共党员,大学本科文化,公元1979年12月10日出生于贵州省余庆县龙家镇先锋村合心生产队。1999年毕业于遵义师范学校,后参加在职进修,毕业于贵州师范大学汉语言文学本科专业。

1999年8月被组织上分配到余庆县友谊小学从事教育教学工作,2003年8月调入余庆县龙家小学。现担任小学六年级数学教学工作,兼宿舍管理组组长。担任班主任工作期间,曾获"贵州省特色中队",参加过教育部课题《助理教学法推广与研究》、《村寨儿童活动中心的建设与研究》,与学校一道创办村寨儿童活动中心,有《助理教学法的三部运用》文章发表于《余庆教育报》。带领教师多年到学校周边的

崇信的人生观是踏实做事,正直做人。在学校的领导下,共同走"开门办学"之路,志同道合,一路艰辛,一路收获,走遍大半个中国的友好学校,真正意义上实践了"读万卷书 行万里路"的理念。

为了这所乡村百年老校的文化建设做出了重要的贡献。

胡大先,女、汉族、群众,1974年11月出生于贵州省余庆县龙家镇光辉村同乐组。1994年毕业于贵州省凤冈师范学校,1999年至2001年参加遵义师范学院学历提升培训,2011年至2014年参加贵州师范大学学历提升培训,大学本科文化,小学语文一级教师。胡大先老师于1994年8月参加工作,2003年9月考入余庆县龙家小学,任龙家小学一年级语文教师兼班主任。胡大先老师自工作以来曾获余庆县"十佳优秀辅导员""教学能手""实验优秀教师"等称号。参加了省级课题"和谐德育研究与实验"子课题《农村校内外教育基地建设实验研究》、《交际教育》,市级课题《助理教学法实验研究》、县级课题《班级文化档案建设与管理》和校级课题《引导学生真实做人与习作研究》。2009年3月撰写的论文《浅谈对学生探究性学习方式的培养》发表在《余庆教育》上,2013年7月撰写的《让德育之花绽放在世界的每一个角落》荣获二等奖,2014年7月撰写的《让语文教学成为学生实现人生观的载体》荣获一等奖。在学校的领导下,共同走"开门办学"之路,志同道合,一路艰辛,一路收获,走遍大半个中国的友好学校,真正意义上实践了"读万卷书　行万里路"的理念。

努力为人师表,教书育人,把青春奉献给这所百年老校,为教育事业的发展做出积极的贡献。

李飞，男，汉族，群众。李飞教师于公元1987年7月2日出生于贵州省余庆县小腮镇哨溪村。

　　2011年7月毕业于兴义民族师范学院体育教育专业。2013年3月参加余庆县教师招考考入百年老校——龙家小学从事体育、数学教学工作兼综合组组长及体卫艺工作。现担任四年级二班的数学教学。2013年9月，李飞老师荣获余庆县中小学教具制作三等奖、县级优秀论文三等奖，荣获全国传统民族民间龙舟大赛第七、八名，在遵义市基础教育教学常规论文评比活动中荣获三等奖。李飞教师的教育座右铭为：以身示范，以德育人！真教育是心心相印的活动，唯独从心里发出来，才能打动心灵的深处！用心、用力高举火炬，在教育征途上照亮一代代新人，实现自己的人生价值观！用生命保护着有着百年历史的校园，与百年老校同发展。让我们的百年老校桃李满天下。

人生精彩岁月献给家乡教育事业

刘长福,男,汉族,群众。刘长福教师于1983年10月26日出生于贵州省余庆县龙家镇光辉村。2003年6月毕业于遵义师范美术专业,2005年1月至2007年1月在中央广播电视大学函授班进修大专学历,2008年3月至2011年1月在贵州师范学院函授班进修本科学历。

2003年8月至2005年8月在余庆县大乌江镇远光小学工作,2005年9月至2008年8月在龙家镇前进小学工作,2008年9月至2012年8月在龙家镇平桃小学工作,2012年9月调入龙家小学从事数学教育教学兼美术教研工作。现担任四年级一班的数学教学兼班主任工作。

2008年5月,刘长福老师荣获余庆县教育系统2008年"优秀青年教师"光荣称号。2010年6月,刘长福教师在余庆县2010年中小学教师优质课竞赛中荣获小学美术学科二等奖。

刘长福教师的教育座右铭为:踏踏实实做人认认真真做事!

毛乾兰,女,汉族,群众。毛乾兰教师于1986年10月5日出生在贵州省余庆县松烟镇中乐村,2008年6月毕业于贵州广播电视大学英语教育专业,2011年至2014年在遵义师范学院进修英语本科。2009至2011年在余庆县龙家镇小坝小学工作,2011年8月调入龙家小学从事英语教育教学工作。现担任三、四年级的英语教学。

2012年7月,毛乾兰教师所执教的《Look at the monkeys》录像课,荣获市级二等奖。2013年、2014年连续被评为余庆县教坛新秀荣誉称号。毛乾兰教师于2011年发表论文《浅谈小学生英语学习兴趣的培养》在小学英语教与学刊物上。

毛乾兰教师的教育座右铭为:用真情教书,用真心育人!

一辈子献给乡村教育事业

沈军,男,1962年6月生,遵义市余庆县龙家镇光辉村人,中共党员,1981年8月毕业于余庆县师范学校。1981年8月参加教育工作。先后在龙溪镇苏洋小学、龙家镇新坪小学、龙家小学曙光分校等斩边远地区学校工作,2006年调入余庆县龙家小学工作。2002年5月被中共贵州省委统战部、贵州省教育厅评为2002年度香港主力电器制品有限公司设立的贵州省边远山区优秀教师奖励基金获得者。2009年10月荣获余庆县"五心"教育模范称号,2004年度荣获"余庆县优秀班主任"光荣称号。

沈军同志一生信奉的格言是:默默无闻,甘为人梯。在生活和工作中他践行着他的格言,为这的乡村百年老校的发展做出了积极的贡献。

为乡村学校发展而奋斗

　　汪佳艺,女、汉族、群众,公元1983年9月出生于贵州省余庆县关兴镇大炉村。

　　2003年6月毕业于遵义师范学校音乐专业,2008年至2010年参加了贵州名族学院专科学历提升培训,2011年至2014加了贵州师范学院本科学历提升培训,小学语文一级教师。汪佳艺老师于2004年8月参加工作,2009年9月调入余庆县龙家小学,任龙家小学一年级语文教师兼班主任。汪佳艺老师自工作以来曾指导学生在读书活动中多次获奖。2015年任教六年级综合学科荣获县级二等奖。参加过市级课题《班级档案文化建设与管理研究》课题研究;遵义师院和余庆县龙家小学共同主持的《助理教学法深化研究与实验》。2015年参加县级课题《引导小学生写实作文实践研究》课题研究。2010年12月撰写的论文《转变观念,彰显小学语文活动课新视点》发表在《现代教育报》上,2013年06月撰写的论文《对小学数学实践活动课的认识》发表在《读写算》荣获二等奖。

　　放宽心胸,平等对待每一位孩子,努力做好教书育人的工作,积极努力地为这所百年老校贡献出自己的力量。

王光莲,女,汉族,大专文化,龙家镇人,1965年12月出生,1986年8月参加教育工作,1989年调入余庆县龙家小学任数学教学工作,担任班主任工作30余年,所带班级教学成绩多年位全镇前列;所带班级荣获全县"先进班集体";曾荣获过遵义市团委,遵义市教育局授予的"遵义市优秀辅导员"光荣称号,余庆县人民政府表彰的"余庆县优秀班主任"称号,指导班级学生参加作文比赛多次在全国获奖,所带班荣获贵州省绿色班级,荣获过国家环保部宣传教育中心授予的"全国绿色学校建设先进教师"称号,曾凡忠博士遵义革命老区"热爱乡村教育事业贡献奖"。几十年来,分别在《遵义教育》,上海《少先队活动》、团中央〈〈辅导员〉〉杂志社等发表过学术文章10余篇,担任过龙家小学承担的国家教育部重点课题,龙家小学挂靠遵义师范学院的"助理教学法实验研究"等科研项目。

　　在学校的领导下,共同走"开门办学"之路,志同道合,一路艰辛,一路收获,走遍大半个中国的友好学校,真正意义上实践了"读万卷书　行万里路"的理念。

　　几十年来,王光莲老师在教书育人的工作岗位上,团结同志,为人师表,爱生如子,受到学生的爱戴,在教育工作岗位上真正意义实践了龙家小学的师德教育目标"教师:第一做学生的朋友,第二做学生的先生",为了建设这所乡村百年老校做出积极贡献,把自己的人生观和价值观奉献给乡村教育事业发展的每一天,对这所乡村百年老校的发展做出了积极的贡献。

王静，女，汉族，群众。1984年10月出生于余庆县大乌江镇箐口村，本科学历，2005年6月毕业于遵义师范学院体育教育专业，2009年3月至2012年1月在贵州师范大学进修汉语言文学本科。

王静老师于2005年8月参加工作，2011年9月调入龙家小学任教，现任龙家小学数学教研组组长、三(1)班班主任兼数学科教学工作。

王静老师从教10年来，工作兢兢业业、认真负责。不但所带班级教学成绩一直名列全镇前茅，而且经过不懈努力，她还在2012年6月参加余庆县小学体育优质课竞赛中荣获一等奖、2014年9月在遵义市体育优质课(录像课)竞赛中荣获小学组一等奖、2015年5月在全国中小学体育优质课(录像课)竞赛中荣获二等奖。近五年，被评为镇级优秀班主任、县级优秀教师等荣誉称号。2012年指导学生参加遵义市科技创新大赛荣获二等奖；2015年，个人撰写论文3篇在省级刊物上发表。

王静老师的教育座右铭为：用心做事，用爱育人！

王元芳,女,汉族,群众。王元芳教师于1990年2月17日出生在贵州省余庆县大乌江镇箐口村,2013年7月毕业于贵州民族大学人文科技学院音乐学专业,2013年8月考入龙家小学从事音乐教育教学工作。现担任二年级班主任及数学、三年级音乐教学。

2013年10月,王元芳教师担任了校级课题研究《小学音乐中高年级合唱儿童歌曲》和2014年担任的校级课题《校园师生合唱歌曲》。王元芳教师于2014年荣获余庆县教育局及关工委在践行"社会主义核心价值观——'三个倡导'"歌曲征集活动中,作品《社会主义核心价值观》荣获优秀奖。

王元芳教师的教育事业的人生观和价值观:天荒地老,教师的童心不泯。春暖花开,满园的桃李芬芳。

今生无悔

　　魏芳,女,汉族,群众。魏芳教师于1989年2月25日出生在贵州省余庆县大乌江镇关塘村,2013年7月毕业于贵州师范大学求是学院英语专业,2013年8月通过国家组织的"特岗教师"招聘,考入龙家小学从事英语教育教学工作。现担任五年级一班班主任及五、六年级英语教学。

　　2013年10月,魏芳教师担任了校级课题《小学英语晨读模式研究》并结题。魏芳教师在余庆县2014年小学教学质量综合评估中荣获镇级小学二等奖。

　　魏芳教师的教育事业人生观和价值观:教育的真谛在于知孩子之心,观孩子之面,想孩子所想,乐孩子所乐……一切缘于孩子、服务孩子、发展孩子!

　　龙家小学是一所全国有名的乡村小学,她愿把青春洒落在乡村,今生无悔。

信奉贡献与法码

　　吴山山,女,汉族,公元1982年8月8日出生于余庆县大乌江镇远光村。2001年7月毕业于凤岗师范,先后通过自考和函授学习获得专科和本科学历,函授本科汉语言文学专业,2001年8月参加工作,吴山山老师2005年8月调入龙家小学,至2011年9月起担任龙家小学少先队辅导员工作兼语文教学工作,该教师2013年9月获余庆县教育局"优秀团队工作者"荣誉称号,2015年5月获得团县委"优秀辅导员"称号。积极参加余庆县教育局"和谐德育研究与实验"实验研究,并获得了结题证书,参加学校课题组《助理教学法》实验研究。2009年8月在《学生新报·华夏语文教研版》上公开发表《作文教学之我见》,2014年7月撰写的论文《寻找农村少先队工作的新出路》获得贵州省教育科学院论文评选二等奖。

　　倘若用天平来衡量人生的价值,贡献应是平上最重的砝码。

　　吴兴鸿,女,汉族,大学本科,毕业于贵州教育学院。1968年10月出生于余庆县龙家镇先锋村群兴村民组。1988年8月参加工作,1992年8月调入余庆县龙家小学。一级教师,现任四(2)班班主任,任教语文。2003年4月所带中队获"贵州省特色中队"称号。2002年9月获"遵义市优秀少先队辅导员"称号;2005年10月获"遵义市十佳少先队辅导员"和"余庆县十佳少先队辅导员"称号;2014年9

月荣获县政府"优秀教师"称号;2006年五月获遵义市小学语数联赛优秀指导教师;2008年10月被评为全国教育科学"十一五"规划课题德育科研先进实验教师。2007年11月,在《博览——科教天地》第三期上发表了《给孩子一个什么样的语文课堂》。2005年1月获遵义市少先队辅导员工作征文比赛二等奖;2013年1月,论文《浅析课堂教学的创新》发表于《都市家教》。2014年4月,论文《浅析低年级学生写话能力的培养》发表于《都市家教》。2011年5月,荣获指导学生阅读《小学生之友》优秀指导教师奖。2012年7月,《关注留守儿童,播撒爱心阳光》获贵州省教育科学院、教育学会二等奖;2011年7月,撰写的《每一个细小的环节,都是提高教学质量的关键》获贵州省教育科学研究所贵州教育学会2011年论文评选三等奖。参与了"十一五"规划课题"构建农村交际教育目标体系研究";县教科局主持的《和谐德育课题研究》;遵义师院主持的"助理教学法"研究。参与研究课题成果《交际教育实践范例》《56名乡村少年的故事》《田园孩童之歌》《先生你好》的研究与论文撰写。近年来参加了县级《班级档案文化建设与管理研究》课题研究;遵义师院和余庆县龙家小学共同主持的《助理教学法深化研究与实验》。2015年参与县级课题《引导小学生写实作文实践研究》课题研究。在学校的领导下,共同走"开门办学"之路,志同道合,一路艰辛,一路收获,走遍大半个中国的友好学校,真正意义上实践了"读万卷书　行万里路"的理念。

"真情打动学生,诚心感化学生;心灵聆听学生,汗水浇灌学生。"是吴兴鸿老师27年来教育生涯的人生写照。

杨敏,女,汉族,公元1964年12月出生于贵州省余庆县龙家镇光辉村,中共党员,大专文化,1982年6月毕业于余庆师范,2001年遵义师院毕业,语文一级教师。杨敏老师1990年8月从原龙家镇钟山小学调入龙家小学从事语文教学工作,现担任二年级语文教学工作,龙家小学党支部组织委员。2002年荣获遵义市第十九届小学语数联赛余庆赛区优秀指导奖,2001年获全国中小学"课本作文""语文报杯"指导奖、2002年十月获余庆县教学能手奖。曾参加过"助理教学法"、"和谐德育"课题研究、"龙家小学音乐合唱"课题研究、"龙家小学学生书写规范"课题研究。2012年在山东省《新课程》期刊上发表了《提高学生作文水平的几点做法》的论文。

　　从教三十多年来,杨敏老师忠诚党的领导,热爱党的教育事业,发扬奉献精神,严格执行教育方针,尽职尽责,教书育人;同时面向全体学生,热爱、尊重、了解和严格要求学生,不歧视、挖苦他们,循循善诱,诲人不倦;要求学生做到的,自己首先做到,以身作则,为人师表。处处以《教师职业道德规范》来约束自己的言行,不断提高自身的政治素质。加强学习,不断更新教学理念。在实践中,杨敏老师努力学习《课程标准》等教学理论,构建新课程,尝试新教法的目标,不断更新教学观念。注重把学习新课程标准与构件新理念有机地结合起来。将理论联系到实际教学工作中,确立了"一切为了人的发展"的教学理念。树立"以人为本,育人为本"的思想。在学校的领导下,共同走"开门办学"之路,志同道合,一路艰辛,一路收获,走遍大半个中国的友好学校,真正意义上实践了"读万卷书　行万里路"的理念。

　　一分耕耘一分收获,未来还须努力。

一生就爱这所乡村百年老校

岳启琼,女,汉族,贵州省遵义市余庆县龙家镇光人,生于1965年10月,大专文化。毕业于遵义教育学院。遵义市骨干教师,余庆县第十四届人大代表。

1986年8月分配在龙家小学任教至今,1996年8月—1998年7月担任龙家镇片区少先队总辅导员和团支部书记、妇代会组长,1998年8月-2011年8月担任龙家小学教导主任十三年,分管学校普实、图书、德育工作两年,主抓学校教学、继教、课改、招生工作十一年。担任十六年班主任兼中队辅导员。现任龙家小学五(1)班语文、五(1、2)两班品德与社会、研究与综合、专题与地方,兼任学校工会主席。

个人先后获得市级"优秀教师"、县级"优秀班主任""优秀辅导员""先进教育工作者""三创巾帼标兵""先进继教管理者""三创巾帼"奖励。

参与了学校承担的国家教育部重点课题《村寨儿童活动中心建设与管理研究》、国家教育部特级教师课题《整体构建义务教育阶段交际教育目标及实施体系的研究》、国家教育部规划课题《国家贫困地区义务教育工程项目学校成果巩固与办学模式的研究》等课题研究。

三十年来,以严谨的教学态度,务实勤奋的工作精神,坚持"责任在心,爱字当头"为工作信条。在教育教学中,致力塑造自己的人格魅力,拓展自己的知识领域,完善自己的知识结构,关心爱护学生,用真心去感化学生,培养学生良好的人格,挖掘学生的潜能,树立远大理想。坚持不断学习、反思、总结。撰写的论文《探究在小学语文教学中做到实处》在《现代教育科学》上发表并获得一等奖。《探究新课改下的小学语文教学》在《读写算》上发表。《打开山门,创办特色学校》在《贵州教育报》上发表。《当好班主任"九要""十忌"》在《贵州教育》上发表。《"自主合作探究学习"行走课堂的几点思考》获县级论文一等奖。97年在"土地杯"作文大赛中获县级指导教师一等奖。2009年7月,荣获全国青少年主题"我的祖国"读书征文活动辅导一等奖;2011年8月荣获全国青少年五好小公民主题教育"光辉的旗帜"读书征文活动指导一等奖。《师爱是打开学生心灵的钥匙》《爱的别样收获》《大爱有酬》在省级教学教育论文比赛中都获得了二、三等奖。所任班级学科教学成绩二十多次名列前茅。在学校的领导下,共同走"开门办学"之路,志同道合,一路艰辛,一路收获,走遍大半个中国的友好学校,真正意义上实践了"读万卷书行万里路"的理念。

担任少先队总辅导员两年,学校少先队工作两次获县级"红旗大队"。分管学校实验教学,学校获"遵义市实验教学示范学校"。分管学校德育工作时,中获省级特色中队三个,市级特色中队两个,学校获"全国德育先进单位"。分管学校教学工作多次获县级"教学常规管理先进单位",县级"课程改革"先进单位。在小学六年级文化素质测试中,八次获县级奖。担任妇代会组长,学校两次获得县级"巾帼文明示范岗"。三次获镇级教学能手。多次获镇级优秀教导主任称号。2000年获余庆县教育局小学语文优质课三等奖。

人的高矮不再看身材的长短。贡献的大小不再取决于地域的优劣。心情的愉悦不再于收获的多少。一切都取决于人对生活、对工作的态度。

岳启琼老师一生就爱这所乡村百年老校。

爱,是有效的教育

岳琼,女,汉族,1975年10月出生于贵州省遵义市余庆县龙家镇光辉村,于1993年毕业于凤冈师范,后分配到龙家镇光明小学执教,1994年8月调入龙家小学。1997年通过自学考试获得遵义教育学院专科学历,小学一级教师。毕业以来一直从事小学语文教学和英语学科的教学,同时多年兼任班主任工作,现任四年级语文学科教学。

爱钻研、好创新的岳琼老师喜欢和学生一起在语文的天堂里快乐遨游,"学生是学习的主人,是班级的主人。"是她的教育理念和管理理念。曾多次参加县教学比武及演讲比赛,都取得过显著成绩。2010年撰写的《让爱伴随孩子成长》荣获贵州省教育科学研究所、贵州省教育学会教育教学科研论文、教学设计评选三等奖;2010年被全国和谐德育研究与实验总课题组评为先进实验教师;2010年辅导的作品《会显字的白醋》获余庆县第三届青少年科技创新大赛三等奖;2011年在全镇班主任培训会上主讲自己撰写的《班主任工作艺术的探索》;2013年荣获余庆县教育和科学技术局"骨干教师"称号;2014年9月荣获"余庆县优秀班主任"称号。21世纪初期,中央电视台在这所乡村百年老校拍摄电视剧〈〈山海对话〉〉,本人担当剧情中的主要角色。

在科研工作中,曾参加国家"九五"课题"德育研究"、"交际教育"、"从小立志"、"学会学习"研究。参与了学校课题组承担的《国家贫困地区义务教育工程项目学校成果巩固与发展模式研究》、《乡村学校师德群修建设研究》、《助理教学法与促进学生学习自觉性培养目标实践研究》。在此期间,曾荣获总课题组授予的"先进实验教师"称号。

在学校的领导下,共同走"开门办学"之路,志同道合,一路艰辛,一路收获,走遍大半个中国的友好学校,真正意义上实践了"读万卷书 行万里路"的理念。

工作中的岳琼老师亲和力强,善于与学生沟通,用心去发现心,注重个体和群体共同发展,具有扎实的教育教学理论的实践经验,她坚信教育是充满阳光的事业,没有爱就没有有效的教育。

赵政娴,女,汉族,1987年7月出生,贵州省余庆县,群众,2013年1月大学本科毕业于贵州师范大学教育学专业,小学二级教师,2009年9月参加工作,赵政娴老师于2011年调入乡村百年老校——余庆县龙家小学,在她的教学生涯中,努力学习新课改的先进理念,为人师表,教书育人。任龙家小学班主任、英语教学工作兼学校音、美、艺教研组组长。撰写的《小学德育教育案例》获得二等奖;获得龙家镇"教坛新秀"称号,2014年4月获余庆县音乐学科渗透法制教育录像优质课一等奖,2014年6月获余庆县教育系统《明礼知耻 崇尚向善 忠诚跟党走 敬业作奉献——中国梦 劳动美 我与改革》演讲比赛三等奖。积极参加课题实验推广工作,参加学校《助理教学法》,县级课题《班级档案文化建设与管理研究》实验研究工作。

人生格言:言力所能及之言,做力所能及之事,思力所不及之思。

把青春写在小村教育发展史上

姜卓简,男,吉林省长春市人。中共党员。于2015年6月毕业于吉林农业大学经济管理学院,同年八月来到贵州高原上的"百年老校"龙家小学进行为期一年的支教工作,并担任吉林农业大学第三届研究生支教团贵州分队队长,龙家小学足球队教练员。曾担任吉林农业大学经济管理学院学生会主席、班长。获得2013"创青春"大学生挑战杯创业大赛国家级铜奖;多次获得专业一等奖学金,并获"农学781奖学金";获得校级"优秀学生干部"、"三好学生"、"学习标兵"、"优秀毕业论文"、"优秀毕业生"等荣誉称号。在大学生暑期三下乡实践活动中多次被评为"先进个人"、"社会实践活动积极分子";同时被评为青年马克是主义者培训班

"优秀学员"。

姜卓简老师将本着自己踏踏实实的工作作风面对在龙家的每一次机会,在保质保量地完成教学工作的基础上,积极向群众靠拢,走进学生,誓要用自己的所学所得,去感染孩子们,把爱挥洒在龙家的每一寸土地上!2015年8月至2016年8月,响应中央的号召参与西部志愿者计划到贵州省遵义市余庆县龙家小学支教,她把青春洒大这所乡村百年老校里,为学校的发展做出了积极的贡献。

李永娇,女,满族,出生于1992年3月16日,吉林省长春市人,中共党员,大学本科,2015年7月毕业于吉林农业大学外国语学院英语专业,同年8月任教于贵州省余庆县龙家小学。现担任三年级英语老师及三、四年级信息技术老师;2009年荣获"长春市优秀志愿者";2013年荣获校级"优秀学生干部";2014年荣获"国家英语专业八级证书"。李永娇老师一直坚信:"既然年轻的我们拥有青春的激情与活力,拥有年少的轻狂与不羁,拥有绚丽而美妙的梦想,那么我们就应该用激情耕耘青春,用青春编织梦想,用梦想指引前行。作为当代青年,她立志尽自己最大的努力,帮助山区的孩子插上知识的翅膀,长大后能够飞向更广阔的天空翱翔"!2015年8月至2016年8月,响应中央的号召参与西部志愿者计划到贵州省遵义市余庆县龙家小学支教,她把青春洒大这所乡村百年老校里,为学校的发展做出了积极的贡献。

孟祥茹,女,汉族,出生于1992年6月26日,吉林省白城市人,中共党员,大学本科,2015年6月毕业于吉林农业大学中药学专业,同年任教于贵州省余庆县龙家小学,现担任一年级音乐老师及五年级劳动技能老师;被评为第十二届长春国际农业食品博览"优秀志愿者",多次获得吉林农业大学校级"优秀学生干部""优秀团干部""三好学生""社会实践先进个人"等荣誉称号;于《吉林农业》323期参与发表《黑米色素的提取工艺及稳定性研究进展》,勤于钻研,厚朴笃行。孟祥茹老师坚信有信念的人是有力量的。希望在一年有限的支教时间里可以把所有的爱和能量给予这片土地,尽情挥洒青春的汗水,与百年老校共铸一份永生难忘的记忆。2015年8月至2016年8月,响应中央的号召参与西部志愿者计划到贵州省遵义市余庆县龙家小学支教,她把青春洒大这所乡村百年老校里,为学校的发展做出了积极的贡献。

结缘高原乡村百年老校

　　李晨曦,女,汉族,公元1993年10月17日出生,吉林省吉林市人,中共党员。大学本科,2015年6月毕业于吉林农业大学农林经济管理专业,同年任教于贵州省余庆县龙家小学,现担任一年级体育老师及二年级品德与生活老师。她刻苦学习,多次获得专业奖学金;工作方面,踏实肯干,认真负责,多次被评为"三好学生"、"优秀学生干部";她还积极参加社会实践,2013年赴云南省宁蒗县永宁乡中良子小学进行支教并资助贫困儿童。所在团队被长春市评为"弘扬雷锋精神——社会实践优秀团队";在第十三届挑战杯全国大学生科技论文课外学术科技作品大赛中,参赛作品获得吉林省一等奖。并于2013年参加科技立项,独立完成论文《影响农户消费影响因素分析》论文。一分耕耘,一分收获,希望把爱和希望延续在这片沃土。2015年8月至2016年8月,响应中央的号召参与西部志愿者计划到贵州省遵义市余庆县龙家小学支教,她把青春洒大这所乡村百年老校里,为学校的发展做出了积极的贡献。

向美琦,女,汉族,共青团员,出生于1993年3月1日,吉林省辽源市人,2015

年本科毕业于吉林农业大学工程技术学院机械设计制造及其自动化专业,2015年8月1日,作为吉林农大支教团成员,转入龙家小学工作,在校期间曾担任工程技术学院大学生社团联合会副主席。大学期间,曾获得专业一、二等奖学金5次;多次荣获校级、院级优秀团员、优秀干部、文体活动积极分子及比赛类活动团体奖,国家创新创业项目大赛省级三等奖。作为吉林农业大学研究生支教团的一员,在这一年的服务期内,一定会秉承不问苦乐,不问得失的精神,尽自己所能去努力发挥志愿者"奉献、友爱、互助、进步"的精神,为西部计划贡献绵薄之力。一个人可以没有成功,但是不能没有目标。能够表现一个人的,不是他的能力,而是他的选择。选择西部,选择在成长中历练,在历练中成长。2015年8月至2016年8月,响应中央的号召参与西部志愿者计划到贵州省遵义市余庆县龙家小学支教,她把青春洒大这所乡村百年老校里,为学校的发展做出了积极的贡献。

青春在高原上闪光

傅思维,女,汉族,1992年8月30日,生于吉林省白城市,中共党员,大学本科。2015年7月毕业于吉林农业大学计算机科学与技术专业。同年8月任教于贵州省余庆县龙家小学。现担任二年级体育和三年级科学教师。在校期间,曾荣获校"三好学生"、校"优秀毕业生"、校"优秀学生干部"等荣誉称号。该教师在任

高原烛光 >>>

期间,兢兢业业,刻苦努力,她以"第一做学生的朋友,第二做学生的先生"为宗旨,坚守在七尺讲台上,希望以青春的点点烛光,燃起孩子们对大山外的渴望。走出大山,带着理想从这里出发!2015年8月至2016年8月,响应中央的号召参与西部志愿者计划到贵州省遵义市余庆县龙家小学支教,她把青春洒大这所乡村百年老校里,为学校的发展做出了积极的贡献。

凤冈县进化中学简介

进化中学创办于1983年。位于凤冈县南部的进化镇,距县城21公里,与何坝、蜂岩、琊川、湄潭的天城、永兴相邻,服务半径为15km,是全镇近4万人口的唯一一间寄宿制初级中学,也是全县的大型农村寄宿制中学之一。我校以"用质量和特色铸就品牌"为办学宗旨,"做最好的自己"为培养目标,进行整体教育改革实验,凸显了"合格加特长"的办学特色,取得了丰硕的办学成果,2006—2008年连续三年被评为全国先进德育实验学校;2006—2010年年被授予为凤冈县安全文明学校称号;2010年获县政府综合考评"先进初级中学"奖;2011年全县综合考评二等奖,2012年获市级绿色学校,2013年获市级学科渗透法制教育示范学校,2012—2014年获全县"综合考评先进学校",2015年获得"凤冈县关心下一代工作先进单位"、"凤冈县全民科学素质大赛二等奖"、"贵州省中小学学科教学渗透法制教育省级示范校"、"全国青少年校园足球特色学校"等荣誉称号。

硬件设施:

现有在校学生1103人,开设21个教学班。校园占地面积40550m^2,校舍建筑面积为15162m^2,建有200米环形塑胶跑道,运动场总面积为12500m^2。有图书33388册,有专用计算机网络教室,多功能教室,已开通了"班班通"工程,有计算机165台(每位教师都有一台办公电脑)。建有标准化实验室3间,图书室2间,音乐舞蹈室1间,美术室1间,多媒体教室2间;心理咨询室1间,广播传达室1间。建有50套教师公租房,生活用房齐全。

师资情况:

我校有教师80人(专任教师76人),其中研究生学历1人,本科学历61人,有中级及以上专业技术职务教师45人,其中高级13人,一级32人,省级优秀班主任1人,市级骨干教师3人,市级优秀班主任2人。

学校特色:

在三十多年砥砺前行中,进化中学积淀了"做最好的自己"的进中文化,秉承悠久历史,结合优良传统,校园文化的主题涵盖在校园活动的每一个环节中,鼓励师生"每日一进步,积善成德"。进中,让每位教师都有自由发展的空间,让每个孩子都有梦想、有激情、有个性,让每一个进中人都有成功而精彩的故事,都能做最好的自己。

①学生培养个性化的校本课程:学校以菜单式校本课程让学生选修课,共建立了十余个学生兴趣活动社团:音乐班、舞蹈班、棋艺班、书法班、绘画班、摄影班、文学写作班、田径特长班、足球班、健身班等,课外均有相应的老师定时辅导培训,让学生能成为合格加特长的学生。

②教师培养个性化校本研修:每学年初,要求新老师自选适合自己学科特点、教学业务及管理能力强的老教师当自己的指导老师,从做人、处事、备课、教学、教研、教改、班级管理、学校管理等方面全面引导新教师成长,使新教师尽快成为最美教师。

③授课及作业布置与批改个性化管理:每位教师在集体备课基础上针对不同班级的学生情况进行增减备课内容、补充备课材料后才能去上课;教师在作业布置与批改上,将一个班级的学生根据其掌握的知识情况,把学生分成上中下三类,分别布置不同类型的作业,提出不同层次的要求,即要求60%学生掌握基础知识,30%的学生掌握基础知识形成基本技能,10%的学生对知识的运用和学习达到升华。

④学校管理精细化:学校自编了《班务工作手册》等10多种工作指南,指南中明确规定了各类人员每一天、每一月具体每个时段应该做那些工作,每天应该思考的问题,对日常管理中常出现的漏洞进行提示;听课管理更是与众不同,其"记录"中有分析、评价课堂教学的八大要素提示,有瞬时点评栏目,有定性分析和定量分析,各赋分值权重和评价要点……

进化中学教育质量逐年稳步攀升,特色工程逐步得到彰显,精细化管理不断加强,书香校园已初见成效,有力地推动了素质教育向纵深发展。当然,特色教育之路漫长而艰辛,我们还将不遗余力的探索和实践,努力开创进中教育的新天地。

持守乡村教育的曹尔印

曹尔印,男,中共党员,学历大专,1977年8月参加教育工作,终身坚持在凤冈县进化镇这所乡村学校担任语文教师,中学一级教师。

悠悠三十八余载,该同志春风化雨,桃李满天下,时至今日他依然坚守在教育岗位上,把一生精力都奉献给了神圣的乡村教育事业。

从曹尔印同志踏上讲台的第一天起,他坚持着把每一位学生都当作自己的孩子来教育,曹老师这一干就是38余年。年岁渐长,压力渐增,而责任却没减少。他深知,作为一位普通乡村教师,没有特别风光的地位,但却能收获别样的快乐。他热爱乡村教师这个职业,工作中他始终抱着一颗平常心,用坚定不移的教育信念抵御着社会形形色色的诱惑,他甘于清贫,乐于奉献,在平凡的教育岗位上恪尽职守,孜孜不倦。

三尺讲台,38年坚守,他是教学一线的老兵;三尺讲台,38年付出,他用真情温暖了学生的灵魂。38年来,他始终站在年轻老师的前面,站在学生的身边,他是进化中学辉煌历史的奠基石与见证人。

　　不停地脚步来自责任的动力，奉献的情怀源于心底对学生的爱，普通的曹尔印老师是乡村教育的一笔宝贵财富，相信曹尔印同志必将润物于无声，继续抒写他精彩的乡村教育人生！

（吉林农业大学第三届研究生支教余庆县龙家小学基地　向美琦编辑）

扎根乡村，润物无声

　　董永常，男，土家族，58岁，中共党员，大专学历，数学高级教师，1975年9月参加教育工作，1986年3月调入凤冈县进化镇进化中学任教至今。

　　在董老师39年的乡村教育生涯中，除了他所坚守的数学教育教学工作外，还曾承担过5年班主任，3年数学教研组长，1年工会主席，6年教导主任和3年副校长的工作。

　　在他的教育教学过程中，始终秉持着对工作兢兢业业，任劳任怨的精神。他深入钻研教材和新课程标准，积极探究和改进教学方法，精心设计好每一堂课，他的努力与付出使他收获到了优异的教学效果。他所任教班级的数学成绩曾在1988年和1989年连续两年中考获全县第一名；董老师曾于1989年荣获县级先进教师;在2002年获遵义市数奥培优秀教练员称号,在他培训的学生中,有2人分别斩获遵义市明天数学家竞赛一等奖和二等奖。

董永常同志为人师表,师德高尚,他热爱每一位学生,尊重学生们的个性化发展,深得学生的爱戴和尊敬,也得到学校、家长、社会的认可和好评。他是乡村教育工作者们的楷模,更是乡村教育工作的先行者和领路人!

(吉林农业大学第三届研究生支教余庆县龙家小学基地　向美琦编辑)

恪守奉献的韩建洪

韩建洪,男,仡佬族,大学本科学历,数学高级教师。1993年8月参加教育工作,2000年8月调入凤冈县进化镇这所乡村中学工作,现任校团委书记,同时兼任八年级的班主任工作。

韩建洪同志自调入进化中学起,15年如一日地恪守在教育岗位上。在他15年的乡村教育教学工作中,他积累了丰富的教育教学经验和班级管理经验。在他担任班主任工作期间,经常与学生一起谈心,在学习和生活上给予了学生无微不至的关怀。在教学工作中,韩老师谦虚好学,积极进取,并主动承担了年轻教师的指导工作。

在这15年的乡村教育工作中,韩建洪同志兢兢业业、任劳任怨,因为工作责任心强,肯付出,深受学生喜欢,深得学校及家长的好评。在自己的努力、同事的帮助、学校的培养下,他获得了多项省市县乡级荣誉:2006年和2014年获得县级优秀班主任称号;2008年获得市级优秀班主任称号;2010年获得贵州省德育实验先进教师称号;2011年和2012年获得全国数学邀请赛辅导教师称号,他的多篇教育教学论文也曾在省市级论文交流活动中获奖。

韩建洪同志15年如一日恪守职责的精神,是每一位乡村教育工作者的学习典范!

(吉林农业大学第三届研究生支教余庆县龙家小学基地　向美琦编辑)

用行动书写榜样

刘成凤,女,苗族,中共党员,大学本科学历。1999年8月进入凤冈县进化镇乡村中学参加教育工作,16年来悉心教学,为乡村教育工作无私奉献。

在刘成凤老师16年教育教学工作中,她认真学习,刻苦钻研,精心设计每一节课,根据学生的具体情况进行辅导帮助,遵循科学创新的教育原则,因材施教。深受领导、同事、学生的好评。

刘成凤同志对教育事业怀有一颗赤诚的心,她在工作上勤勤恳恳、任劳任怨,把全身的精力投入到教育事业上,努力探索实践,积极课题研究,始终工作在教育教学的第一线。她以做一名优秀教师为目标来鞭策自己,使她在平凡的工作岗位上做出了不平凡的业绩,她曾于 2007 年获得数学一级教师资格。连续多年被进化政府评为优秀教师,教学能手等。2015 年被县教育局评为县级优秀教师。她的学生也曾多次获得市县级表彰。

她曾说,教书育人是她的天职,作为一名普通教师,除了有扎实的教学技能,还应该努力做到身正为范,用自己的言行举止去感化学生。刘成凤老师用他的实际行动,在孩子们的面前做好了榜样。

(吉林农业大学第三届研究生支教余庆县龙家小学基地　向美琦编辑)

默默耕耘,谱写华彩

牟勇,男,土家族,1975 年 9 月出生,本科学历,中学化学高级教师,现任进化中学校长。

牟勇同志 1998 年 7 月毕业于遵义师范高等专科学校化学系化学教育专业。1998 年 8 月正式参加教育工作,历任学校团委书记、教导主任、副校长、校长。

牟勇同志工作上一丝不苟，踏实进取，多次荣获镇、县级人民政府"教学能手"、"先进个人"等荣誉称号。在他辅导的学生中，曾有3人获得省级二等奖，6人获得省级3等奖。他所撰写的专业论文有2篇获得省级二等奖，3篇获省级三等奖。在2007年10月，曾获得县级优质课二等奖。2010年8月被评为市级"骨干教师"。2015年9月被评为"遵义市优秀校长"。

牟勇同志扎根乡村教育多年，课室内外默默耕耘、无私奉献，在教坛上谱写了一篇又一篇的华丽乐章。

（吉林农业大学第三届研究生支教余庆县龙家小学基地　向美琦编辑）

教书育人两相宜

欧晓芬，女，汉族，1962年12月23日生，现年52岁。

该同志自参加工作以来，忠诚党的教育事业，拥护中国共产党的领导，工作兢兢业业，任劳任怨，爱岗敬业，热爱学生，教学业务能力强，在地理创新教学方面做出突出成绩，对课改的理论理解透彻。多次获得镇、县级优秀教师称号。

欧晓芬同志在乡村教学过程中，能够做到根据教材内部的实质意义及学生的实际接受情况,自主设计课程类型并拟定教学方法,制作各种利于吸引学生注意力的有趣教具,能够在每堂课前都做好充分的准备,真正做到了"有备而来",并且课后及时对于该课做出总结,认真搜集每节课的可件和课外知识。

她在教学工作中十分注重学生能力的培养,把传授知识、技能和发展智力、能力结合起来,在知识层面上注入了思想情感教诲的因素,发挥学生的立异意识和立异能力让学生的各种素质都得到有效的发展和培养,积极的培养了学生的创新思维和创新能力,同时培养了学生热爱世界、自然、祖国、家乡、人民的良好思想。

欧晓芬老师真正做到了在教会学生学习方法,培养学习兴趣的同时,教会学生做人的道理。

（吉林农业大学第三届研究生支教余庆县龙家小学基地　向美琦编辑）

实践出真知

潘光富,男,仡佬族,中共党员,1963年3月生,1980年8月参加教育工作,1989年7月中师函授毕业,1997年12月大学专科政治思想专业毕业于贵州教育学院,2007年12月30日大学本科教育管理专业毕业于贵州师范大学,2012年12月被贵州省政府授予三十年荣誉教师称号。

自该同志调入凤冈县进化中学任职以来,积极追求进步,认真履行自己的岗位职责,爱岗敬业,为人师表。长期担任班主任工作,对班级认真进行管理,所带班级多次获奖,本人也多次被评为县级先进教育工作者,先进教师,优秀教师,优秀班主任。历任学校团总支书记、党支部组织委员、宣传委员,认真学习,积极工作,开展各种活动,多次受到团县委表彰。还在任职后勤主任期间经常跟学校提合理化建议,密切配合领导工作,谋求学校的发展,制定长期规划,且校园征地达七次之交。多次与领导一起积极争取外来资金、课桌等办学物资改善办学条件,为教学提供物质和经济保障。

他撰写的论文《在初中政治教学中培养学生的质疑能力》一文发表在《华章·教学探索》2007年底6期。《浅谈农村中学安全工作》、《政治课如何培养学生良好的心理素质》被收录在贵州省教研论坛《整体构建学校德育体系研究与应用》一书中,《小议初中政治课参与式教学》发表在2015年5期启迪与智慧一书中。

潘光富同志积极参加教研实践活动,做好教育教学工作,几十年如一日,勤奋工作,深受师生及家长好评,是乡村教育工作者中的领军人物。

(吉林农业大学第三届研究生支教余庆县龙家小学基地　向美琦编辑)

有耕耘,才有收获

汪叶林,男,1962年9月出生,专科学历,语文高级教师。1985年毕业于凤冈师范,同年进入凤冈县进化镇进化中学任教至今,已有30年班主任教育工作经历。

该同志爱岗敬业,业绩突出。所任教班级学科成绩始终名列前茅,获得了学生和家长的一致认可,也得到学校领导和同仁赞许。多年来的潜心学习和勇于探索,使他拥有一套自己独特的教学方法,为教育事业做出了巨大贡献。

汪老师的辛勤努力,让他也收获了很多的表彰和鼓励:公开发表的论文有《爱,无声的教育—德育工作之点滴》、《如何在语文教学中渗透素质教育》、《作文常规教学中的六个环节》、《变色龙课堂初录一瞥》、《作文评价体系构想》获省级三等奖。1995年在第三届"语文报杯"全国作文大赛中荣获省级辅导教师一等奖,1996年获全国党纪政纪条规知识竞赛遵义地区个人优秀奖,1997获县级先进教师称号,1999年全国"语文报杯"作文大赛中获凤冈赛区中学组优秀作文辅导奖,2000年获青少年"走向新世纪"(中学组)读书活动演讲赛指导教师奖,2002年获县级优秀教师,2004年获县级教学能手,2006年获县级优秀班主任,2007年在第八届"新世纪"杯全国中学生作文大赛获作文指导二等奖,2008年在"迎奥运、讲文明、树新风"征文比赛活动中荣获辅导奖,2008年在遵义市第二届中学素质作文竞赛中获指导学生三等奖,2009年在遵义市中学素质作文竞赛中获指导学生二、三等奖,2009年获镇级优秀教师,2010年在遵义市第三届素质作文竞赛中获指导学生市级2个二等奖、1个三等奖。2010年获镇级优秀教师,2010年遵义市"教改实验优秀成果"三等奖,2012年在全国"奥数"竞赛中获优秀辅导员,2014年获镇级优秀班主任。

汪老师始终坚信"有耕耘,才有收获",30年的辛勤耕耘,才有了这桃李满园的收获!

(吉林农业大学第三届研究生支教余庆县龙家小学基地　向美琦编辑)

坚守乡村教育一线

王文建,男,汉族,物理高级教师。1988年7月毕业于遵义师范专科学校(物理专业),同年8月开始参加教育工作,1993年8月调入凤冈县进化镇中学工作,

2003年12月贵州师范大学教育管理专业毕业,多年来始终奋斗在乡村教育教学工作第一线。

　　王文建同志自参加工作以来,积极进取,踏实奋进,主动参加教研教改工作,对任教的班级认真进行管理,多次指导学生参加物理竞赛并获奖。曾于1999年因教育教学工作成绩显著被评为县级先进教育工作者,2005年指导学生安育松获物理知识竞赛省级二等奖,2007年指导学生王章钦、石宏伟同时获物理知识竞赛省级二等奖,2009年指导学生蒲伦获物理知识竞赛省级二等奖,冯静、李艳飞获物理知识竞赛省级三等奖。他所撰写的论文《论物理教学中的情感因素》、《如何做好新课改下的物理实验教学》等在《中学生数理化》上发表,《物理教学中如何做好学困生的转化工作》在考试周刊上发表。

　　王老师在做好教学工作的同时,积极参加教学实践活动,几十年如一日,勤奋工作,深受师生及家长好评,始终奔走在乡村教育的第一线,为乡村教育无私奉献着他的光和热。

(吉林农业大学第三届研究生支教余庆县龙家小学基地　向美琦编辑)

身为世范,为人师表

王政奇同志,男,汉族,中共党员,大学本科学历,1990年8月毕业于遵义师范专科学校生物系,分配到凤冈县进化镇中学参与教育工作至今。

该同志参与教育工作至今,曾担任初中英语、数学、生物、历史、地理等学科的教育教学工作(现从事初中数学科的教育教学工作),1990年9月至2002年8月,连续12年担任学校团委书记和班主任工作,曾获得县级优秀班主任等荣誉称号。2002年9月,因学校工作的需要,调整到进化中学政教处担任政教主任主持政教处工作;直到2006年,随着新一轮继续教育(即"十一五")的启动,根据学校的具体情况,又轮岗到进化中学教研处主持日常工作,负责学校的教研教改和继续教育工作。

王政奇同志曾荣获国家级德育先进工作者、县级先进继续教育工作者等荣誉称号。他所培养的学生在参加上级部门组织的各种竞赛活动中,多次获得国家级、省级、市级、县级奖;他所撰写的论文在省、市、县论文评选活动中均多次荣获一、二、三等奖,其中《怎样提高初中数学的教育教学质量》于2008年5月在《贵州教育》上公开发表,并得到了同行们的高度好评。

王政奇老师25年来都以一种高度负责任的态度对待工作和生活,总是以一

个共产党员的标准严格要求自己,任劳任怨,兢兢业业,从不计较个人得失;生活不攀比,工作不懈怠,成功不自满,失败不气馁,困难面前不退缩,功利面前不争抢,为人谦恭有礼,处事宠辱不惊。他既是一个合格的人民教师,也是一个优秀的共产党员,是值得所有乡村教育工作者学习的楷模。

(吉林农业大学第三届研究生支教余庆县龙家小学基地　向美琦编辑)

桃李天下,春晖四方

魏再芬,女,汉族,1982年7月毕业于凤冈师范大学,同年8月分配到大堰完小开始参与教育工作,1983年初级中学开设英语学科教学,在当时缺少英语教师的条件下,临危受命开始从事初中英语教学。1986年调入凤冈县进化镇中学,1990年9月至1992年7月到遵义教育学院进修英语,毕业后回继续在进化中学任教至今。

在魏老师33年的从教生涯中,有23年担任班主任工作的经历,曾任英语教研组长,2002年至2006年被学校教研室聘为兼职教研员。

魏再芬老师在从教过程中,热爱自己的本职工作,注重提升自己的教育教学能力。经常与家长沟通,把学校教育与家庭教育相结合。关心、爱护每一位学生。

注重对学生知识与能力的培养。教育教学工作得到师生和家长的一致认可。曾分别在 1997 年、1999 年、2000 年、2002 年、2003 年被评为县级优秀班主任所培训的学生在全国英语竞赛中获国家级三等奖。2005 年被评聘为英语高级教师。

三尺讲台,三寸舌,三寸笔,三千桃李;十年树木,十载风,十载雨,十万栋梁。魏老师在用自己的教育人生,实践着一位普通乡村教师的执着信念。

(吉林农业大学第三届研究生支教余庆县龙家小学基地　向美琦编辑)

爱满黔山

吴军,男,1974 年 7 月出生,中学一级教师。1997 年 7 月毕业于遵义体校,2003 年参加全国自考,毕业后开始正式参与教育工作。

吴军童子自参加工作以来,连续担任班主任工作 10 余年,多次获得镇、县级优秀班主任称号。他爱生如子,得到师生的一致好评,工作积极,他曾说:"我不会让工作在我这里停留,也不会让工作在他这里而影响部门和单位的形象。"

在他任教期间,多次获得县、市级优秀教练、市级优裁判称号。发表过《浅谈初中体育教学》《激发学生体育学习动机提高初中体育教学质量》《初中体育教学中学生主导作用的发挥》等多篇文章。

高原烛光　>>>

在这个知识引领进步的时代，乡村教师担负着科教兴国、人才强国战略中最为基础的任务，吴军同志身为一名普通的乡村教育工作者，能在普通的岗位上，做出普通的成绩，他愿意把所有的温暖和爱都洒向大山里的孩子。

（吉林农业大学第三届研究生支教余庆县龙家小学基地　向美琦编辑）

学无止境的传帮带

肖泽禄同志，男，汉族，中共党员，本科学历，中学语文高级教师。1980年8月开始参与教育工作，现任凤冈县进化中学办公室主任。

肖泽禄同志多年来一直在乡镇中学任教，担任一线教师的教学任务。在工作中兢兢业业、勤勤恳恳、任劳任怨、不计个人利益和得失，以忘我的境界投入到教育教学和学校的管理中，在他的带领和协调下，部门的各项工作正常开展，秩序井然。他协助学校开展校园规划建设、校园文化建设、校园文明建设、学校制度建设、档案建设等。该同志工作精细，办事认真，待人热情，成绩十分突出，受到上级领导的一致好评。

他在教学工作中，该同志主动为学校承担困难，一直是超负荷的工作。多年担任九年级语文科的教育教学工作和语文学科的相关培训任务，他始终坚持以学生为本，努力探索，大胆创新，所任教班级的成绩突出，名列前茅。

肖泽禄同志2006年被评为全国德育实验先进教师;2008年、2009年被评为全国德育实验先进工作者;2008年—2013年连续6年被评为镇级优秀共产党员、2011年、2013年被评为镇级师德标兵,2012年被评为镇级先进教育工作者,2014年被评为镇级优秀教育工作者。

他工作中一方面虚心向老教师学习,另一方面还会去对年轻教师进行培养,以身作则,言传身教,能够很好地发挥了传帮带的积极作用。

(吉林农业大学第三届研究生支教余庆县龙家小学基地　向美琦编辑)

两鬓斑白,青春不衰

张大仙,女,1965年10月出生,大学专科学历,英语一级教师。1986年开始参与教育工作,在凤岗县进化镇中学任教至今,长期担任班主任工作。

她以高尚的人品和精湛的教学业务影响和培养一届又一届的莘莘学子,给多名家庭困难濒临失学的学生予以心灵的安慰和物质的帮助,使他们完成学业并走入大学的殿堂。她爱生如子,在她眼中没有坏学生,她所带的班级几乎没有违纪学生。她不计个人得失,努力为学校排忧解难,曾担任过四个班的英语教学,使声音沙哑。教学成绩显著,深受学生的喜爱和家长的赞同,学校领导和同仁的认可。

张老师曾在2005年获镇级"教学能手",2007年在全国中学生英语竞赛中荣获凤冈赛区指导一等奖,2007年在第八届"新世纪"杯全国中学生作文大赛中荣获作文指导三等奖,2008年在"迎奥运、讲文明、树新风"演讲比赛中荣获镇级辅导奖。2008年获镇级"优秀教育工作者",2009年"获镇级师德标兵",2009年十月获镇级优秀教师,2012年荣获县级优秀班主任,2014年获镇级优秀班主任。她虚心学习,勤于研究教材教法,总结经验教训,发表多篇教育教学论文,公开发表的有《浅谈中学英语课堂教学中的创新教育》、《用心耕耘,收获无限》、《初中英语教学要重视朗读和背诵》;论文《农村初中英语教学中存在的问题及对策》获省级二等奖、《谈初中英语教学的智慧潜能》获省级三等奖、《为学生撑起一片蓝天》获县级二等奖。

她年近50,现在却仍担任着班主任的工作,仍在为乡村教育工作做出巨大贡献。她说,"只要前面有花,就不会停止脚步。"

(吉林农业大学第三届研究生支教余庆县龙家小学基地　向美琦编辑)

悉心灌溉的张真武

张真武,男,汉族,1961年6月出生,中共党员,大学本科学历。1979年2月开始参加教育工作至今,曾在何坝完小、水河完小、大堰完小任教,1998年8月调入凤岗县进化镇进化中学任教,现已从教36年。

该同志有较强的业务学习能力和丰富的教育教学经验,自从事教育教学工作以来,热爱教师这个职业,顺利地完成了各项教育教学任务。为了提高自己的专业技能,坚持学习,1983年7月毕于凤冈师范,1993年参加贵州省教育学院数学专业学习,于1996年获得大专学历,2003年参加贵州省师范大学教育专业学习,于2006年获得大学本科学历,这些学习经历,使他思想上日益成熟,不断取得进步。

他在工作上严格要求自己,在教育教学工作中不断创新,努力工作,做出了很多成绩,多次受到学校及上级部门的表彰。1996年荣获县级先进教育工作者;2001年荣获县级教学能手称号;2002年荣获县级十佳教育工作者;2006年荣获市级骨干教师称号;2008年荣获县级改革开放三十周年先进工作者;2013年荣获县级师德标兵;2006年至2008年连续三年被贵州省德育研究中心评为先进德育工作者。

张真武老师一直立足于教育教学岗位,求真务实,教书育人,热爱学生,为人师表,工作兢兢业业,勤勤恳恳,任劳任怨,团结协作,用一颗赤诚之心默默灌溉乡村教育之花。

(吉林农业大学第三届研究生支教余庆县龙家小学基地　向美琦编辑)

湄潭解乐九年制学校简介

我校位于湄潭县城的最南端,距离县城35公里,是一所九年一贯制学校。学校几经迁徙,1937年成立,名为私立立达学园、中山村试办中心学校、小谓庄学校。八十年代以来,解乐人民开始集资办学,共筹集资金32万元,修建教学楼一栋,共三层,15间教室,学生寝室10间,教师寝室24间。2003年又经群众和历届校友集资2万余元,上拨资金4.6万元,在原教学楼左旁又修建教室三间。学校硬件设施得到迅速发展,办学效益享誉四乡八邻,解乐学校从此进入兴盛时期。因学校办学效果明显提高,引起历届校友和解乐人民的高度关注,2009年6月1日,我校第一届校友会隆重召开,决定成立以李冰同志为会长的"解乐助学基金会"。基金会本着"国运兴衰,教育为本,家乡发展,人才为先"的原则,积极支持解乐教育事业优先发展,弘扬解乐学子积极工作、热爱家乡,鼓励在校学生刻苦学习、勇攀高峰。

我校占地9444平方米,现有教职工编制数45人,其中中级职称20人,本科学历30人,专科10人,党员15名。在校学生562人,其中初中部230人,小学部332人。学校现有一栋老教学楼、在建新教学楼一栋、一栋教师周转房、一栋学生宿舍楼(其中一楼为学生食堂、二、三、四楼为学生宿舍)。有篮球场两个、羽毛球场一个、200米跑道一个、计算机教室一间(内有教学机一台、学生机14台,均为校友捐赠)、多媒体教室一间、图书室一间(藏书6000册)、教职工之家一间、乡村少年宫项目一个等。

学校以"今天我以校为荣,明天校因我增辉"为校训,秉承"以人为本,以德为先"的办学理念,注重规范化管理与人性化关怀的有机结合,不断丰富校园文化内涵。2009年,我校荣获"县级绿色学校"光荣称号;任海龙老师在县级体育优质课比赛中,荣获一等奖;在"我是90后演讲比赛"中,杨玉婷同学获得二等奖;在"我是90后征文比赛"中秦艳获得优秀奖;在湄潭县第五届中学生运动会上,我校刘春涛同学在1500米和3000米两项中获得季军,郑春燕同学在4*100米中获得季军;在感恩节手工制作中,九年级周琳同学和七年级汤丹丹同学均获得二等奖;中考连续五年位居全县前列,特别是2012年中考,58人参考,41人被高中录取,2013年中考,63人参考,50人被高中录取,其中庹东成同学以588分的成绩获得全县第二名。学校以"发展学生能力,培养学生特长,丰富校园文化"为目的的"第二课堂",构建了丰富多彩校园文化,得到社会和家长的一致好评,得到了上级主管部门的认可。

学校本着对寄宿生负责,让家长放心,本学期学校行政三人、党支部书记、工会主席、团队负责人共六人,晚上轮流在学生寝室值班,让学生找到在家的温暖,每天由班主任将本班学生"清点"交给值班领导,确保学生人身和财产安全,此举得到学生家长的高度评价。

我校是充满生机与活力的一间山区学校,置身其中,确有山清水秀、鸟语花香之感。全体教师以满腔的热情积极工作,努力向全县一流的村级学校目标迈进,走出一条独特的山区现代化教育之路!

在上级教育主管部门的关心和支持下,2013年和2014年给我校增添了10多名新教师,为我校增添了新鲜的血液。他们分别是:龙兰,女,1992年9月生,汉族,籍贯贵州湄潭,2013年6月毕业于哈尔滨师范大学生物科学系,同年9月进入学校参加工作,曾在参加"湄潭县中小学教师基本功大赛"中荣获二等奖;徐国琴,女,汉族,籍贯:贵州湄潭,政治面貌:中共党员,2013年6月毕业于海南师范大学,2013年9月参加工作,在职期间获得荣誉:荣获"湄潭县第一届(化学科)中小学青年教师基本功大赛"三等奖,荣获"湄潭县2013—2014学年化学科对比单位第一名";孟永娥,女,汉族,籍贯:贵州湄潭,中共党员,2014年毕业于遵义师范学院,2014年参加工作,在职期间获得荣誉:荣获"湄潭县第一届中小学青年教师基本功大赛"二等奖;陈丹,男,仡佬族,籍贯:贵州湄潭,2008年毕业于遵义师范学院,2013年参加工作;曹红,女,汉族,中共党员,籍贯:贵州贵阳,2013年7月毕业于贵州师范大学,2013年9月参加工作,2015年6月参加遵义市中小学青年教师教学基本功大赛获得二等奖;田崇锦,女,汉族,籍贯:贵州湄潭,2013年7月毕业于四川师范大学,2013年9月参加工作;谢宏,男,汉族,籍贯:贵州湄潭,中共预备党员,2013年7月毕业于北华大学,2013年9月参加工作;周玲,女,汉族,籍贯:贵州金沙,2013年7月毕业于贵州师范学院,2013年9月参加工作,2015年6月参加石莲镇中小学青年教师教学基本功大赛获得一等奖;黄小静,女,汉族,中共党员,籍贯:贵州省湄潭县,2014年6月毕业于遵义师范学院,2014年9月参加工作;舒永琴,女,1988年9月生,汉族,籍贯贵州湄潭,2012年7月毕业于贵州师范大学求是学院历史与政治系,2013年9月参加工作。宋彩凤,女,汉族,籍贯:贵州省湄潭县,共青团员,2014年6月毕业于贵州师范大学求是学院,2004年9月参加工作;胡青,女,汉族,籍贯:贵州湄潭,共青团员,2014年6月毕业于贵州师范大学求是学院,2014年9月参加工作;

生命不息,奉献不止

陈廷锋,男,汉族,1957年10月出生,高中文化,小学一级教师,1975年7月毕业于茅坪中学。

1975年9月参加教育工作,当时正在实行"学校下放到村级办学"政策,陈廷锋就是该政策的先行者之一,陈廷锋同志以两个生产组开始组合创办了一间民小,后来发展为将五个生产组的两间小学合为一体,都是借用民房及仓房上课,学生自带家用的高矮凳子做桌椅。虽然条件简陋,但老师全心付出,学生勤奋学习。后来又将村里的三间民小合并在一起,组建成立了"完全小学"。教学带班的同时还承担了学校的出纳工作,兼任村小负责人。

1989年9月该同志调入解乐完小,任学校出纳,负责学校经费收支管理,直至2000年8月,因学校工作需要调整担任学校总务工作,于2008年辞去该职务。在该同志总务工作任职期间,为学校建设发展做出了巨大的贡献,将校园内高低不平、尘土飞扬的坝子全部硬化完工,将已陈旧不堪的教学楼内外全部整修,加强学校绿化建设,是学校成为远近闻名的花园学校。

该同志投身教育工作的这些年,勤奋努力,工作上积极要求上进,为了提高自己的教学技能,于1985年参加卫电中文专业现代汉语培训,获得证书;同年参加遵义地区小学教材教法进修,获合格证书;1993年元月参加全省小学专业证书专业知识和业务能力考核自修,获合格证书;1994年7月和1999年7月曾两次参加会计、出纳基础工作培训,获合格证书;1997年7月参加教师资格培训,获小学教师资格证书。

陈廷锋对工作认真负责,也获得了很多荣誉,1985至1986学年任双山学校负责人,学校被评为"先进教育工作单位";1988年又被评为"三凤"、"两貌"先进单位;1986年该同志被评为先进教育工作者;1988年被评为优秀教师;1991年被评为先进教师;1994年被评为先进教育工作者;1995年被评为先进教师;1996年被评为优秀教师;在1999和2000年连续两年公务员考核,均获优秀等次。

陈廷锋同志的一生是平凡的一生,但也是积极向上、执着追求的一生。"生命不息,奉献不止!"这就是他工作四十年来一直践行的目标!

(吉林农业大学第三届研究生支教余庆县龙家小学基地　向美琦编辑)

以校为家,政勤为上

代忠芳,男,苗族,生于1997年5月5日,2002年7月毕业于贵州广播电视大学化学教育专业,于2002年9月在解乐九年制学校任教至今。

该同志从事班主任工作8年,非常熟悉班级建设和学生工作规律,实事求是,公正严明,作风民主,在学生中威信较高;爱护学生,尊重学生,能够想学生之所想,积极为学生排忧解难,工作成绩突出。工作期间多次被评为县级"优秀教师"、乡级"优秀教育工作者",所带的班级班风正、学风浓,精神面貌昂仰向上。

由于工作业绩突出,学校于2010年9月5日提任代忠芳同志担任湄潭县石莲乡解乐九年制学校工会主席,工作中该同志处处为教师着想,积极协调学校行政与教师关系,屡次组织教师外出参观学习,尽心尽力,深得民心。2012年4月6日调任为湄潭县石莲乡解乐九年制学校政教主任,工作中更是尽心尽力,身先士卒,要求学生做到的自己首先做到,积极组织"三关爱·学雷锋"、"绿丝带关爱"等系列活动对学生加强正能量教育,为学校营造了良好的品德环境和育人环境。2013年1月15日该同志再次调任为湄潭县石莲镇解乐九年制学校副校长,分管学生德育和安全工作,他经常说的一句话"学生的德育出问题了,那是不尽责、不努力的表现;学生的安全出问题了,我就该受到党纪国法相应的惩罚,我有不可推卸的责任",因为对工作高度的责任感和使命感,使得学校至今没有重大安全事故发生。在工程问题上,他积极争取资金,努力协调上级教育主管部门为学校新修了公租房一栋,同时拆除危房、新修教学楼一栋。

有心人天不负,她的努力工作也得到了各级教育主管部门的认可,代忠芳同志的工作也获得了诸多成绩,县级以上表彰就有2006—2007年学年度"县级优秀教师称号"、2010年5月被认定为"湄潭县县级骨干教师"、2013年10月评为"遵义市市级骨干教师"等等。

在众多的荣誉面前该同志并不自满,仍然兢兢业业、任劳任怨、努力学习、积极进取,在他的努力下,校园不断建设,学校一天一个样,一年大变样,就为了尽快给所有师生一个舒适优雅的学习工作环境,他牺牲了几乎所有的休息和假日,真心把学校当成了自己的家。

代忠芳同志以先进的办学理念,卓有成效的管理方法,严谨务实的工作作风,勤政廉洁的工作行为,敬业高效的工作态度,为教育事业的发展做出了巨大贡献,使解乐九年制学校成为领导、教师、家长和学生全都满意的学校。

(吉林农业大学第三届研究生支教余庆县龙家小学基地　向美琦编辑)

心系学生改革创新

高鹏,男,汉族,1982年9月出生,中学一级教师。2004年毕业于贵州省安顺师范高等专科学校,同年9月参加教育工作,2008年获得贵州师范大学历史学教育本科学历,现任贵州省湄潭县石莲镇解乐九年制学校党支部书记、校长。

该同志参加工作至今,工作勤勤恳恳、兢兢业业,工作成绩也多次获得上级的肯定,于2005年9月获得湄潭县石莲镇"优秀教师"荣誉称号;2006年9月获得湄潭县石莲镇"师德标兵"荣誉称号;2007年12月获得湄潭县石莲镇"优秀共产党员"荣誉称号;2008年获得石莲镇"优秀班主任"荣誉称号;2010年获得湄潭县"先进德育工作者"等荣誉称号。共发表省级论文1篇,市级论文2篇,县级论文5篇;2009年7月曾到重庆参加德育干部管理培训,2014年8月到贵阳参加贵州省教育厅组织的"信合情,千名农村中小学校长培训班"学习。2015年成为遵义市首届名校长梁中凯工作室学员,7月到重庆参加遵义市首届名校长工作室学员高级研修班学习。

该同志出任校长以来在学校文化建设和学校管理方面改革创新,在学校教学体系、教学规范和教师教学行为工作上也取得了一定的成绩,始终秉持着"今天我以学校为荣,明天学校因我增辉"的校训,提倡"合道德"的学校教育,寻找中学教育行走新路径,努力构建由"教室课堂""校园课堂""社区课堂"共同组成的"道德课堂"。

高鹏同志努力让学生接受着"合道德"的课堂生活,真正做到了让学校成为学生人生中最重要的奠基阶段与终身的美好记忆。

(吉林农业大学第三届研究生支教余庆县龙家小学基地　向美琦编辑)

真情打动学生,汗水浇灌学生

毛明霞,女,汉族,本科学历。2013年毕业于贵州师范大学思想政治教育专业。曾于2008年7月—2011年3月经教师招考考入石莲镇黎明小学任教,后于2011年3月调入湄潭县石莲镇解乐九年制学校工作至今。

该同志在工作期间,曾荣获湄潭县优秀教师、湄潭县数学教育教学工作三等奖、湄潭县科学实验优质课二等奖、湄潭县石莲镇优秀班主任等荣誉。在教研方面,她所撰写的《食品包装袋上的信息》一文荣获省优秀论文一等奖。

毛明霞同志自参加工作以来,一直担任班主任工作,对教育教学工作尽职尽责,兢兢业业,是乡村教育中不可多得的优秀教师。

(吉林农业大学第三届研究生支教余庆县龙家小学基地　向美琦编辑)

没有爱就没有教育

孟永英,女。2002年8月毕业于贵州省凤岗师范学校,同年9月进入湄潭县石莲乡解乐九年制学校参加教育工作,并于2004年9月借调到湄潭县石莲中学,2009年9月调回原单位学校工作。

该同志工作勤奋,业绩突出,曾获"巾帼园丁"、"优秀班主任"、"教坛新秀"、"优秀教师"等荣誉称号。她所撰写的论文有《巴东三峡》、《春》、《期行》、《选举风波》等教学设计。

2010年,她所任教的班级在全县的抽考年级评比中,荣获三年级英语和科学学科对比单位第三名的好成绩。2013年12月获"2013年初中学业升学考试语文科成绩对比单位第二名"。

孟永英老师始终怀着一颗赤诚的心，用对教育事业诚挚的爱，用对学生无尽关怀的心，细心呵护着每一个茁壮成长的学生，她相信，没有爱就没有教育。

（吉林农业大学第三届研究生支教余庆县龙家小学基地　向美琦编辑）

扎根山乡　现身教育

秦义久，女。2002年7月毕业于贵州省凤岗师范，同年8月进入贵州省湄潭县石莲镇解乐九年制学校参加教育工作至今。

该同志参加工作13年来，一直担任班主任工作，从事小学语文教育教学工作。在工作中，她忠诚党的教育事业，贯彻党的教育方针，履行教师神圣职责。为人师表，追求真理，崇尚科学，敬业爱生，教书育人，淡泊名利。

为了提高自己的教育教学水平，在工作之余积极学习，于2006年1月获得大学专科毕业证，2013年获得大学本科毕业证。空余时常到校图书室、县图书馆借阅有关教学的书籍。该同志的论文《浅谈小学生课外阅读的重要性》在《贵州大学》2008年增刊上刊登，2013年渗透法制教育教学设计《泉水》获县级三等奖。

付出总会有收获，秦义久同志于2004年、2007年获石莲"乡级优秀教师"荣誉称号；2010年所带班级获"乡级先进班集体"称号；2012年获县级优秀班主任；2013年参加县级小学语文科优质课大赛获三等奖，同年获石莲镇镇级"道德模范"称号。

成绩属于过去，未来仍需努力。相信该同志在新的形势下会更加努力学习，更加勤于探索，力争在今后的工作中做出更大的贡献，力求实现"扎根山乡，现身教育"的誓言。

（吉林农业大学第三届研究生支教余庆县龙家小学基地　向美琦编辑）

说老实话　干良心事

任义华,男,汉族,大专学历.1993年毕业于遵义师范专科学校,同年8月进入湄潭县石莲镇解乐学校参加工作,任教至今。

该同志基本素质高,业务能力强,曾担任初中数学、化学、生物等学科任课教师,并于1994年调任为学校教研组长,于2005年担任教务员职务。

任义华同志出色的业务能力也多次得到上级领导的肯定,于1995年、1997年获乡级先进教师称号,1999年获县级优秀教师称号,2013年获镇级优秀教师称号。

任义华同志为人真诚、办事认真,不说大话,务实求真,他用自己的实际行为,给他的学生们树立了一个最好的榜样,永远说老实话,干良心事。

(吉林农业大学第三届研究生支教余庆县龙家小学基地　向美琦编辑)

以生为友　身正为师

王敏,女,生于1978年8月,现年37岁。1997年7月毕业于贵州广播电视大学附属中等学校"幼儿艺术师范"学校,同年8月分配到贵州省湄潭县石莲镇解乐九年制学校工作至今。18年来一直担任小学班主任,从事小学语文科教育教学工作。

该同志1997年5月加入中国共产党,忠诚党的教育事业,贯彻党的教育方针、政策,时时以党员的标准严格要求自己,积极履行教师的神圣职责。为人师表,教书育人,淡泊名利,热爱学生,终身学习,于2003年7月获得专科毕业证。

该同志对工作兢兢业业,乐于奉献,付出就有收获。通过她的努力,于1997—1998年获得"先进教师"的称号;2005—2006年获得"先进班集体"的称号;2008—2009年获得"优秀辅导员"和"爱心妈妈"称号;2009—2010年获得"先进班集体"

的称号;2012—2013年获得"优秀班集体"的称号。王敏同志为了提高自己的业务能力,利用业余时间不断学习,为家乡的教育默默地奉献着。

(吉林农业大学第三届研究生支教余庆县龙家小学基地　向美琦编辑)

倾听童声　学会微笑

王在喜,男,汉族,1973年10月生,贵州湄潭人,小学一级教师。1995年7月毕业于贵州省遵义师范学校,同年8月分配到贵州省湄潭县石莲镇解乐九年制学校工作至今。20年来一直从事小学数学科教育教学工作。

该同志工作能力强,能独立完成工作,工作热情高,有吃苦耐劳的精神,忠诚党的教育事业,贯彻党的教育方针,履行教师神圣职责,教书育人,淡泊名利。

该同志工作之余积极学习,2000年9月至2002年6月参加中央广播电视大学函授大专班学习,于2002年7月获得大学专科毕业证书。2005年9月在《希望》报上发表论文《如何发挥小学数学教师"引导者"的作用》。

该同志1997年、2006年、2012年、2014年荣获"镇级优秀教师"荣誉称号,1997年荣获"乡级优秀辅导员"荣誉称号。

王在喜同志有爱心,有耐心,善于与人沟通,善于与人协作,在教学过程中,师生关系融洽,他总是静下心来,耐心了解孩子们的需求,为学生解决最实际的问题,他的工作获得了全校师生的一直肯定。

(吉林农业大学第三届研究生支教余庆县龙家小学基地　向美琦编辑)

辛辛苦苦享受教育

王钊,男,苗族,39岁,小学一级教师,大专学历。

王钊同志参加工作以来,由他所任教的班级活泼、积极、进取,他所教育的学生乐学、勤学、好学。班级在他的带领下,频频在集体活动中获奖,班级多次被评为校"优秀班级"。王钊同志本人也多次获得镇级"优秀班主任"和"优秀辅导员"称号，他所撰写的论文在也曾在省级文刊中发表。

该同志从2005年起至今至一直担任班主任工作，十年来一直坚持每天6:20进教室开始给学生上辅导课，每天下午5:40至6:30辅导学生晚自习，一直到安排学生全部就寝之后才休息。工作中兢兢业业，按时完成学校和上级交给他的各项任务，他所带的班级多次在学年统考中荣获县级、镇级第一名。

王钊老师的辛勤付出，不是为了取得多少成就，获得多少称赞，他说，他只是疯狂地热爱这教育事业，工作对他来说是一种幸福。

（吉林农业大学第三届研究生支教余庆县龙家小学基地　向美琦编辑）

成功是细节之子

杨朝林，1995年7月毕业于贵州师范大学的物理学教育专业（专科毕业），同年分配到湄潭县解乐九年制学校工作至今。

该同志参加工作以来，在教学上兢兢业业，积极探索各种教学方法，教学业绩一直稳居同年级前列。参加工作二十年，当了七年的校长、三年的九年级班主任，在学校和班级管理工作上积累了丰富经验，使学校学习风气稳步提高，学习成绩也逐年提高。

在教学过程中，他勤于思考，善于总结，历经多年锤炼，现在的杨朝林同志已经是一名十分成熟的初中物理教师。2002年被评为湄潭县师德标兵；2003年被评为湄潭县优秀教师；2006年被评为石莲乡优秀共产党员；2009年被评为湄潭县优秀教育工作者；2010年被评为乡、县级优秀共产党员；2012年所教班级的物理科获全县第二名；2013年所教班级的物理科获全县第一名和第二名；2014年所教班级的物理科获全县第一名。另2008年和2015年被评为石莲镇优秀教师。

杨朝林同志工作勤奋，兢兢业业，任劳任怨，数年如一日，能力全面，善于归纳和总结。在工作和生活中，善于纳谏，教育观念与时俱进，是一名不可多得的教育人才。

（吉林农业大学第三届研究生支教余庆县龙家小学基地　向美琦编辑）

工作着　思考着

　　杨莎,女,汉族,出生于1986年5月,专科学历,本科学历进修中。2005年9月招考到石莲镇解乐九年制学校任教至今,最初一直担任班主任工作,2014年11月担任学校教务主任工作,2010年加入中国共产党。

　　十年的工作期间,该同志的工作成绩也得到多方肯定,2007年9月,被评为乡级先进教育工作者;2013年9月,在2012—2013学年度教育教学工作中成绩突出,荣获石莲乡"师德标兵"称号;2014年1月,在2013年乡级教师推荐评选活动中被认定为"石莲镇镇级骨干教师";2014年6月,荣获镇级2014年优秀共产党员称号;2015年3月,被评为2014年度"三八红旗手"。2014年3月,她所撰写的论文《关于课堂氛围的营造方法初探》一文,全国中、小学教师优秀论文评选活动中,荣获一等奖。

　　该同志参加工作以来,在工作岗位上能始终如一,严谨求实,勤奋刻苦,兢兢业业,较好的完成各项工作任务;作为一名共产党员,能时时刻刻以优秀党员的标准严格要求自己,在政治理论学习、教育教学、联系群众和遵纪守法等各方面都较好的发挥着共产党员的先锋模范作用,特别是在教育学生,以自己的人格魅力去感化学生方面更加得到了学校和学生的肯定,赢得了全校师生的好评。

(吉林农业大学第三届研究生支教余庆县龙家小学基地　向美琦编辑)

湄潭县石莲镇中心完小学校简介

石莲镇中心完小始建于民国初年，校园占地8439平方米，建筑面积3120米，绿化面积2102平方米，现有12个教学班，学生常年保持在600人左右。教职工36人，其中小教高级教师18人，大专学历17人，本科学历10人。

石莲镇中心完小始终坚持"教书育人，德育为先"的宗旨，以德促教，教育教学成效显著。自2007年以来，其办学业绩得到主管部门的肯定，受到社会的普遍赞誉。在2007年至2015年期间，学校荣获县级奖牌17块、乡级先进集体奖5次；6人次在县级优质课评选中获奖、1人次获市级课堂实录优质课二等奖；教师个人荣获县级各类奖28人次；获市级优秀少先队辅辅导员称号1人；获市级骨干教师称号3人；省级表彰先进教育工作者1人；辅导学生竞赛在县级获奖24人次；辅导学生竞赛在市级获奖4人次；教师发表在省级刊物上的教育教学论文36篇；1名教师的论文获教育部全国教育科学规划"十五"重点课题心理教育科研成果和成果推广二等奖。2007年度六年级综合检测获全县第二名、获县级先进集体表彰；2008年度六年级综合检测获全县第四名,2009年度六年级综合检测获全县第一名。在2011年度、2012年度、2013年度、2014年度在全县的质量检测中均获全县第三名、2015年获第四名的好成绩。

石莲镇中心完小秉承"诚信做人,认真做事"的校训,校风严明,教风严谨,学风严肃。学校管理严格,各大组织分工合作,形成一个强大的管理网络。教师敬业爱岗,乐于奉献,学生勤奋惜时,言行文明,深得社会广泛好评,在当地享有良好的声誉。

我校注重学生素质教育,发掘培养学生人性特长,以开展各种兴趣活动为载体,努力提高学生各方面的能力为培养宗旨,为中学输送了大批的合格人才。

学校教育教学设施齐全,配备实验室,多媒体教室,科学实验室,基本能适应现代化教学之需。校园绿树成荫,花香鸟语,假山奇石,鬼斧神工;花园四季芬芳,舒心养眼,真乃求学之净土,成才之沃壤。

欢迎你到石莲来,放飞你远大的理想,夯实你人生的基础!

办学宗旨:创一流学校　做一流教师　育一流人才

办学思想:育人为中心,学生为主体。

校　　训:诚信做人,认真做事。

校　　风:校以育人为本,师以敬业为乐,生以成才为志。

教　　风:身正　学高　敬业　奉献。

学　　风:严谨,勤奋,求实,创新。

石莲镇中心完小远景图

学校校园文化活动剪影

各班组织学生放学

近年来有三位特岗教师来校工作：

罗小芝，女，汉族，贵州省湄潭县人，2013年7月毕业于贵州省遵义医学院英语专业。2013年9月在我校工作至今，在工作中，该同志具有强烈的事业心和高度的责任感，工作勤勤恳恳、任劳任怨。勇于开拓、锐意创新，能够虚心向老教师学习，认真钻研教材，积极参与教研，努力提高自身的业务素质，取得了显著的工作效果。

贾灵玉，女，汉族，中共党员，本科学历，贵州省湄潭县人，2013年7月毕业于贵州师范大学音乐学专业。2013年9月在我校工作至今，该同志想他人之所想，急他人之所急，团结同志，乐于助人，注重提高个人修养，在搞好本职工作的同时，积极参加各种集体活动，认真完成组织交给的各项工作任务，受到了学校领导和家长的一致好评。

王静，女，汉族，中共党员，贵州省湄潭县人，2013年7月毕业于贵州师范大学美术学专业。2013年9月在我校工作至今以饱满的热情、诚恳的态度投入到教育教学工作中。思想上忠于人民的教育事业，教书育人，尽职尽责，积极奉献，出色地完成了本职岗位承担的工作量和工作任务。经常深入到学生当中去，除了做好学科辅导外，还细致地了解学生，循循善诱、诲人不倦，与学生建立了民主平等和谐的师生关系，工作中谦虚谨慎、礼貌待人、以身作则、严于律己、为人师表。

总之，特岗教师是农村校园中又一面鲜活的旗帜，她们促进着我校教育教学的发展，在学校的教育教学成果中他们不只是特岗教师而且是有特殊贡献的教师。

桃李不言，下自成蹊

曹光林，男，汉族，中共党员，本科学历，一级教师。1998年8月参加工作，在湄潭县石莲乡黎明小学任教2年，2000年8月调入石莲乡地理坝小学任教，2008年8月调入石莲镇中心完小任教至今。

1999年6月获乡级"优秀辅导员"称号；同年9月获乡级"优秀教师"称号；2007年9月，获湄潭县"优秀班主任"称号；2008年9月，获乡级"优秀辅导员"称号，年度考核为优秀等次；2009年6月，获心理教育科研成果和成果推广二等奖

(《学生健全人格的养成教育研究》总课题组);9月,获"贵州省优秀教师"称号;2010年5月,认定为"湄潭县县级骨干教师";7月,获乡级"优秀共产党员"称号;2012年9月,获乡级"优秀班主任"称号;2014年1月,获镇级"骨干教师"称号;9月,获镇级"优秀班主任"称号;2015年2月,被湄潭县教育局聘为"湄潭县教师培训者专家库成员";6月认定为"湄潭县教学名师",县级辅导二等奖。

2012年,《在数学教学中培养学生的操作能力》教学论文获省级论文评选二等奖;2013年,《生活与数学》教学论文获省级论文评选三等奖;2014年,《兴趣质疑求异课堂》教学论文发表于《现代教育科学研究》第5期;2015年,《小学生数学学习能力培养之我见》教学论文获省级论文评选三等奖。

(吉林农业大学第三届研究生支教余庆县龙家小学基地　向美琦编辑)

教育无小事　教师无小节

胡国琴,女,1980年10月出生。于2003年毕业于遵义师范学院。2004年9月参加教育工作,本科学历,小学一级教师。

该同志自参加工作以来一直从事学校数学教学和班主任工作。始终忠诚人民的教育事业、无私奉献、教书育人,到如今已在热爱的教师岗位上兢兢业业奉献了十一个春秋。

　　十一年的教学,让她深深懂得教师的业务水平和教育能力,直接影响着教育教学的提高,她认真学习现代教育教学理论,用理论指导课堂教学,在课堂教学中大胆尝试,摸索出新的教育教学规律,通过学习与实践,她的业务水平有所提高,积累了一些经验,同时也取得了一些成绩:2014年她撰写的《探究小学数学课堂教学的自主化》发表在《读写算》2014年第28期上并获得二等奖、2015年她撰写《小学数学教学中的法制教育渗透》获贵州省教育科学研究所的三等奖、在2014年她指导的活动获得湄潭县"祖国好家乡美"系列活动的县级三等奖、在全镇的"教坛新秀"评选活动中,她也荣获"教坛新秀"这一荣誉称号。同时科学的管理方法和教学手段使她们班的成绩非常优秀,在每年的全镇统考中都取得了全镇前两名的好成绩。

　　赠人玫瑰,手留余香,永远铭记爱岗敬业,永远践行爱岗敬业,是该同志永远不变的宗旨。

(吉林农业大学第三届研究生支教余庆县龙家小学基地　向美琦编辑)

眼中有孩子　心中有目标

　　李光平,男,汉族,1982年生,本科学历,中共党员,小学一级教师。现任湄潭县石莲镇中心完小校长。

该同志于2002年毕业于贵州省凤岗师范学校,2002年9月至2007年8月在湄潭县沿江小学任教,2007年9月至今在湄潭县石莲镇中心完小任教,期间曾担任过湄潭石莲镇中心完小教导主任一职,现任湄潭县石莲镇中心完小校长。

该同志一直以勤奋、执着的精神工作着,在学科教学上始终注重学生文化素养的培养。努力构建适合每一位学生发展的教学模式,上好每一节课,让学生获得更大的发展。多篇研究论文在省、市获奖,曾获湄潭县"两基"优秀资料员、石莲镇优秀共产党员等荣誉称号。

该同志注重学习,政治素质较高,大局观念强,自觉维护班子团结,工作思路方法清晰得当,廉洁自律,较好地完成了分管工作和上级交办的各项工作任务。

李光平同志有一句教育感言,说:当普通人,做平凡事,服务教师,服务学生。

(吉林农业大学第三届研究生支教余庆县龙家小学基地　向美琦编辑)

才称其职　爱岗敬业

石泽华,男,1971年9月出生。1992年8月参加工作,专科学历,小学一级教师。1992年7月毕业贵州省凤凤师范学校,2004年7月函授取得中央广播电视大学专科学历。自参加工作以来先后任学校数学教师、班主任和学校总务主任工作。

2014年7月、8月先后《在新教育时代》和《教育学文摘》上公开发表了论文《小学数学教学改革浅析》和《信息技术与数学教学整合》。在贵州省教育科学院和贵州省教育学会组织的论文评选中,2003年论文《小学数学教学改革浅析》获三等奖,2014年教学设计《垃圾处理》获三等奖。2005年的教学设计《加、减法的意义和各部分间的关系》获二等奖。

石泽华同志曾多次获得县镇两级表彰:2000年获乡级先进教师,2002年获县级优秀教育工作者;2006年获县级优秀教师;2007年获县级先进支教工作者;2007年获乡级先进教师;2008获乡级骨干教师;2008获县局优秀党员;2010年获乡级优秀教师;2011年获镇级优秀教育工作者;2012年获镇级优秀教育工作者;2013年获镇级优秀教育工作者;2015年级获镇级优秀党员;2015年获县级优秀教育工作者。

(吉林农业大学第三届研究生支教余庆县龙家小学基地　向美琦编辑)

有所尝试　有所作为

谭永会,女,汉族,学历本科,小学一级教师。1997年9月参加工作。

在教学工作中,关爱学生,尊重人格,爱护学生自尊心,真诚、公正、平等地对待学生,虚心听取学生意见,爱生如子本人并不满足于现有的知识,不断探索、求真务实,把满腔的热情倾注在学生身上,以高尚的师德,铸就了本人作为优秀教师的品格,所任教班级学生成绩名列前茅。

该同志工作能力突出,她所撰写的论文和艺术作品,多次在各项大赛中获奖:

2008年6月年获湄潭教育局组织的小学科学优质课贰等奖;2011年7月《如何进行小学创新作文指导》获贵州省教育科学研究所,贵州省学教育科研论文会贰等奖;2013年10月又被评为遵义市级骨干教师称号;2015年3月贵州省动漫创作竞赛中教师组获二等奖题目《节约水资源》;2015年5月获贵州省科技创新大赛绘画一等奖;本年8月又获全国科技创新大赛三等奖;2015年7月贵州省教育科研论文一等奖《如何培养特长生》。

　　自从参加工作以来,该同志热爱教育事业,为人师表,以身作则,爱岗敬业,乐于奉献,识大体,顾大局,为学生和同行树立了榜样。凭着对学生无私的爱,她说她从不后悔当老师。

　　　　　　(吉林农业大学第三届研究生支教余庆县龙家小学基地　向美琦编辑)

独特之教风　　以尽匹夫之责

　　王国玉,女,汉族,1982年6月出生,大学专科学历,小学一级教师。2005年7月毕业于贵州师范大学汉语言文学专业,同年9月参加工作。2005年9月至2015年8月在湄潭县石莲镇骑龙小学任教,2011年9月至2015年8月担任骑龙小学教导主任,2015年9月调入湄潭县石莲镇完小。

　　该同志自参加工作以来,热爱教育事业,坚持贯彻落实党的教育方针政策,为人师表,爱岗敬业,乐于奉献;主要承担小学不同年级的语文、英语等学科教学、班主任工作及学校教育教学管理工作,工作态度严谨,业绩突出;2009年荣获湄潭县小学六年级毕业考试英语科第三名荣誉表彰,2011年荣获湄潭县小学六年级毕业考试语文科第五名荣誉表彰,2014年9月荣获石莲镇师德标兵荣誉表彰。同时,该同志勤于学习,不断加强自身修养,提高业务能力,多次参加国培及市、县级学科骨干教师、班主任等培训,积累了丰富的学科教育教学及学校教学工作管理经验,撰写的论文《培养作文教学中的创新意识》2013年7月于省级刊物《快乐阅读》上发表。

(吉林农业大学第三届研究生支教余庆县龙家小学基地　向美琦编辑)

师严道尊　桃李争妍

徐峰,男,汉族,学历大专。1984年5月出生于湄潭县石莲镇,2003年7月毕业于贵州省凤冈师范学校,2014年经函授学习,学历提升为大专。

该同志2003年9月进入湄潭县石莲镇新华完小任教两年,担任教育教学、班主任工作。于2005年9月转入湄潭县石莲镇地理坝小学担任教育教学、班主任、教研组长等工作。于2010年9月调入湄潭县石莲镇骑龙小学担任教育教学、班主任、教研组长等工作。后于2013年9月调入湄潭县石莲镇中心完小任教至今,现任教育教学、食堂主管等工作。

该同志参加教学工作以来,拥护中国共产党的领导,忠诚人民的教育事业,遵纪守法,作风正派,爱岗敬业,关心爱护每一位学生。勇担重任,不畏困难,虚心学习,常与老师探讨教法,力求精益求精。所教学科学生的学习兴趣很浓,学习成绩提高快,获得社会的一致好评。

(吉林农业大学第三届研究生支教余庆县龙家小学基地　向美琦编辑)

博观而约取　厚积而薄发

杨天伦,男,汉族,1962年2月生,大学专科学历,中共党员,小学一级教师。现任湄潭县石莲镇中心完小支部书记。

该同志于1981年毕业于贵州省湄潭师范学校,1997年获大专文凭;1981年9月至1994年8月在湄潭县骑龙小学任教,1983年3月至1994年8月在骑龙小学任教导主任;1994年9月至今在湄潭县石莲镇中心完小任教,1997年9月至2002年8月任石莲镇中心完小教导主任、石莲完小支部组织委员,2002年9月至2015年8月任石莲镇中心完小校长、石莲镇中心完小党支部书记,现任湄潭县石莲镇中心完小支部专职书记。

该同志一直以勤奋、执着的精神进行学校管理,在任石莲镇中心完小校长十三年中,全县共组织了8年统一测评,全校连续七年获全县前五名、个人教学学科成绩连续两年获全县第四名的好成绩;多篇研究论文在省获奖;曾获湄潭县先进教师、先进教育工作者、师德标兵、优秀党务工作者荣誉称号;多次评为石莲镇优秀共产党员、优秀党务工作者、优秀教育工作者、师德标兵等。

杨天伦同志是一个真诚、民主、公正的管理者,一贯认真坚持党的领导,不折不扣贯彻党的方针、政策,尤其是党的教育方针,按照上级文件指示,实事求是的办事。从不谋私利、清正廉洁。对工作细致负责,全身心投入,学校的许多事情都是在节假日完成的。一专多能,思想积极向上,现代意识观念强,遇事有预见性,能大胆展示自己的才华,实现学校的长远规划,抛开家中一切事务,热情忘我的一心扑在工作上,力求自己达到敬业爱校、精业进取、勤业尽职,从业自律的崇高境界。对同事们的生活经常过问,能帮忙的地方尽自己最大能力满足对方的要求,使同事们能安心工作,不分心。经常用一些经典事例教育教师们,该如何对待工作,又如何提高自身素质。

用真情打动学生,用尊重贴近学生,用真诚走近学生,杨天伦同志是乡村教育工作者中一位成绩显著的教师,也是一位优秀的领导。

(吉林农业大学第三届研究生支教余庆县龙家小学基地　向美琦编辑)

务川自治县第三小学简介

务川自治县第三小学始建于1964年,原名杨村完小,2002年更名为务川自治县第三小学。学校三易校址,现校园于2006年选址修建,2008年8月迁入。位于都濡镇杨村村马安组(现杨村转盘处),务正高速公路出入口旁。

一、基础设施

学校占地面积59363平方米,建筑面积为7933平方米;普通教室76间,图书室1间,阅览室1间,藏书62555册,标准实验室2间,教师办公室6间,校行政及各处室办公室10间,多功能教室5间。

二、班级学生情况

学校现开设六个级,49个教学班,在校生3442人,其中女生1546人。

三、师资队伍

学校领导班子团结、务实,具有开拓创新精神。学校拥有一支高素质的教师队伍,现有专任教师130人。在学历方面:本科学历30人,专科学历92人,中专学历8人。在职称方面:已获小学一级职称110人。教师年龄结构中,40岁以下年青教师80人;各学科配备专业教师引领执教。

学校现有7人被评为市级骨干教师,22人被评为县级骨干教师。

四、办学理念

校训:以人为本,以爱育爱;

校风:底气、雅气、大气;

教风:立德、立功、立言(精心备好每一节课,精心上好每一节课,精心辅导好

每一个学生);

学风:乐学、会学、博学

五、管理构建

学校施行"一心两线"管理模式。一心:校委会为核心,校长为主心;两线:教务处、德育处、后勤处、安全办、信息中心、食堂、图书室、仪器室、少年宫为一线,具体承担相关业务工作,指导各年级的教育教学业务工作开展;一至六年级分设年级组长,负责本年级组的教育教学管理工作,完成各业务部门交付的各项工作。

实施制度管理是学校建设中的重中之重,在制度文化建设方面,细化完善了干部管理制度、教职工管理制度、学生管理制度、教学管理制度、班级管理制度、安全卫生管理制度和校产管理制度等。

六、教育教学

一是严格执行国家课程计划,二是注重地方课程开设。

2009年,学校从一年级推行"三算"实验教学。2010年,从三年级起开设书法、合唱、舞蹈、美术、鼓乐、写作等课外活动特长班。2013年,学校乡村少年宫建成,学校集中专业特长教师,在乡村少年宫书法、象棋、诵读、合唱、舞蹈、科技等15个兴趣班辅导。2014年,学校将每周三下午两节课调整为学生兴趣辅导课,施行人人参与,专学所好的教育教学模式。

在教育教学研究方面,2011年,在贵州师范大学夏小刚博士的指导下,数学科运用"情境—问题"模式开展教学,学校已申报结题的课题,省级3个,市级课题8个,县级课题15个,目前还有3个市级课题、5个县级课题正在研究中。

七、历年成绩

1. 教师在市级以上刊物发表教研论文70余篇,青年教师参加教学技能赛获市级一等奖以上5人次,学生语数联赛53人获市级一、二、三等奖,学生征文赛获国家级一、二、三等奖150人次。

2. 2011年被评为市级文明单位,2012年被评为县规范管理先进单位;2012年2月被评为市级"绿色学校";2013年、2015年分别荣获"县级综合管理先进单位",2014年被评为省级"学科渗透示范校"、省级"安全文明先进单位",市级"十佳乡村少年宫"学校和部级"关爱明天,普法现行"先进单位,2004年12月获"办学水平"督导评估优秀单位;2015年授予全县"小学象棋培训基地"学校;2015年在遵义市举办的"机器人"大赛中,学校获小学生组一等奖1个,二等奖2个,三等奖2个。2015年,在务川县体育中心举办的小学生象棋比赛中,所设一至三等奖全被三小学生囊括。

菠萝山下,杨村转盘,第三小学这颗新明珠的升起,离不开历届县委、县政府领导的关心,离不开各级领导的支持。在教育主管部门的领导下,以科学发展观为指导,全面贯彻"教育必须为社会主义现代建设服务、为人民服务,必须与生产劳动和社会实践相结合,培养德、智、体等方面全面发展的社会主义事业的建设者和接班人"的教育方针,面向全体学生,提高学生的综合素质,发挥学生的个性特长,为把学生培养成为合格的国家公民奠定基础。为办学宗旨。以实现中国梦为奋斗目标,承载家长的希望、民族的未来,破浪扬帆,再创辉煌。

执着杏坛，甘于奉献

纪光武，男，1964年10月生，中共党员，1984年毕业于务川师范学校，同年分配到都濡镇三桥完小任教，1984年8月调原环城区杨村完小任教，承担中学数学科教学，担任杨村完小团支部书记，数学教研组长、班主任等工作。2002脱产进修毕业于遵义师范学院取得大专学历。1999年至2001年任杨村完小教导主任、工会主席等职。2001年9月至2010年9月任现务川第三小学副校长兼教务主任，2010年11月任务川第三小学党支部书记兼副校长。

在担任中学数学教学的18年中，任了多届初三毕业班教育教学工作，教学成绩总是名列全镇同级同科之首，为高一级学校输送不少合格人才。曾多次获得县委、县政府及主管部门的表彰奖励，在推崇个性和能力的培养方面，他凭借经验的积累，在所教学科有了新的领悟在核心刊物上发表多篇论文。

三尺讲台，辛勤耕耘三十余载；披星戴月，收获辛酸，收获满怀；兢兢业业，燃烧青春黑发渐渐变白。诸多荣誉，浮在眼前；绝不满足，看成是对他的鞭策和鼓舞。

高原烛光　>>>

　　无私奉献,用爱心浇灌幼苗,尽体人生之价值,做不了大树,他选择做一株小草,当春风袭来,也能带给大地一片生机!

(吉林农业大学第三届研究生支教余庆县龙家小学基地　向美琦编辑)

走下讲台讲课　走近学生心灵

　　李爱婵,女,出生于1977年,1997年开始参加教育工作,大专学历,一级数学教师,任教语文学科。从教以来,始终践行着行知先生"爱满天下"的教育思想。其自然、朴实与刚柔相济的教学风格深得学生喜爱。多次被评为县级优秀教师。

　　她相信,离学生近一点,和学生亲一点,就能让学生快乐一点。

(吉林农业大学第三届研究生支教余庆县龙家小学基地　向美琦编辑)

扬黄牛精神　做平凡工作

　　田瑜,男,土家族,小学数学一级教师,专科学历。生于1968年7月,1985年3月参加教育工作,任教于务川县砚山区观音学校,1992—1995年在遵义师范学习,1998年6月在贵州省凤岗师范参加"义教项目"培训。1998—2003年任教于砚山镇大桥小学,期间,曾担任副校长、校长。2003—2008年调砚山镇教育办公室任业务干部(2003—2005年参加中央广播电视大学学习),2008年9月调第三小学任教,担任第三小学教务主任,主抓教学工作。被务川县教育督导室聘为第三小学兼职督学。

　　已有30年教龄的他,无论是教学管理,还是教学研究,都有一定的见解。他曾先后在《务川教育》《务川报》发表论文2篇。他撰写的《小学生数学问题意识培养》被贵州省教育科学院评为叁等奖。他曾五次被砚山镇党委、政府评为先进教师,3次被评为砚山镇先进教育工作者。2014年,被评为务川县先进教育工作管理者。

　　从参加工作至今,他对工作兢兢业业,任劳任怨。认真钻研教学业务,不断提高教学水平,为务川基础教育做出了他应有的贡献。

(吉林农业大学第三届研究生支教余庆县龙家小学基地　向美琦编辑)

无名英雄　教坛名师

文昌,男,中共党员,小学一级教师,1999年7月正式参加教育工作。

该同志1999年至2004年在柏村镇后坝小学任教,5年任教期间,他吃苦耐劳,任劳任怨,多次荣获先进个人。2005年至2008年在柏村镇中心完小任教。期间荣获市级先进班主任荣誉。2008年至今在第三小学任教,现任六(3)班数学教学工作。他曾连续10年担任语文教学兼班主任工作,在工作中他踏踏实实,任劳任怨。

普普通通的共产党员,一个平平凡凡的小学老师。16年来,他怀揣着教育的梦想,活跃在三尺讲台,挥洒智慧与真诚,诠释执着与勤勉,演绎精彩与感动。

(吉林农业大学第三届研究生支教余庆县龙家小学基地　向美琦编辑)

丹心热血沃新花

许强,男,中共党员,大专学历。1998年普师专业毕业后在红丝乡中心完小任教,2004年取得大专文凭,2009年城区公开招考并考入务川自治县第三小学任教,2011年8月调入务川县第一小学任副校长。2012年8月返回务川自治县第三小学任校长至今。

他凭着对这份职业的执着追求,工作任劳任怨,力争在平凡的工作岗位上谱写出不平凡的业绩。有努力就有回报,有耕耘就有硕果,2008年被评为县级"优秀班主任";2009年被县委政府评为"县级优秀教师";2013年被县委政府评为"先进教育工作者";2014年被中国关心下一代委员会、司法部和综治委评为"先进个人";2015年被县委政府评为"先进教育工作者"。

他始终坚持以"孝心教育为支点,以爱心教育为基础,以责任心教育为目标"的办学理念,一手抓管理,一手抓落实;一手促教师,一手管学生,得到全体师生及社会群众的一致好评。学校2013年和2015年分别荣获"县级综合管理先进单位",2014年被评为"学科渗透示范校"、"安全文明先进单位",2014年还被评为"十佳乡村少年宫"学校和部级"关爱明天,普法先行"先进单位。

许强在学校管理上,力争让不同的人在不同的方面,有不同程度的发展,力争培养出多元化的人才,努力践行着办人民满意的教育。

（吉林农业大学第三届研究生支教余庆县龙家小学基地　向美琦编辑）

教育学生,从爱出发

晏莉梅,女,1998年师范毕业,在浞水镇鹿池完小任教,2003年调入浞水镇中心完小,担任总辅导员工作,2013年调入务川县第三小学,担任学校少年宫及语文科的教学工作。

在工作中,她勤勤恳恳,兢兢业业,注重加强自身的政治与业务学习,不断提高自身的综合素质,把理论与联系实际相结合,潜心钻研教育教学工作。在同事的眼中,她踏实、上进;在学生的心目中,她可亲、可敬。

2001年获县级"优秀少先队辅导员"称号;2008年至2011年连续四年获乡镇级"优秀班主任"称号;2011年获县级思品优质课三等奖,被县人大授予"十星级人大代表"称号;2012年获县级"十佳少先队辅导员"称号、在全县"信合杯"演讲比赛中获三等奖;2013年获得县级"语文骨干教师"称号;2014年在第十届全国语文规范化知识大赛中荣获小学组"优秀教师指导奖",获得市教育局、市文明办授予的"优秀少年宫管理者"称号,以及县委县人民政府授予的"第十一届中国羊产业发展大会先进个人"称号。

从事少先队工作及教育教学18年来,她把孩子的信任当作动力,把教育孩子的事业当作人生的光辉阵地,以爱心和恒心培养了一批批优秀的少先队员,尽心尽力,尽职尽责地引导着每一位孩子健康成长。

(吉林农业大学第三届研究生支教余庆县龙家小学基地　向美琦编辑)

言传身教,育人有方

杨永培,男,仡佬族,小学语文一级教师,本科学历。生于1978年1月,1998年7月毕业于贵州省凤岗师范学校,同年8月参加工作,2001年加入中国共产党,2015年7月毕业于贵州民族大学汉语言文学专业。先后在濯水镇河坝完小、分水乡中心任教,于2009年9月通过公招调入务川县第三小学任教。

已有近20年教龄的他,潜心专研教学业务,2006年8月《浅议"讨论式"教学存在的问题及对策》一文发表在《全国基础教育研究杂志》第6期;2008年3月《小学语文阅读教学的"四读"导学》一文发表在《贵州教育报》第10期;2010年6月《农村学校怎样培养学生的课外阅读习惯》一文获遵义市教科所教育论文评选二等奖;2010年8月《如何找准多媒体在数学情境创设中的切入点》一文在中国基础教育研究会主办的"第六届全国中青年教师论文大赛"活动中获三等奖。2000年被濯水镇党委、政府评为优秀班主任;2005年被濯水镇委员会评为优秀共产党员;2006年被濯水镇党委、政府评为先进工作者;2008年被教育局评为先进教育工作者;2008年被务川县县委、政府评为优秀教师。

从参加工作至今,他对工作兢兢业业,任劳任怨。认真钻研教学业务,不断提高教学水平,为务川基础教育做出了他应有的贡献。

(吉林农业大学第三届研究生支教余庆县龙家小学基地　向美琦编辑)

近年新增教师

序号	姓名	性别	民族	政治面貌	籍贯	毕业院校	毕业时间	来本校工作时间	最高荣誉
1	周容	女	仡佬族		贵州务川	中央广播电视大学	2002.07	2002.9	市级骨干教师
2	陈庆维	女	苗族		贵州务川	遵义师范学院	2005.07	2007.9	县级骨干教师
3	苟书萍	女	仡佬族		贵州务川	贵州广播电视大学	2002.07	2002.9	市级骨干教师
4	周红英	女	仡佬族	党员	贵州务川	贵州教育学院	1996.06	2005.9	县级优秀教师
5	钟盛萍	女	仡佬族		贵州务川	贵州教育学院	1998.12	2002.9	县级优秀教师
6	邹莲仪	女	仡佬族		贵州务川	遵义师范学院	2007.01	2002.9	县级优秀教师

续表

序号	姓名	性别	民族	政治面貌	籍贯	毕业院校	毕业时间	来本校工作时间	最高荣誉
7	邹秀娟	女	仡佬族		贵州务川	贵州广播电视大学	2001.07	2006.9	县级优秀教师
8	王力	男	仡佬族	党员	贵州务川	贵州教育学院	1996.06	2008.9	
9	邹碧娟	女	仡佬族		贵州务川	贵州广播电视大学	2001.07	2002.9	县级优秀教师
10	赵德鸿	男	仡佬族		贵州务川	贵州广播电视大学	2001.07	2009.9	
11	杨勇	男	仡佬族		贵州务川	中央广播电视大学	2003.06	2009.9	县级优秀教师
12	田叶明	男	土家族		贵州务川	遵义师范学院	2005.07	2009.9	市级名师
13	田丹艳	女	土家族		贵州务川	遵义师范学院	2007.01	2009.9	县级骨干教师
14	田丹	女	土家族		贵州务川	贵州教育学院	1998.12	2009.9	省级先进个人
15	申华飞	女	仡佬族		贵州务川	贵州广播电视大学	2004.08	2009.9	市级骨干教师
16	张仁杰	男	仡佬族		贵州务川	贵州广播电视大学	2001.07	2009.9	县级骨干教师

续表

序号	姓名	性别	民族	政治面貌	籍贯	毕业院校	毕业时间	来本校工作时间	最高荣誉
17	陈权	男	苗族	党员	贵州务川	遵义师范学院	2005.07	2009.9	市级先进个人
18	申建波	男	仡佬族		贵州务川	贵州教育学院	1999.12	2009.9	县级优秀教师
19	申丽娟	女	仡佬族		贵州务川	中央广播电视大学	2004.06	2008.9	县级优秀教师
20	刘凤鸣	女	仡佬族		贵州务川	中央广播电视大学	2012.01	2008.9	市级骨干教师
21	王彩	男	苗族	党员	贵州务川	中央广播电视大学	2004.06	2009.9	市级骨干教师
22	蔡仕珍	女	苗族	党员	贵州务川	中央广播电视大学	2002.11	2009.9	县级优秀教师
23	申波	男	仡佬族		贵州务川	贵州省凤冈师范学校	1996.07	2010.9	县级优秀教师
24	王小强	男	苗族		贵州务川	遵义广播电视大学	2004.07	2010.9	县级骨干教师
25	邹爱婵	女	仡佬族		贵州务川	贵州教育学院	1998.12	2004.9	县级优秀教师
26	唐秀玉	女	仡佬族		贵州务川	贵州教育学院	1998.12	2004.9	县级优秀教师

续表

序号	姓名	性别	民族	政治面貌	籍贯	毕业院校	毕业时间	来本校工作时间	最高荣誉
27	付彩霞	女	仡佬族		贵州务川	遵义师范学院	2002.07	2004.9	县级优秀教师
28	蒋军	男	仡佬族		贵州务川	遵义师范学院	2007.01	2009.9	县级优秀教师
29	谢淑维	女	仡佬族	党员	贵州务川	遵义教育学院	1994.07	2009.9	县级优秀教师
30	曾雄	男	苗族	党员	贵州务川	遵义师范学院	2002.07	2009.9	县级骨干教师
31	文霞	女	仡佬族		贵州务川	中央广播电视大学	2004.01	2009.9	县级优秀教师
32	覃淑娟	女	苗族		贵州务川	中央广播电视大学	2002.11	2012.9	县级优秀教师
33	廖天金	男	苗族		贵州务川	遵义广播电视大学	2004.07	2010.9	县级优秀教师
34	张洁	男	苗族	党员	贵州务川	贵州教育学院	1996.06	2012.9	县级优秀教师
35	董泽香	女	仡佬族	党员	贵州务川	遵义师范学院	2002.07	2002.9	县级优秀教师
36	申砚修	女	仡佬族		贵州务川	中央广播电视大学	2002.07	2002.9	县级优秀教师

续表

序号	姓名	性别	民族	政治面貌	籍贯	毕业院校	毕业时间	来本校工作时间	最高荣誉
37	刘敬模	男	汉族	党员	贵州务川	遵义师范学院	2002.07	2002.9	县级优秀教师
38	申敏	女	仡佬族		贵州务川	贵州教育学院	1998.06	2002.9	县级优秀教师
39	娄兴红	男	仡佬族		贵州务川	遵义师范学院	2002.07	2002.9	县级优秀教师
40	王秀红	女	苗族	党员	贵州务川	遵义师范学院	2002.07	2002.9	县级优秀教师
41	文春婵	女	仡佬族		贵州务川	贵州教育学院	1998.12	2002.9	县级优秀教师
42	李桂英	女	苗族		贵州务川	中央广播电视大学	2005.11	2002.9	县级优秀教师
43	伍丹荣	男	仡佬族		贵州务川	遵义师范学院	2002.07	2002.9	县级优秀教师
44	王世琼	女	苗族		贵州务川	遵义师范学院	2002.07	2002.9	县级优秀教师
45	龚大顺	男	土家族		贵州务川	遵义师范学院	2002.07	2002.9	县级优秀教师
46	韩忠文	男	仡佬族		贵州务川	遵义师范学院	2002.07	2002.9	县级优秀教师

续表

序号	姓名	性别	民族	政治面貌	籍贯	毕业院校	毕业时间	来本校工作时间	最高荣誉
47	申修珍	女	仡佬族		贵州务川	遵义师范学院	2002.07	2002.9	县级优秀教师
48	简子环	女	仡佬族		贵州务川	遵义师范学院	2002.07	2002.9	县级优秀教师
49	付体霞	女	仡佬族		贵州务川	遵义师范高等专科学校	2000.07	2009.9	县级优秀教师
50	田泽明	男	土家族	党员	贵州务川	遵义师范学院	2007.01	2009.9	县级优秀教师
51	郑凤娟	女	仡佬族		贵州务川	贵州广播电视大学	2001.07	2009.9	县级优秀教师
52	刘会银	女	仡佬族		贵州务川	中央广播电视大学	2006.07	2009.9	县级优秀教师
53	刘顺维	女	仡佬族		贵州务川	遵义师范学院	2005.07	2009.9	县级骨干教师
54	高健	男	仡佬族		贵州务川	中央广播电视大学	2004.06	2012.9	县级优秀教师
55	张小慧	女	仡佬族		贵州务川	中共遵义市委党校	2002.01	2012.9	县级优秀教师
56	田军	男	土家族	党员	贵州务川	遵义师范学院	2005.07	2009.9	县级优秀教师

续表

序号	姓名	性别	民族	政治面貌	籍贯	毕业院校	毕业时间	来本校工作时间	最高荣誉
57	谢进华	男	仡佬族		贵州务川	遵义师范学院	2007.01	2008.9	县级骨干教师
58	李江红	女	苗族		贵州务川	遵义师范学院	2012.1.10	2008.9	县级优秀教师
59	黄昇	男	苗族		贵州务川	遵义师范学院	2007.01	2009.9	县级骨干教师
60	刘秀琴	女	仡佬族		贵州务川	遵义师范学院	2007.01	2009.9	县级优秀教师
61	陈家林	男	苗族		贵州务川	遵义师范学院	2008.01	2009.9	县级骨干教师
62	洪君琴	女	仡佬族	党员	贵州务川	遵义师范学院	2005.07	2009.9	县级骨干教师
63	张秋英	女	仡佬族		贵州务川	遵义师范学院	2005.07	2010.9	县级骨干教师
64	吴洪	男	苗族		贵州务川	遵义师范学院	2007.01	2010.9	县级优秀教师
65	雷兴权	男	苗族	党员	贵州务川	贵州大学	2004.06	2009.9	县级优秀教师
66	邹慧丽	女	仡佬族		贵州务川	中央广播电视大学	2002.11	2009.9	县级优秀教师

续表

序号	姓名	性别	民族	政治面貌	籍贯	毕业院校	毕业时间	来本校工作时间	最高荣誉
67	邹莲霞	女	仡佬族		贵州务川	中央广播电视大学	2002.07	2010.9	县级优秀教师
68	冯霞飞	女	土家族		贵州务川	遵义师范学院	2007.01	2009.9	县级优秀教师
69	屈红梅	女	苗族	党员	贵州务川	遵义师范学院	2005.09	2009.9	县级优秀教师
70	田琴	女	土家族		贵州务川	遵义师范学院	2007.01	2012.9	县级优秀教师
71	邹伟杰	男	仡佬族		贵州务川	贵州省凤冈师范学校	1993.07	2010.9	县级优秀教师
72	田茂英	女	土家族		贵州务川	贵州广播电视大学	1997.06	2009.9	县级优秀教师
73	彭必江	男	苗族		贵州务川	遵义师范学院	2007.01	2009.9	县级优秀教师
74	田仁波	男	土家族		贵州务川	遵义师范学院	2005.07	2012.9	市级骨干教师
75	陈淑林	男	苗族		贵州务川	遵义师范学院	2008.01	2010.9	县级优秀教师
76	李小兰	女	苗族		贵州务川	遵义师范学院	2006.01	2009.9	省级先进个人

续表

序号	姓名	性别	民族	政治面貌	籍贯	毕业院校	毕业时间	来本校工作时间	最高荣誉
77	申红叶	男	仡佬族		贵州务川	遵义师范学院	2009.01	2009.9	县级骨干教师
78	袁婷	女	苗族		贵州务川	遵义师范学院	2008.01	2012.9	县级优秀教师
79	蔡琳	女	仡佬族		贵州务川	中央广播电视大学	2004.06	2010.9	县级优秀教师
80	简祥	男	苗族		贵州务川	遵义师范学院	2003.07	2012.9	省级先进个人
81	覃耕	男	苗族		贵州务川	贵州师范大学	2005.07	2002.9	县级优秀教师
82	蒋国勤	男	苗族	党员	贵州务川	遵义师范学院	2008.01	2002.9	县级骨干教师
83	项忠	男	仡佬族		贵州务川	贵州民族学院	2014.01	2002.9	县级骨干教师
84	程丽钗	女	仡佬族		贵州务川	遵义师范学院	2005.07	2002.9	县级骨干教师
85	李彩云	女	仡佬族		贵州务川	遵义师范学院	2008.01	2002.9	市级骨干教师
86	田小力	女	土家族		贵州务川	中央广播电视大学	2004.06	2002.9	县级优秀教师

续表

序号	姓名	性别	民族	政治面貌	籍贯	毕业院校	毕业时间	来本校工作时间	最高荣誉
87	申素娟	女	仡佬族		贵州务川	中央广播电视大学	2004.06	2002.9	县级骨干教师
88	邹丽娇	女	仡佬族		贵州务川	遵义师范学院	2002.07	2002.9	县级优秀教师
89	申红	女	仡佬族		贵州务川	遵义师范学院	2005.07	2002.9	县级优秀教师
90	敖江	男	仡佬族		贵州务川	遵义师范学院	2004.07	2002.9	县级优秀教师
91	彭波	男	苗族		贵州务川	贵州教育学院	2002.06	2002.9	省级先进个人
92	杨进容	女	土家族		贵州务川	遵义师范学院	2002.07	2002.9	县级优秀教师
93	龚刚	男	苗族		贵州务川	贵州广播电视大学	2001.07	2002.9	县级骨干教师
94	谢明波	男	仡佬族		贵州务川	遵义师范学院	2010.07	2002.9	省级先进个人
95	杨兴丽	女	仡佬族	党员	贵州务川	遵义师范学院	2008.01	2009.9	县级优秀教师
96	覃芳	女	苗族		贵州务川	遵义师范学院	2009.01	2009.9	县级优秀教师

续表

序号	姓名	性别	民族	政治面貌	籍贯	毕业院校	毕业时间	来本校工作时间	最高荣誉
97	邹艳	女	仡佬族		贵州务川	遵义师范学院	2006.07	2009.9	县级骨干教师
98	何素霞	女	苗族	党员	贵州务川	遵义师范学院	2002.07	2009.9	县级优秀教师
99	彭俊松	男	仡佬族		贵州务川	遵义师范学院	2011.01	2009.9	县级优秀教师
100	肖秀娟	女	仡佬族		贵州务川	遵义师范学院	2002.07	2012.9	县级优秀教师
101	徐成波	男	仡佬族		贵州务川	中央广播电视大学	2003.06	2012.9	县级优秀教师
102	罗敏	女	苗族		贵州务川	遵义师范学院	2009.01	2009.9	县级优秀教师
103	杨坤	男	仡佬族		贵州务川	遵义师范学院	2009.01	2008.9	市级先进个人
104	张永娟	女	仡佬族		贵州务川	贵州教育学院	1998.06	2008.9	县级优秀教师
105	邹婵娟	女	仡佬族		贵州务川	中央广播电视大学	2004.06	2009.9	县级优秀教师
106	邓江	男	苗族		贵州务川	遵义师范学院	2007.01	2013.9	县级优秀教师

续表

序号	姓名	性别	民族	政治面貌	籍贯	毕业院校	毕业时间	来本校工作时间	最高荣誉
107	陈明容	女	苗族		贵州务川	遵义师范学院	2009.01	2008.9	县级骨干教师
108	申权艳	女	仡佬族		贵州务川	遵义师范学院	2008.01	2013.9	县级优秀教师
109	杨兰	女	仡佬族		贵州务川	兴义民族师范学院	2009.07	2013.9	县级优秀教师
110	周剑锋	男	仡佬族		贵州务川	遵义师范学院	2005.07	2013.9	县级骨干教师
111	梅可红	女	汉族		贵州务川	遵义师范学院	2005.07	2013.9	县级骨干教师
112	谢小琼	女	仡佬族		贵州务川	遵义师范学院	2013.01	2013.9	县级优秀教师
113	李小飞	女	苗族		贵州务川	遵义师范学院	2007.01	2013.9	县级骨干教师
114	李捷	男	苗族		贵州务川	遵义师范学院	2005.07	2013.9	县级优秀教师
115	文华艳	女	仡佬族		贵州务川	遵义师范学院	2009.07	2013.9	
116	付敏丽	女	仡佬族		贵州务川	遵义师范学院	2007.07	2013.9	

续表

序号	姓名	性别	民族	政治面貌	籍贯	毕业院校	毕业时间	来本校工作时间	最高荣誉
117	田玲玲	女	土家族		贵州务川	黔南民族医学高等专科学校	2014.09	2014.9	
118	秦燕	女	苗族		贵州务川	遵义师范学院	2008.07	2014.9	
119	史先艳	女	苗族		贵州务川	贵州民族学院	2014.01	2014.9	
120	高丹	女	苗族		贵州务川	遵义师范学院	2013.01	2014.9	
121	陈汪	男	苗族		贵州务川	遵义师范学院	2005.07	2014.9	
122	熊骥骎	女	土家		贵州务川	遵义师范学院	2013.01	2014.9	县级优秀教师
123	陈娇	女	苗族		贵州务川	遵义师范学院	2003.07	2014.9	县级优秀教师

务川县第一小学办学成果介绍：
"一体两翼"战略布局，助推特色内涵发展

（务川县第一小学校长　陈琳）

务川县第一小学位于书院路，开办于原罗峰书院。罗峰书院前身是敷文书院，清道光初年（1773年）县城贡生唐士柬捐银修建，光绪八年（公元1882年），扩修改名为罗峰书院。光绪二十九年（公元1903年），改为高等小学堂。1941年，内设立务川初级中学。1958年，务川中学迁芭蕉湾新校，更名为务川实验学校（后改名务川第一小学）。在校学生3111人，教学班46个，教职工130人。我校在"一体两翼"发展战略布局的引领下，取得了以下主要成果。

为深入推进教育教学改革，全面实施素质教育，2012年，我校启动特色学校建设，2014年，推行减负提质工程，2015年，开展传统文化教育，至今，我校"一体两翼"的发展战略布局基本形成。一体即以基础学科教学为主体，两翼指"文体科普教育"和"传统文化滋养童心"，学校如一只的白鸽，在素质教育的蓝天下展翅飞翔。

一、确立了"梦想创造未来"的特色办学理念。其基本内涵是教师带着教育梦想，培育国家民族未来；学生带着学习梦想，去创造更美好的世界。

二、确立了即"健康、快乐、儒雅、智慧"的育人目标。

三、建立了"六个一"和"六体验"学生素质能力目标体系。

四、构建了"六个一"和"六体验课"学校课程计划

五、制定了学生综合素质能力评价体系。

六、推广高效的"互惠阅读教学"和"简约教学"课堂教学方法。

七、薄弱学科得到加强：音体美学科实现了专职教师担任教学任务，并建立了相应的教学质量评价制度，科学课实现了专职为主，兼职为辅的教师任教格局，综合实践活动校本化程度进一步提升，逐渐成为我校的特色课程，

八、德育课程化、校本化迈出重要一步——制定了《体验型课程标准》,编写了德育校本教材《六体验》系列教材。

九、素质教育之双翼羽翼更加丰满。

我校十分重视艺术教育、科技、体育教育,并在这方面积累了丰富经验,取得了丰硕成果。我校共成立了文体科技类社团近20个,一半以上学生参与了这些社团活动。每年,我校都要组织学生参与各级艺术、体育、科技比赛。我校自编舞蹈《仡佬舀纸情》曾在中央电视台滚动播放,并应邀到台湾演出;在2014遵义市第三届青少年科技体育模型创新大赛中,我校80多名学生参赛,其中70多名学生获奖。在2014遵义市首届机器人比赛中,我校荣获集体一等奖,在2014年贵州省中小学生机器人比赛中,我校参赛学生获得小学组综合技能比赛项目金牌,在2014年全国车辆模型比赛中,我校学生获得二等奖,是贵州代表唯一的获奖项目。在2014贵州省中小学生科技体育模型比赛中,我校有27个项目获奖,被评为优秀组织奖(最高集体奖),在2015年遵义市中小学生首届艺术比赛中,我校代表队获得一个一等奖和一个二等奖、一个三等奖。在遵义市首届中小学生足球比赛中,我校代表队取得第八名。

为培育和践行社会主义核心价值观,坚持德育为先的办学思想,深入推进"减负提质",全面实施素质教育,2015年,我校启动"传统文化滋养童心"项目。其目的就是"通过读诗文,讲故事,学字画,练华武,培养学生民族自豪感,提高学生民族自信心,弘扬以爱国主义为核心的民族精神和以创新为核心的时代精神,深入挖掘和阐发中华优秀传统文化讲仁爱、重民本、守诚信、崇正义、尚和合、求大同的时代价值,使中华优秀传统文化成为涵养社会主义核心价值观的重要源泉。为培养'健康、快乐、儒雅、智慧'的孩子提供充足的精神营养。""传统文化滋养童心"和"文体科普教育"一起,构成了我校素质教育之两翼。

十、打造一支敬业精神强,业务能力高的师资队伍。

近三年来,通过公开招聘,充实了音体美专业教师力量。通过深入挖掘和发扬实小精,教师的精神风貌焕然一新。通过"老带新,新帮老,兵带兵"、"走出去,请进来""建立研究团队"等方式,教师的教学业务能力得到极大的提高。我校有省级骨干教师一人,市级骨干教师12人,县级骨干教师36人,市级名校长一人,县级名师2人。我校教师队伍正在向一支具有名师风采的队伍迈进。

鹤发银丝映日月,丹心热血沃新花

曾熊,男,39岁,中共党员,小学数学一级教师,务川自治县小学数学教育学会理事,贵州省小学数学教育学会会员,现任务川自治县第一小学副校长。

参加工作近20年来,担任过小学各学科科任教师,十一五教师继续教育学校辅导教师。先后就职于五间学校,历任班主任、成教专干、教务主任、村小校长、县直学校副校长,对学校各个管理岗位都很熟悉。自从踏上教育这片土地,我的人生格言就是:真心做教育的人。为此,我用真诚、善良的品质、充沛的精力和才智努力实现着一个又一个目标。

(吉林农业大学第三届研究生支教余庆县龙家小学基地　孟祥茹编辑)

爱岗敬业　敏而好学

何静,女,46岁,中共党员,大专学历,小学数学一级教师。从教以来,敏而好学,专业理论在教学实践中得到娴熟的运用与发展。多年如一日,爱岗敬业,为人师表,用心呵护着每一位学生,善于做学生的思想工作,将管理经验融入日常教学和管理当中。在多年的教学中,获得过县级优秀教师和优秀共产党员荣誉称号。

(吉林农业大学第三届研究生支教余庆县龙家小学基地　孟祥茹编辑)

三寸舌三尺讲台,三寸笔三千桃李

李玲玲,女,大学本科学历,小学音乐二级教师,现在务川县第一小学任教。2002年从遵义师范学校音乐班毕业参加工作以来热情开朗、活泼大方性格深受孩子们的喜爱。在13年的教学生涯中，获得过很多荣誉：论文多次获省一等奖，表彰有"贵州省优秀少先队辅导员""遵义市十佳少先队辅导员""优秀团队干部""县级骨干教师"。多年来，我始终要求自己和孩子们做一个"朴素善良、能温暖别人的人！"

（吉林农业大学第三届研究生支教余庆县龙家小学基地　孟祥茹编辑）

奉献青春　桃李争妍

申珍婵，女，2000年毕业于凤冈师范，曾在多所学校任过教。在这些年的教学中取得了一些成绩。我执教的数学课《数数，数的组成》一课获市级二等奖，科学课《磁铁有磁性》一课获市级二等奖。科学优质课多次获得县级一、二等奖。在科技创新方面指导学生多次获得县级一、二、三等奖。2012年在全县统考中教学成绩突出被教科局评为先进个人。2006年被评为优秀教师。2015年被评为县级名师。十几年来我一直努力地发挥骨干教师的辐射作用，在不断学习和实践创新的过程中初步的形成了自己独特的教学风格。

（吉林农业大学第三届研究生支教余庆县龙家小学基地　孟祥茹编辑）

良工心苦　门墙桃李

王玉华，女，毕业于遵义师范学院。2005年8月从事教育教学工作，小学一级教师。在从事教育工作我一直站在教育工作的前沿。"让每一位学生在我的课堂上都有所收获"是我事业追求的目标。自从事教育教学工作以来，我曾多次被学校评为"优秀教师""优秀班主任"、还被评为县"优秀教师"、优质课也曾多次获奖。

（吉林农业大学第三届研究生支教余庆县龙家小学基地　孟祥茹编辑）

诲人不倦　良师益友

徐武方,男,40岁,1995年毕业于凤岗师范学校,被分配到砚山镇徐家坝小学任教,2006年取得大专学历资格,2002年3月加入中国共产党,2008年调到务川自治县第一小学任教,现任高年级数学兼三年级书法教师。1995年至2015年曾多次获镇先进工作者、优秀班主任、优秀教师、优秀共产党员、市书法比赛优秀奖与书法指导教师奖。

(吉林农业大学第三届研究生支教余庆县龙家小学基地　孟祥茹编辑)

言传身教　润物无声

晏丽,女,苗族,出生于1984年4月。2002年7月毕业于贵州省南白师范学校,同年8月参加工作,在浞水镇中心完小走上了自己心爱的工作岗位,成为一名小学教师。一分耕耘,一分收获,曾获得过"十佳少先队辅导员员""先进教育工作者""优秀教师""师德标兵""先进个人"等表彰。

(吉林农业大学第三届研究生支教余庆县龙家小学基地　孟祥茹编辑)

用勤恳探寻教育之路

郑燕,女,仡佬族,1982年1月出生于务川分水,2000年8月参加工作,大专文凭,小学数学一级教师,从教15年期间,力求一步一个脚印探寻教育之路。撰写的教研论文、教学设计、教学案例曾均获县级一等奖,教研论文、教学设计曾获省级以上奖励并发表,《轴对称图形》教学设计方案及实践报告在"全国中小学教师教育技术能力建设计划"应用成果评比中获得三等奖。课堂实录曾获省、市、县以上奖励。曾被聘为"2012年小学一至三年级数学教师培训"县级培训教师。曾被聘为国培辅导教师,曾获市级骨干教师、县级骨干教师、县级优秀教师等荣誉称号。

(吉林农业大学第三届研究生支教余庆县龙家小学基地　孟祥茹编辑)

乐中学　学中乐

陈敏,男,38岁,大专学历,小学数学一级教师。参加工作15年来,在村级学校教学10年,现任教于务川县第一小学。期间,担任过班主任、教导主任工作,对工作兢兢业业,勤勤恳恳。在我的数学课堂中,始终以"让学生乐中学、学中乐"为理念,打造一个快乐有趣的数学课堂。多年来,凭着自己的努力取得了一些成绩,获得过镇级、县级表彰。

(吉林农业大学第三届研究生支教余庆县龙家小学基地　孟祥茹编辑)

学生是学习的主人

邹红,女,小学数学一级教师。1997年毕业于凤冈师范学校。毕业十八年来,一直从事小学数学教学,兼任班主任工作。爱钻研、好创新的她和学生一起在数学天堂里快乐遨游,所带班级数学成绩一直名列前茅,所著论文多次在省市获奖,所带班级在学校各项活动中取得了优异的成绩,并多次被评为市县"优秀辅导员""优秀教师"。"学生是学习的主人,是班级的主人。"是她的教育理念和管理理念。

(吉林农业大学第三届研究生支教余庆县龙家小学基地　孟祥茹编辑)

热爱学生　求真务实

邹启远,男,1986年10月出生,小学数学二级教师。2006年6月毕业于遵义师范学院小学教育理科方向专业。现在务川自治县第一小学任教。

自从教以来,一直主要担任数学教育教学工作,历任过班主任、少先队辅导员、教务主任、教研组组长。工作中,我立足岗位,教书育人,热爱学生,为人师表,团结协作,求真务实,为实现一个又一个目标而努力。

(吉林农业大学第三届研究生支教余庆县龙家小学基地　孟祥茹编辑)

真诚育人　默默奉献

邹小飞,女,仡佬族,1987年2月6日出生。小学数学一级教师。2007年毕业于遵义师范学院,同年8月参加工作。自参加工作以来,一直担任小学数学教学和班主任工作,在工作中,她一直都是兢兢业业,刻苦钻研,所带的班级不管是班级管理还是学习成绩都是名列前茅。有付出就有收获,她的教学设计获省级一等奖,曾多次获县级"优秀教师""最美女教师""劳动模范"等荣誉称号。她一直秉承这样的教育理念:"用心、用情、用真诚!"

(吉林农业大学第三届研究生支教余庆县龙家小学基地　孟祥茹编辑)

老师的好助手　同学的好伙伴

我是务川自治县实验小学三五中队的吴若含,一个刚满八岁的小女孩。我性格开朗、活泼可爱、好学上进。

成绩代表过去,我的人生之路才刚刚起步,蜜蜂只有辛勤采蜜,才能酿出甜美的蜜糖,雄鹰只有勇敢地搏击风雨,才能使自己的翅膀更加坚强有力,我会更加努力,为班级争光,为自己的人生添彩,不辜负老师的期望和厚爱。

(吉林农业大学第三届研究生支教余庆县龙家小学基地　孟祥茹编辑)

我是四八中队的覃茉奕,今年9岁啦!很高兴能荣获本期四八中队的"最美红领巾"。在班里,我不仅是一个学习刻苦,团结同学的班干部,还是老师的好帮手;在班级里,你总能看见我认真的表情,在课余你总能发现我忙碌的身影穿梭于学校的楼上楼下。因为老师的信任和同学们的鼓励,我现在在班里依然担任中队委的职务。我不仅自己努力学习,而且乐于帮助班级里其他学习有困难的同学。

(吉林农业大学第三届研究生支教余庆县龙家小学基地　孟祥茹编辑)

田雨禾,9岁,就读于务川县第一小学四年级五班,从入学到现在,一直担任班长或中队长的职务,本学期被推选为我校少先大队委文娱委员。我是一个听话、懂事的女孩儿,做事积极、认真、负责,乐于帮助他人,是同学们的榜样,是老师的欣慰,是爸爸妈妈的骄傲。在这几年的学习生活中,我勤奋好学,积极进取,团结向上,是一名优秀的少先队员。

(吉林农业大学第三届研究生支教余庆县龙家小学基地　孟祥茹编辑)

新舟镇乐耕小学学校简介

新蒲新区新舟镇乐耕小学距镇所在地4.5公里,属于一间村级完小。该校始建于1937年,现校园面积12215m²,绿化面积达8000m²,教学环境十分优雅,教学设施基本完善。学校现有学生239人,教学班7个;教师17人,其中本科学历8人,大专学历9人,教师合格率100%。现由于贵阳利美康集团公司的大力捐助,又成为一间春晖校园。学校以养成教育为抓手,以"立德树人,乐学乐耕"为办学理念,立足德育课题,倡导农耕文化,掌握生活技能,面向时代发展,狠抓农村特色学校的创建工作。通过乐耕小学师生多年的努力,办学特色日渐突出,在新舟镇内成为一间较有特色的农村学校。上至团中央、团省委、团县委,下至各个兄弟学校,都曾到乐耕小学参观考察。

办学理念:"立德树人、乐学乐耕"

校训:团结友爱　求实奋进

校风:爱校如家　遵章守纪　和谐校园　向我看齐

教风:学而不厌　诲人不倦　重德育才　以德治校

学风:勤学　慎思　好问　求真

学校以"少花钱多办事,不花钱也办事"的原则,发动师生自己动手,绿化美化校园,以绿化、美化、净化、优化从而达到和谐校园为发展目标。

历年主要荣誉:1982年,获遵义县党委、遵义县人民政府颁发"提高教育质量,成绩显著"奖状;1986年,获"学校管理先进单位"锦旗,受遵义县委、县人民政府表彰;1995年"热爱祖国,做四有新人"读书教育活动演讲比赛中,参赛学生5名均获镇级一等奖;1996年被新舟镇评为"文明学校";1997年被新舟镇人民政府评为"先进集体";同年,被新舟镇评为安全工作"先进单位";2003年教师节获镇级文娱表演一等奖;2005年获全镇教职工运动会体育道德风

尚奖。2006—2007年度,在学校工作目标考核中,获"先进单位"称号,受镇党委、政府表彰;2009年获新舟镇"先进集体"表彰;同年,在"两基"迎"国检"工作中,获"先进集体"称号,受遵义县委、县人民政府表彰;2009年庆新中国成立60周年合唱比赛,获镇级三等奖;同年"养成教育"文艺会演获镇级二等奖;2011年"难忘革命经典,红歌唱响校园"获小学组二等奖;2011年至2014年,在学校工作目标考核中,连续获"先进学校"称号,受镇党委、政府表彰。

序号	姓名	性别	民族	政治面貌	籍贯	毕业院校	毕业时间	获奖统计	来我校时间
1	邓培梅	女	汉	群众	遵义	贵州师范学院	2010	暂无	2014.08
2	邓厚军	男	汉	党员	遵义	贵州教育学院	2009.01	暂无	2015.09

(乐耕小学全体教师)

学校近年补充的新鲜血液

乐耕小学历来以"内强素质,外树形象"为标准,以"脚踏实地搞教育,思想开放创实绩"为宗旨,严格要求教师。随着国家对西部教育的重视,国发2号文件的进一步落实,随着新蒲新区教育改革的不断深入,农村教育将会最大程度的得到均衡。乐耕小学全体教职员工,将以饱满的热情,昂扬的斗志,把学校的各项工作做得更好。我们相信,乐耕小学的明天一定会更加灿烂辉煌!

学无止境　甘为人梯

敖顺华,男,汉族,1966年7月17日出生,小学高级教师,大专学历。敖顺华同志1987年7月毕业于贵州省南白师范学校学习,1987年8月进入新舟镇乐耕小学参加教育工作,2010年4月起担任乐耕小学总务主任工作至今。

敖顺华同志参加工作后,工作积极,扎实肯干。注重学历进修和知识的更新,2001年9月至2003年7月在贵州省航天职业技术学院进修汉语言文学,2003年7月1日毕业。

认真钻研业务,学习新教法,积极参加各种教科研活动。1999年5月辅导毕业班学生在遵义在第七届语数知识竞赛中获县级三等奖;2001年1月12日获普通话水平测试二级乙等,2001年9月10日被新舟镇政府评为先进班主任;2001年9月28日获计算机中级合格证;2002年4月被评为遵义县首届"优秀少先队辅导员";在继教学习中取得WTO知识培训合格、职业道德培训合格、知识产权培训合格、创新能力培训合格、工业强省战略学习测试成绩合格;2001—2005参加贵州省中小学教师继续教育培训,成绩合格;2003年参加全省中小学教师"四五"普法教育培训,取得合格证书;2005年12月18日获"小学语文发展与创新教育"小课堂教学设计比赛一等奖;在2006—2010年参加贵州省中小学教师继续教育培训,成绩合格;2009年10月27日在新舟镇小学语文发展与创新教育板书设计中获镇级一等奖;2010年获养成教育主题班会比赛镇级三等奖;2011年10月5日被新舟镇政府授予敬老爱老好儿女称号;2011年10月参加国培计划(2011)——贵州省农村骨干教师远程培训,成绩合格;在2012年遵义市第四届中小学生艺术展演比赛活动中,指导学生叶文雯参加书法比赛,其作品获得小学组一等奖。

敖顺华同志在工作中,认真学习党的方针、政策,热爱本职工作,努力做到既教书又育人,时时刻刻严格要求自己,受到学生和家长的一致好评。

(总务主任敖顺华老师与孩子们劳动后合影)

(吉林农业大学第三届研究生支教余庆县龙家小学基地　向美琦编辑)

把微笑留在课堂

陈嫚书,女,汉族,本科文化,一级教师。1980年6月19日生,遵义市新蒲新区新舟镇人,1998年8月参加工作,贵州省南白师范学校普师专业毕业。为了提高自身的专业水平,于2001年9月至2003年7月在贵州省航天职业技术学院汉语言文学专业学习毕业;又于2009年3月至2012年1月在贵州师范大学汉语言文学专业函授学习毕业。

为了提高教学能力,该教师积极参加培训学习,2011年8月参加了贵州省小学美术骨干教师培训,并取得合格证书。2012年9月参加了"国培计划(2012)——中西部农村骨干教师培训"。

　　在任教期间,该教师任劳任怨,勤勤恳恳地工作,一直担任班主任工作,经过自己的不懈努力,得到了领导和老师们的一致认可。在2005年度被中共新舟镇委员会评为优秀少先队辅导员;2007年9月在新舟镇语文课题创新板书设计暨优质课评选活动中,荣获一等奖;在2006—2007年度被新舟镇人民政府评为优秀教师;在2008年"小学语文发展与创新教育"课题研讨活动中,荣获评课比赛特等奖;2008年6月辅导的学生在新舟镇中小学"养成教育"手抄报比赛活动中,荣获小学组一等奖;2008年12月在新舟镇中小学生养成教育手抄报评比活动中,所指导的学生作品获得小学组一等奖;在2008年12月中小学课堂教学设计比赛活动中荣获小学英语组特等奖;2009年度德育科研工作中成绩突出,被评为"先进实验教师";2010年6月撰写的《浅谈小学语文愉快教学》在学周刊上发表;2011年3月遵义县教育和科学技术局举行的教师"四个一"大赛荣获英语教案设计三等奖;2010—2011年度被中共新舟镇委员会评为"优秀教师"的称号。在年度考核中,2008年、2009年被评为优秀等次。2013年9月遵义市中小学学科教学渗透法制教育优秀论文荣获叁等奖。2013年9月遵义市中小学学科教学渗透法制教育优秀教学设计荣获壹等奖,荣获省级优秀奖。

(陈嫚书老师利用课余时间辅导学生练习舞蹈)

(吉林农业大学第三届研究生支教余庆县龙家小学基地　向美琦编辑)

爱心成就未来

陈薇,女,汉族,生于 1968 年 10 月,大专学业,小学一级教师,1994 年至今在新舟镇乐耕小学任教。

该教师于 1988 年 7 月毕业于贵州省南白师范学校,1988 年 8 月被分配到贵州省桐梓县小关小学任教,1989 年 8 月调入贵州省桐梓县响水小学任教,1990 年 8 月调入贵州省遵义县永乐镇永乐小学任教,1992 年 8 月调入贵州省遵义县永乐镇民群小学任教,1994 年 8 月调入贵州省遵义县新舟镇乐耕小学任教,2006 年 8 月至 2007 年 7 月到遵义县新舟镇马渡小学支教一年,于 2001 年 7 月获得大专文凭。

自参加工作以来,她有工作上的艰难与辛苦,更有收获上的喜悦与自豪。在思想上,她热爱党,热爱社会主义教育事业,关心热爱学生。遵守学校的各项规章制度。在工作中,认真学习党的教育方针、政策认真履行教书育人的职责,并根据班级情况以"纲要"为准则,制订班级计划等。课前备好课,抓住重难点,做到因材施教。对待工作她勤勤恳恳、踏踏实实、任劳任怨,把学校看作比家更重要,把学生看作比自己的孩子更重要。尊重学生的人格,善待每一个孩子,她用自己的真情和真心去感化教育后进生,用无私的奉献精神资助家庭贫困的学生。她时刻以教师的职业道德规范自己;以挚爱的慈母心感染人。在教育这块沃土上辛勤耕耘,默默奉献。在生活中,团结同事,齐心协力,认真参加每次政治学习和业务学习,认真完成上级交给的任务,虚心求教,为人师表,教书育人。在 2003 年 9 月和 2013 年 9 月被评为镇级先进教师,在全镇 2006 年教师课堂教学设计比赛比赛中,荣获小学数学组二等奖。

总之,一分耕耘,一分收获,在教书育人的道路上她用心去教诲她的学生,去培育她的学生,她无愧于一个教师,无愧于她的教育事业。

(图为陈薇老师与她的学生一起过端午节)

(吉林农业大学第三届研究生支教余庆县龙家小学基地　向美琦编辑)

少儿世界最精彩

　　黎安霞,女,出生于1984年12月,汉族,中小学一级教师。2004年6月毕业于凤冈师范学校,同年9月至今在乐耕小学任教。

　　自2004年参加工作以来,我重视学生各方面能力的培养,鼓励学生参加各种比赛,各种活动,学生们也取得了一些成绩:2009年10月指导学生姜天豪获遵义市"青春动力杯"青少年科技创新大赛三等奖;2012年4月指导学生冉龙湘获遵义市第四届中小学生艺术展演比赛新蒲新区赛区一等奖;2012年4月指导学生温馨获遵义市第四届中小学生艺术展演比赛新蒲新区赛区一等奖;2013年6月指导学生胡洪生等人在安全生产月文艺会演中获新蒲新区一等奖。

　　我还积极参加了学历提高及各种培训学习:2002年09月至2005年07月,在贵州师范大学汉语言文学专业学习,取得了大专学历;2008年3月至2011年1月在贵州省遵义师范学院汉语言文学专业学习,取得了大学本科学历;2011年8月参加遵义市小学语文骨干教师培训;2014年9月参加贵州省"2014国培计划农村中小学骨干教师"置换脱产培训。努力抓住各种学习机会,参加了一些比赛,在比赛中学到了许多知识和教学技能,同时也小有收获:2008年7月在全镇语文优质课比赛中获一等奖;2010年6月在全镇"怎样上好复习课"微型讲座比赛中获小学英语一等奖;2010年9月全镇"小学语文发展与创新教育"研讨活动中获评课特等奖;2010年6月在遵义县东路片区小学语文发展与创新研讨活动中获评课组一等奖;2012年在新蒲新区课件比赛中获二等奖;2013年9月在小学学科渗透法制教育活动中,教学设计获市级二等奖;2014年7月在"三优"评选活动中课件获新蒲新区三等奖;2014年10月在"国培计划"培训中获贵州师范大学教学技能大赛二等奖;2014年被评为"国培计划"优秀学员;2015年5月在青年教师基本功大赛中获镇级一等奖;2011年3月在遵义县"四个一"大赛中获英语论文三等奖;2012年7月获新蒲新区"践行贵州教育精神"征文竞赛三等奖。

"冰冻三尺非一日之寒。"我一定会在今后的教学和工作中不断开拓进取,争取做出更大的成绩。

(黎安霞老师与孩子们一起做游戏)

(吉林农业大学第三届研究生支教余庆县龙家小学基地　向美琦编辑)

十年树木，百年育人

　　李成友,男,汉族,本科学历。1979年5月7日出生于遵义市新蒲新区新舟镇。

　　1994年9月—1997年7月就读于贵州南北师范普师专业。1999年9月—2001年7月就读于贵州航天职业技术学院汉语言文学专业学习获专科学历。2009年3月—2012年1月就读于贵州师范大学汉语言文学专业,获本科学历。

　　1997年8月至今在新舟镇乐耕小学任教。1998年12月获小学语文二级教师资格。2001年晋升为小学语文壹级教师。2007年12月取得小学语文高级教师资格。

　　2007年9月在新舟镇语文课题论坛暨优质课评选活动中获一等奖。2008年7月获遵义县东北片区第三届"脆李"艺术节书法比赛优秀奖。2008年12月指导学生游林林在新舟镇中小学生养成教育手抄报评比活动中获得小学组贰等奖。2008年12月指导学生李婷婷在新舟镇中小学生养成教育手抄报评比活动中获得小学组贰等奖。2009年3月自己设计制作的教具"地月系运行演示器"在新舟镇第三届中小学师生自制教具评比活动中获教师(小学组)特等奖。2009年3月自己设计制作的教具"多用作图器"在新舟镇第三届中小学师生自制教具评比活动中获教师(小学组)壹等奖。2009年3月自己设计制作的教具"地月系运行演示器"在遵义县第二届中小学教师自制教具评比活动中获贰等奖。2009年10月在新舟镇"小学语文发展与创新教育"课题项目评选活动中获得"微型讲座"组壹等奖。

　　2006年8月撰写的教学论文《课文教学中写作能力的培养》在《大西南》周刊教育版发表。

　　2007年3月撰写的教学论文《教学具设计制作中应该注意的问题》在《遵义教育》上发表。

　　2013年1月创作的散文诗《生命之线》《思念》《树》《悬崖》等收编到"遵义文丛"第四辑之《散文集》。2015年开始小说创作,现已在《新舟文艺》上发表《小偷》《我只有三十岁》等小说,2015年8月加入新蒲新区作家协会。

李成友老师利用课间与孩子交流

（吉林农业大学第三届研究生支教余庆县龙家小学基地　向美琦编辑）

行为比语言更有说服力

廖建,男,汉族,1967年08月14日出生在新蒲新区新舟镇乐耕村各口组,中国共产党党员,中小学《科学》科一级教师。

该同志1989年9月参加教育教学工作。1989年9月至1990年8月在新舟镇白石小学任教,1990年3月担任白石小学少先队总辅导,1990年9月至今在新舟镇乐耕片区小学任教,期间于2003年3月起任乐耕片区小学"普实"专干,2005年9月起任乐耕片区小学总务主任,2009年5月加入中国共产党,2010年3月起任乐耕片区小学副校长,2013年9月起任乐耕片区小学法制校长。

1989年至2005年,廖建同志连任17年班主任。在这17年中,他积累了丰富的班级管理经验,真正贯彻了教书育人的原则,他针对班级的实际情况,采取了切实有效的措施进行管理。他关心爱护学生,对待学生一视同仁,强化了学生的思想教育,注重了学生的个别发展。他在培养优秀生的同时,不放松后进生的转化工作,挽救了许多徘徊在辍学边缘的学生,为"普九"做出了巨大的贡献。

2002年09月至2006年08月,廖建同志担任乐耕片区小学"普实"专干,任职期间,他狠抓乐耕片区"普实"工作,从"普实"工作的开展、资料的建设、仪器的管理等诸多方面入手,将乐耕片区"普实"工作开展得有声有色,深受上级领导的好评。

2005年09月至2010年02月,廖建同志担任乐耕片区小学总务主任,任职期间,他带领乐耕小学、新伍小学、马渡小学三校出纳开展好了后勤工作,排除了教师的后顾之忧,为教育教学的正常开展提供了保障。

2010年03月起,廖建同志担任乐耕片区小学副校长,分管学校教育教学工作、德育工作、安全工作,工作中,他以抓学生养成教育为契机,狠抓学生良好习惯养成,做到了教书先育人,同时,他鼓励教师们狠抓教学质量,近两年来,乐耕小学教学成绩稳步上升,教学成绩和综合考评均名列全镇前十名;在抓教学质量和学生养成的同时,他还狠抓安全工作,利用少先队这一平台,将我校安全工作开展的井井有条,近几年,我校未发生一起安全事故。

在二十六年的教书生涯中,廖建同志始终遵纪守法,一直坚持党的四项基本原则,随时随地用"三个代表"重要思想作为自己的行动指南,忠于党的教育事业,勤勤恳恳地工作,为学校素质教育的开展和各项工作的顺利进行做出了巨大的贡献。常言道:一分耕耘一分收获。廖建同志付出的努力和心血得到了学校和上级领导的充分肯定。他任教26年以来,获得各级各类表彰30余次,在国家正规期刊发表教研教改文章4篇。

总之,在平凡的工作岗位上,廖建同志虽然没有做出惊天动地的事,但是他尽自己的最大力量努力工作,为学校做出了巨大的贡献。

(吉林农业大学第三届研究生支教余庆县龙家小学基地　向美琦编辑)

用爱心启迪孩子的心灵

罗治琴,女,汉族,大专文化。于1965年4月7日出生于贵州省遵义县新舟镇关田村,1987年8月参加教育教学工作,1987年8月至2006年7月在乐耕小学任教,2006年8月至2007年7在新舟镇马渡小学支教,2007年8月至今在新舟镇乐耕小学任教。连续教龄28年。

1973年8月至1978年7月在新舟镇新伍小学读小学;1978年8月至1981年7月,在新舟镇乐耕中学读书。1979年5月,光荣加入中国共产主义青年团。1981年9月至1985年7月,在新舟镇中学读书,1985年8月,进入遵义县职业高级中学,二年后,1986年12月毕业。1987年8月,到新舟镇乐耕小学任教,任代课教师,1989年9月,遵义县民师及代课教师整顿,以优异的成绩考为民办教师,到2001年7月,通过考试考核转为公办教师,在乐耕小学一直任教至今。参加工作以来,坚持以高度的责任感和事业心,以认真负责的工作态度和严谨细致的工作作风,努力干好本职工作,赢得了学生、学生家长及社会的尊重。

从事教育教学工作28年来,全身心地投入教育事业当中,认真工作。参加工作时学历仅为职高学历,为了提高自己的学历层次,于1999年9月参加了贵州航天职业技术学院学习,于2001年7月毕业,取得了专科学历。教育教学业绩也十分显著。曾多次受到上级的表彰。在1999年班务工作成绩显著,被评为优秀班主任,受遵义县新舟镇人民政府表彰;2002—2003学年度,班务工作成绩显著,被评为优秀班主任,受遵义县新舟镇人民政府表彰;2005年12月,在新舟镇2005年秋季学期小学数学课堂设计比赛中获得二等奖,受新舟镇中心学校表彰;2006年6月,在新舟镇第二届中小学师生自制教具评比中,制作的作品《摆》获得二等奖,受新舟镇中心学校表彰;2009年度,被授予"三八红旗手"称号,受新舟镇委员会表彰;在2012年遵义市第四届中小学艺术展演比赛活动中,我指导的艺术表演类舞蹈节目荣获小学组三等奖,受新蒲新区管理委员会社会事业发展处表彰;2012、2013、2014年度考核,连续三年被确定为优秀等次。

在搞好本职工作的同时,也经常提笔写些教育教学的心得及教学反思,总结教育教学经验,不断提高自己的教育教学水平。所写《谈小学班主任管理工作》,于2005年9月在省级刊物《希望》上发表;2006年6月,教学论文《如何培养学生学习数学的兴趣》,在遵义县2006年小学各学科论文评选活动中,获得三等奖,受遵义县教育局表彰。

在教育教学工作中不断努力,取得了不少成绩,也得到应有的回报。教师职称也不断得以晋升,1996年3月评为小学二级教师;1999年9月被评为小学一级教师;2006年12月被评为小学高级教师。

高原烛光 >>>

（罗治琴老师和孩子们在课间）

（吉林农业大学第三届研究生支教余庆县龙家小学基地　向美琦编辑）

为学生的一切，一切为学生

冉茂超，男，汉族，本科文化。1979年10月9日生，遵义市新蒲新区新舟人，2009年5月入党,1999年7月贵州省南白师范学校普师专业毕业。1999年8月参加教育教学工作，小学高级教师，为了提高自身的专业水平，于2001年9月至2003年7月在贵州省航天职业技术学院汉语言文学专业学习，修完专科教学计划规定的全部课程；于2009年3月至2012年1月在贵州师范大学汉语言文学专业函授学习，修完专升本科教学计划规定的全部课程。

该教师现任新舟镇乐耕小学教务主任，负责分管"两基""创模"工作等。

2012年5月聘为新蒲新区小学数学学科中心教研组兼职教研员。

该教师思想进步，严格遵守教师职业道德，爱岗敬业，从不做有损于教师名誉的事，在社会中树立了良好的教师形象。

通过他的不懈努力，该教师于2003年和2005年被共青团新舟镇委员会评为优秀团干部；在2006年"数学情境与提出问题教学实验课题"中荣获新舟镇中心学校二等奖;在2007年荣获遵义县教育局组织的征文壹等奖《小学数学应用题教学点滴谈》;撰写论文《小学高年级数学家庭作业批改点滴谈》,于2008年2月在《贵州教育》刊物上发表;2009年在"师生自制教具"中荣获新舟镇中心学校一等奖;2009年荣获遵义县委、遵义县人民政府颁发的"两基"工作先进个人;2009年荣获遵义县人民政府教育督导室颁发的征文一等奖《为了山区的孩子》;2011年评为镇级优秀教师;2013年在遵义市中小学学科教学渗透法制教育活动中撰写的论文《浅谈农村法制教育如何渗透在小学数学课堂教学中》获市级叁等奖;2013年在遵义市中小学学科教学渗透法制教育活动中编写的教学设计《用数学》获市级叁等奖;2014年撰写的《浅谈"质疑提问,自主合作探究型"的数学教学应用》荣获获贵州省教育科学院叁等奖。

(教导主任冉茂超老师与孩子们分杨梅到班上)

(吉林农业大学第三届研究生支教余庆县龙家小学基地 向美琦编辑)

碧血丹心写未来

万大全,男,汉族,大专学历,中共党员。于1965年3月19日出生于贵州省遵义县新舟镇金钟村,1984年8月参加教育教学工作,至今仍在新舟镇乐耕小学任教。连续教龄31年。

万大全同志于1981年9月,考入遵义县师范学校,1984年7月师范毕业,分配到新舟镇乐耕小学任教,一直至今。参加工作以来,坚持以高度的责任感和事业心,做好每一件事,不管大事、小事。认真负责的工作态度和严谨细致的工作作风,得到领导和同事们的好评,赢得了学生、学生家长及社会的尊重。

从事教育教学工作31年来,全身心地投入到教育事业当中,播撒着希望,收获着累累硕果。参加工作时学历仅为中师学历,为了提高自己的学历层次,于1994年9月参加了卫师专学习,1997年7月取得了大学专科学历。还积极参加教师继续教育学习培训,2000年获小学教师继续教育第一阶段合格证,2011年获中小学教师继续教育(2006—2010年)合格证。1998年7月参加遵义县中小学校长培训,取得任职资格证书;2005年7月,参加遵义县中小学校长提高培训,取得合格证书。

教育教学业绩也十分显著。曾多次受到上级党委政府及教育行政部门的表彰。在1993年镇优质课活动中,成绩显著,受遵义县新舟镇人民政府表彰;1994至1995年度,班务工作成绩显著,受遵义县新舟镇人民政府表彰;1996年镇优质课评选活动中成绩显著,受遵义县新舟镇教育辅导站表彰;1998年学校管理工作成绩显著,被评为先进教育工作者,受遵义县新舟镇人民政府表彰;1998年撰写的文章《百闻不如一见》,参加全县首次小学教师教学教研论文评选,荣获三等奖,受遵义县教育局表彰;2001、2002、2003年度考核,连续三年被确定为优秀等次;2004年获得"优秀共产党员"称号,受中共新舟镇委员会表彰;2006年获"先进性教育活动先进个人"称号,受中共新舟镇委员会表彰。

一分耕耘,一分收获。在教育教学工作中不断努力,取得了不少成绩,也得到应有的回报。教师职称也不断得以晋升,先后评为小学二级教师;一级教师;小学高级教师。

与此同时,根据自己的工作业绩和实际工作能力,以及工作的需要,在职务上也不断升级,曾担任乐耕小学少先队大队辅导员;乐耕小学教导主任职务;乐耕小学党支部书记兼乐耕小学副校长职务;乐耕小学校长及党支部书记职务;2010年3月至今担任乐耕小学党支部书记职务。

在搞好本职工作的同时,也经常提笔写文章,或写些教育教学的心得及教学反思,总结教育教学经验,或抒发对祖国、对家乡热爱之情,对父母、对老师的感恩之情。撰写的文章《师海润心田》《贵州才子周渔璜巧对对联救秀才》《群众路线入人心》《立房子》分别在遵义市级刊物《新舟文艺》第四期、第六期、第十二期和第十三期上发表。

在人生的道路上,学无止境,活到老,学到老,教到老。他正在教书育人的征程中,努力的追求着。

(乐耕小学万支书于孩子们在一起)

(吉林农业大学第三届研究生支教余庆县龙家小学基地　向美琦编辑)

播种希望,收获明天!

教师汪堃,女,汉族,1972年4月6日出生于新舟镇乐耕村大丰组。于1989年9月—自1992年7月就读且毕业于遵义县南白师范学校普师专业。1992年8月参加工作,分配到新舟镇乐耕小学任教至今。

为了更好地搞好教育教学工作,该教师积极参加进修,于2001年7月—2003年7月就读于贵州省航天职业技术学院汉语言文学专业且取得大专学历。

23年来,在教育教学工作中,该教师对工作从不挑肥拣瘦,服从领导安排,而且勇挑重担,常常替领导分忧。她对工作认真负责,积极专研,教学成绩一直在全片区甚至全镇都名列前茅,所以于1997年4月获小学语文一级教师;并于2004年

12月获小学语文高级教师。但她在对荣誉上,也从未向学校领导诉说自己辛苦,认为自己应该享受,是一个遇困难就上,见荣誉就让的好老师。

在教学教研工作方面,该教师也积极参加各种教研活动,2008年5月,她参加在新舟镇2008年春季学期"小学语文发展与创新教育"课题研讨活动中,荣获上课比赛镇级一等奖;2014年4月,参加在新舟镇2012年"农村中小学文明礼仪教育"主题班会评比活动中,她设计的主题班会获镇级三等奖;2014年4月,她辅导的学生李雯雯,在新舟镇中小学生2014年"美丽中国我的中国梦"主题读书教育活动征文评选活动中,获小学组一等奖。

由于该教师的工作表现突出,2004年获遵义县教育局颁发优秀教师证书;又于2013年获新蒲新区教育局颁发年度优秀证书;再次于2014年获新蒲新区教育局颁发年度优秀证书。

(汪堃利用远程资源为学生讲课)

(吉林农业大学第三届研究生支教余庆县龙家小学基地　向美琦编辑)

立足三尺讲台,塑造无悔人生

王珊,女,汉族,生于1985年06月16日,现住乐耕小学。2001年09月至2004年06月就读于贵州省仁怀师范学校。2002年09月至2005年07月,在贵州省遵义师范学院汉语言文学专业学习,取得了大专学历,2008年3月至2011年1月在贵州省遵义师范学院汉语言文学专业学习,取得了大学本科学历。2004年毕业后一直在新蒲新区新舟镇乐耕小学任教,2005年7月被聘为小学一级教师,2015年7月被聘为小学高级教师。

(王珊老师课间与孩子们一起游戏)

该教师思想进步,刻苦钻研教育教学,在乐耕小学任教11年来,成绩较好,深得学生喜爱。在教学教研方面,获奖无数,于2006年7月在自制教具评比中,所制教具《风的形成演示箱》获县级二等奖。2007年10月在全镇小学语文十种课型比赛中,获说课组特等奖。2008年9月在全镇小学英语课堂教学评比活动中获一等奖。2009年10月在全镇"小学语文发展与创新教育"研讨活动中获研课组一等奖。2010年9月在遵义县小学语文发展与创新研讨活动中获现场说课二等奖。2010年9月荣获新蒲新区优秀班主任。2010至2011学年度获镇级优秀班主任在

2008年、2009年,年度考核中获优秀等次2008—2009年度所带班级获"优秀班集体"称号。2010年6月在遵义市第十七届小语数联赛中,所教学生姜姗姗获语文科三等奖2011年4月,所教学生李键被评为县级优秀学生。2011年5月在《群文天地》中发表论文《小学低年级作文教学的探究与思考》。

生以求知为乐,师以从教为荣

吴茜,女,本科学历。1978年6月21日出生于新舟镇。1994年9月—1997年7月就读于贵州南北师范普师专业。2001年9月—2003年7月就读于贵州航天职业技术学院汉语言文学专业学习获专科学历。2009年3月—2012年1月就读于贵州师范大学汉语言文学专业,获本科学历。

该教师参加工作18年以来,该教师服从领导安排,任劳任怨,哪里需要教师就到哪里补充,虽在新舟镇多个学校任教,均是新舟镇的边远学校,1997年8月—1998年8月在洪平小学任教。1998年8月—2005年2月在民主小学任教。2005年3月—2007年8月在乐耕小学任教。2007年9月—2008年8月在马渡小学支教。2008年9月至今在新舟镇乐耕小学任教。

该教师教学经验丰富,1998年12月获小学数学二级教师资格。2001年晋升为小学数学壹级教师。2010年12月取得小学数学高级教师资格。

(吴茜老师课间辅导学生)

该教师对待教学业务刻苦钻研，2008年5月辅导学生曾彪在遵义市第十五届小学语、数学科联赛中获数学科叁等奖。

2006—2007年度荣获镇级优秀班主任。

该教师总结自己的教育教学经验，于2009年3月撰写的教学论文《浅谈小学数学课堂教学中"悬念"的设置》在《学习方法报》上发表。于2010年5月撰写的教学论文《浅谈如何保持小学生学习数学的兴趣》在《新课程学习》上发表。

事在人为，境由心造

向义兰，女，汉族，本科文化。1979年4月17日生，遵义市新蒲新区新舟人，贵州广播电视大学附属中专学校初始毕业，1998年8月参加教育教学工作，一直在乐耕小学工作，现为小学一级教师，为了提高自身的专业水平，该教师于2001年9月至2003年7月在贵州省航天职业技术学院汉语言文学专业学习，修完专科教学计划规定的全部课程；于2009年3月至2012年1月在贵州师范大学汉语言文学专业函授学习，修完专升本科教学计划规定的全部课程。

该教师1998年8月参加工作以来，热爱祖国，热爱人民，拥护中国共产党领导，拥护社会主义。全面贯彻国家教育方针，自觉遵守教育法律法规，依法履行教师职责权利。从不违背党和国家方针政策的言行。该教师忠诚于人民教育事业，志存高远，勤恳敬业，甘为人梯，乐于奉献。对工作高度负责，认真备课上课，认真批改作业，认真辅导学生。在教学中关爱学生。关心爱护全体学生，尊重学生人格，平等公正对待学生。对学生严慈相济，做学生良师益友。保护学生安全，关心学生健康，维护学生权益。不讽刺、挖苦、歧视学生，不体罚或变相体罚学生。她遵循教育规律，实施素质教育。循循善诱，诲人不倦，因材施教。培养学生良好品行，激发学生创新精神，促进学生全面发展。该教师为人师表。坚守高尚情操，知荣明耻，严于律己，以身作则。衣着得体，语言规范，举止文明。关心集体，团结协作，尊重同事，尊重家长。作风正派，廉洁奉公。自觉抵制有偿家教，不利用职务之便谋取私利。

该教师热爱学习，崇尚科学精神，树立终身学习理念，拓宽知识视野，更新知识结构，潜心钻研业务，勇于探索创新，不断提高专业素养和教育教学水平。

(向义兰老师与她的学生在一起)

心系学生　宽容为怀

　　杨会,女,1969.4.27生,汉族,大专文化,2009年6月加入中国共产党。1989年毕业于新舟中学高中部,2004年7月毕业于贵州航天职业技术学院汉语言文学专业。1989年9月参加教育教学工作。一直在新舟镇乐耕小学任教至今。1991年获贵州省《专业合格证书》,1997年获中华人民共和国教师资格证书。1999年五月获小学一级教师资格证书,1999年12月获小学一级教师聘任证书,2007年12月获小学高级教师资格证书,2000年获小学教师继续教育第一阶段合格证,2002年11月获普通话水平二级乙等证书,2003年获新舟镇人民政府先进班主任荣誉证书,《如何培养学生良好的行为习惯》于2003年发表于希望杂志7月份月刊28页。2004年、2005年、2006年年度考核均获优秀等次。2005年获新舟镇第三届教师运动会二人三脚赛冠军荣誉证书;2005年获新舟镇第三届教师运动会优秀运动员荣誉证书;2006年的数学情境与提出问题教育教学研讨获新舟镇中心学校评课二等奖荣誉证书;2007年的数学情境与提出问题教育教学研讨论文获新舟镇中心学校二等奖荣誉证书;2007年获中级专业技术职务资格证书;2008年在乐耕片区小学六一演讲比赛中,获一等奖荣誉证书;2008年辅导学生肖淋淋同学获遵义市第十五届小学语数学科联赛数学科三等奖证书;2009年6月辅导学生余鹏鹏同学获遵义市语数学科竞赛复赛数学科获新舟镇中心学校特等荣誉奖证书;邓福勇获一等奖荣誉证书;骆博文,冉冬琴获二等奖荣誉证书;2009年辅导学生余鹏鹏同学获遵义市第十六届小学语数学科联赛数学科二等奖荣誉证书。2003年以来,在乐耕小学一直担任数学教研组的工作,2011年获中小学教师继续教育(2006—2010年)合格证。2012年以来又分担了学校的小学教师继续教育工作。

总之,该教师工作努力,为党的教育事业甘洒热血,奋斗不已。

(杨会老师与学生一起除草)

一心育幼苗,两肩担未来

本人张胜伟,男,汉族,中共党员,大专学历,一级教师。1971年12月5日出生于新舟镇乐耕村十字组。1988年9月至1992年7月就读且毕业于贵州省畜牧兽医中等专业学校畜产品加工专业;参加工作以来,1992年8月至1994年7月在新舟镇新伍小学任教,并于1993年6月通过了教育学、心理学考试,取得了教师资格;于1994年9月调入在新舟镇乐耕小学工作;其间,为了更好地搞好教育教学工作,我积极参加进修,于1994年9月至1997年6月就读且毕业于贵州省教育学院卫电师班汉语言文学专业,取得大专学历;1996年3月至2005年3月任乐耕小学出纳;由于对学校工作热心,上级组织于2005年3月至2010年3月任命我为乐耕小学副校长;2009年在《遵义县"两基"攻坚风采录》征文活动中,我根据学校的实际情况,撰写了文章《为了家乡的孩子》获遵义县教育局颁发二等奖。上级组织根据我的工作情况,于2010年3月任命我为新舟镇乐耕小学校长职务。同年10月我光荣地加入了中国共产党,成为一名中国共产党党员。我任乐耕小学校长过后,为了学习学校管理,我于2011年5月参加遵义市"十二五"期间第一期中小学校长任职资格培训学习,取得校长任职资格;再于2012年11月参加遵义市"十二五"期间第一期中小学校长提高培训学习,取得合格证书。

在教育教学工作上,由于我的工作尽职尽责,我于1997年4月取得小学数学一级教师任职资格;并于2006年7月取得小学数学高级教师任职资格。

在我任校长职务以来,我以校为家,努力工作,学校工作得到了上级和同行的认可,本人于2011、2012、2013连续3年获得优秀等次;2014年7月获新舟镇"优秀共产党员"光荣称号;并于2014年9月10日获新蒲新区"十佳优秀校长"光荣称号。

(图为张胜伟与老师孩子们一起看表演)

让学生健康、快乐成长

——余庆县新台小学简介

余庆县松烟镇新台小学坐落在余庆县的最北端,距离县城约100千米。位于松烟镇西南边缘,南接龙家镇,西至湄潭边界。新台小学始建于1942年,原名新田小学,原址在新田,因新田和台上合并为公社,学校1977年搬迁至现址,并更名为新台小学,现在是一所农村寄宿制完全小学。学校占地面积7005平方米,建筑面积1798平方米。本校共有12位教职工,专任教师10人,一级教师5人,教师学历达标率100%。现有6个教学班,在校学生141人,在校住宿生63人。学校有配有电教室、实验室、图书室,现有电脑21台,图书3003册。学校全面贯彻国家的教育方针,管理目标明确,严格按教育规律实施教育教学活动,面向全体,因材施教,全面实施素质教育。让农村孩子接受更好的教育,"让每个孩子都能健康、快乐地成长",是我校一贯追求的教育理想和奋斗目标。新台小学2009年被评为余庆县"两基国检"工作村级小学先进单位;2010年荣获余庆县2010和2013学年小学教育教学质量综合评估(村级小学)二等奖;2011年荣获"余庆县村级优秀少先队集体"的称号。2014和2015学年小学教育教学质量综合评估(村级小学)三等奖。

我们要以"一切为学生的全面发展"为理念,以学生跳绳为核心的特色教育,与艺术、德育、学科教学相辉映,构成立体型的特色体系,共同推进素质教育。我们要大力弘扬跳绳这一民族传统文化,大力创设"人手一短绳,每班一长绳"特色活动氛围,通过学校特色跳绳活动,让孩子们在兴趣中找寻快乐,在团队中学会合作、学会分享、学会技能,形成阳光性格与品质。为此,我们不能单单将跳绳看成是一项单一的体育运动,而要赋予其丰富的内涵,那就是:我们应该以跳绳作为我校的特色,把跳绳作为载体,实现跳绳特色的跨越式发展——"跳出健康""跳出灵敏""跳出坚强""跳出自信""跳出竞争""跳出和谐""跳出良好行为习惯""跳出优良教育质量"。

高原烛光 >>>

学校的近年增添了新鲜血液：

序号	姓名	性别	籍贯	毕业院校及时间	来我工作时间	工作期间最高荣誉
1	黎冲	男	余庆	凤岗师范(2001.7)	2014年9月	余庆县优秀教育工作者
2	任中丽	女	余庆	遵义师院(2009.6)	2013年5月	余庆县教学质量综合评估三等奖
3	汪兴梅	女	余庆	中央广播电视大学(2009.7)	2012年3月	松烟镇优秀教育工作者
4	周华斌	女	余庆	贵阳学院(2012.7)	2013年5月	
5	袁明会	女	余庆	六盘水师范学院(2011.7)	2014年9月	
6	金应发	男	余庆	遵义师院(2011.7)	2015年9月	余庆县师德标兵

我校教师精诚团结，青年教师虚心好学，热爱教育。我们将加大对青年教师的培训，培训一支业务过硬、善于管理的教师队伍，为新台村教育事业的快速发展提供有力的保障。

倾情教育　无怨无悔

谭朝飞

谭朝飞，男，生于1980年7月，中共党员，小学一级教师，1999年9月参加工作；现任余庆县松烟镇新台小学校长。对学校的发展来说，作为校长，凡事要以身作则、物不为已。只有自己站正、立直，才能让教师折服。所以在教师会上，他向教师提出了"一切向他看齐、教师向班子看齐、人人互相看齐"的工作要求。在纪律要求上，他首先能提前到校，检查学校的安全卫生和学生到校情况，然后作好当天的工作安排，凡要求老师做的，他都先完成。这样才能在纪律上默默地"引领"着老师，提前到校进入工作状态。在业务上，白天在校，没课时，他就伏在办公室撰写教案，有时忙于上课、听课，忙于学校管理，教案就没写完，他只有晚上加班加点撰写教案。因此，在学校工作中，他无论是到校时间，教学成绩，还是自身业务诸方面，他都是以身作则，走到了教师前面。

在他的影响下和带领下，全体教师的师德、出勤、业务、考绩，与以前相比发生了翻天覆地的变化。现在，新台小学教师，爱岗敬业、乐于奉献，表现出了良好的职业素养。他一直在边远山区学校工作，从参加工作那一天，他秉承真抓实干的优良作风，坚持踏踏实实的做人态度，保持勤劳质朴的领导本色，在他所挚爱的教育热土上，播撒汗水和希望，换来满园春色。

该同志2003年荣获"余庆县优秀教育工作者"称号；2005年荣获"余庆县优秀班主任"称号；2006年荣获"余庆县师德标兵"称号；2009年荣获"余庆县两基先进个人"称号；2015年荣获"余庆县优秀校长"称号。这么多年来，他始终扎根于边远的山区小学，默默无闻地在为教育事业奉献着自己的光和热。他爱岗敬业，奋发进取，积极探索，在教育教学上具有开拓创新精神，并取得了良好的工作业绩，深受广大学生、家长的信赖和好评，是一位乐于奉献、勤于助人、成绩突出的农村山区小学校长。

扎根山村　奉献教育

新台小学教师　晏常庆

晏常庆,男,汉族,出生于1962年8月25日,现年53岁,一级教师。1983年5月至现在一直在新台小学从事教学工作,至今连续工作三十二年了。他忠于党的教育事业,为人师表,热爱工作。在三十二年的教学中,他兢兢业业、勤勤恳恳,关爱学生。

在工作中他坚持以教育事业为己任,坚持以校为家,工作任劳任怨,坚持工作出满勤,认真履行教师职责,努力工作,取得了良好的成绩。

三十二年来,他对工作不怕苦,不怕累,任劳任怨,他认真钻研教材和课程标准,结合当前的实际情况,向40分钟要质量,使学生听得懂,教给学生学习的方法,让学生掌握知识。

三十二年来,他默默无闻地在为教育事业奉献自己的光和热。在教学上,他取得的每一次进步,每一次成绩,都是他付出

的心血和汗水。他发扬艰苦精神,努力学习,探究现代教育教学新方法,扎根山村务实工作,认真培育人才,学生成绩突出。他于2010年9月荣获余庆县人民政府"十佳扎根山村优秀教师"。

献身教育,无悔今生

李厚禄同志是余庆县松烟镇新台小学的一名教师,男,汉族,生于1961年4月,现年55岁。1981年—1993年从事民办教师工作,1994年转为公办教师。迄今已经连续从教35年。35年来,他始终忠诚于党的教育事业,热爱本职工作。在35年的教学生涯中,勤勤恳恳,兢兢业业,热爱学生,团结同志,在平凡的工作岗位上做出了不平凡的业绩,深受学生的喜爱,家长的信任,社会的好评。

在工作中,他坚持出满勤,全心投入,将自己的德、识、才、学毫无保留地传授给学生。他认为:作为一个人民教师不能单凭不怕苦、不怕累和任劳任怨的精神,更应具备较渊博的知识、高尚的师德、完美的人格和良好的形象,这样,才能胜任教师工作;只有用爱去温暖学生的心,才能唤起他们对新的学习生活的热爱,对学习有足够的信心和勇气。

35年来,他总是认真钻研教材和课程标准,结合当前的学生实际,向40分钟要质量,教给学生学习的方法,使学生在课堂上学懂、学会相关知识。通过努力,他顺利拿到了"教师资格证书"、"普通话等级证书"和"计算机等级证书"。他积极参加上级有关部门和学校组织的各种师资培训。他的辛勤劳动得到了领导的认可和老师们称赞;他对教学工作的认真及对学生的关心,赢得了家长的一致好评。1986年9月,荣获余庆县"先进教育工作者"荣誉称号;1991年5月,荣获余庆县"优秀辅导员"荣誉称号;1992年9月荣获松烟区"优秀辅导员"称号;1998年获松烟镇"我为松烟添光彩"优秀奖;2010年获全

国青少年五好小公民主题教育"我是90后"读书征文活动指导奖;2011年9月,荣获余庆县"十佳扎根山村优秀教师"荣誉称号;2013年9月荣获松烟镇小学质量综合评估二等奖。

"献身教育,无悔今生。"是他的人生格言。

第二篇 02
友好学校交流

编辑：古以来贵州高原文化的传入，中原文化是重要途径之一。喜逢文化繁荣，步入"地球村"的时代，遵义市首届名校长培养工作室余庆县龙家小学梁中凯工作室经组织研究，吸收了一所中原友好学校——河南省新乡市红旗区和平路小学与本工作室合作。遵义市首届名校长工作室梁中凯同志系河南省新乡市红旗区和平路小学校聘请的兼职校本科研高级顾问。河南省新乡市红旗区和平路小学是河南省教育教学先进单位、河南省文明学校、河南省百佳学校、河南省体育项目优秀传统学校、河南省综合实践活动先进单位、河南省电化教学一类学校、河南省校园网示范校、省科技示范校、河南省德育先进学校。遵义市首届名校长梁中凯工作室吸收中原的这所全省名校，目的在于以文会友，相互了解，相互借鉴，共同繁荣城乡教育事业，为我国脱贫致富奔小康加速培养人才而携手奋斗。

美丽和平　幸福家园

——河南省新乡市红旗区和平路小学

"壮美太行、丰采新乡",和平路小学位于新乡市红旗区,紧邻新乡市人民公园,1927年建校,已有90年历史。现有东西两个校区,东校区位于和平大道187号,西校区位于劳动中街415号,总占地面积27841平方米。学校共有57个教学班,3240名学生,117名教职员工。其中新乡市名校长1人,河南省名师2人,省、市、区级骨干教师41名。

学校办学条件先进,管理规范。两个校区均建设了标准而优雅的音乐教室、美术教室、科学教室、图书室、阅览室、仪器室、器材室、卫生室,还建有质量一流的校园网站、微机教室、多媒体室、乒乓球训练室、学生心理辅导室、教科研室、电子备课室和多功能厅等功能教室。科学数学器材均按省第一种方案进行配备,体音美器材均按国家一类标准配备,为师生提供着优质的教育服务。

办学特色:双主互愉　多元育人

学校多年来围绕"愉—越"的核心办学理念,坚持以爱育爱,以责任促自律,以激励形发展,以成就促快乐,打造出"双主互愉　多元育人"的办学特色,构建出愉悦和谐的团队文化,以情促教的课堂文化,铸责融爱的教师文化,多元发展的学生文化。

管理文化——民主愉悦

贯彻"激励、民主、互愉"的管理理念,激励教师对职业理想的追求,引领师生感悟实现自我价值的成就感和幸福感。

各项工作注重激励性评价,通过自我展示、自夸、集体评议、表彰奖励等形式,引发师生的积极情感,发挥评价对工作的激励引领作用。特色班级文化建设评比中,由教研组长组成的评委团对班主任寄语、班级卫生、黑板报设计、各类园地、教室整体面貌逐项打分;"十星级教研组"评比,以"夸夸我们的教研组"方式展示;对教师的评价注重教师个人的工作过程和成长经历,建立"教师专业成长档案",记录自己成长的足迹,让老师审视自我、肯定自我;"给校长的一封信"使学生体会到了参与管理的快乐,培养了学生的主人翁意识。使校园成为幸福的家园。

教师文化——德高业专

致力于关心教师心理环境,树立教师自律精神,引领教师职业人格,铸造"爱心与责任并重,良心与自律共存"的教师职业新风尚。

以博学善教,铸责融爱的教风塑造为核心,以专家引领、自主研修、同伴互助为主要形式,构筑教研、科研、师训"三位一体"的教师专业化发展体系。开展专题性研讨课、优质课、课堂观察分析、案例对比、同课异构等研讨活动;注重"办公室聊文化"的凝练与积淀,用校本教研实录资料夹记录自己闲聊中的教育教学问题和灵感,实录夹每年都在各组中传承,成为资源共享的一笔宝贵财富;定期进行校本课题研究的阶段性展示、交流和评比活动,使每位老师都用研究的视角审视教学,用研讨的作风进行思维碰撞,实现科研成果共享。

为教师搭建展示自我的平台。开展"财富共享10分钟",每次由一名教师带来美文欣赏、教育教学案例、教育感悟等,创建《金色和平》校报和微信平台,成为教师沟通交流、展示自我的空间。在这样的文化环境中,教师团队被打造成一个昂扬向上的学习共同体。

课堂文化——教学相长

学校引领教师每节课都要秉持以情施教、教学相长、启发引导、因材施教、以评促学的原则,致力于调动学生情感、激发学生思维、引领学生实践,让学生在自主探索的过程中逐步掌握科学学习的方法,打造出和平路小学"学而不厌、活而不乱、自主探究、勇于质疑"的"互愉课堂"。让学生成为学习的主体,老师在课堂中实现自我价值的提升,师生之间相互启发、相互促进,使课堂充满生命力,变得流光溢彩。

育人文化——求真多元

"让每一位孩子成为最好的自己"是学校的育人理念,学校不仅在教学上探索实践,更注重培养学生的实践能力和社会生活能力。

班级管理实行学生全员参与、自主管理,班级事务、班级文化建设、主题中队会等都由学生主办,从而培养学生的主人翁意识和社会适应能力;家长学校开展"亲子共读一本书"和"亲子共育一棵花"活动,引领孩子体会培育的艰辛,懂得感恩。

每位老师结合自己的专业优势和学生的需求,成立"校本特色活动小组"。有以听说读写为主线的"博古通今""我把故事搬上舞台""小小讲坛""漂流瓶读书会"等。有做数学和用数学的"神奇作业纸"。还有和平之歌合唱团、管乐团、篮球队、田径队、英语歌舞、"巧用小布头"、"树叶瞬间变"等。

在活动中,学生依据个人兴趣,自由选择。教师围绕主题精心设计,满足学生个性化、多元化的精神需求,校本活动也成为学生爱学校、爱老师情感的推动器,校园成为师生成长发展的乐园。

办学成绩

不懈的努力换来丰硕的成果,近年来,学校曾获全国百佳小学、全国德育先进单位、全国特色教育优秀学校、全国读好书组织奖,全国科学教育试验基地、国家十五重点课题研究基地、全国教育科学重点课题先进实验校、河南省教育教学先进单位、河南省文明学校、河南省百佳学校、河南省体育项目优秀传统学校、河南省综合实践活动先进单位、省、市红领巾文明学校、省电化教学一类学校、省校园网示范校、省科技示范校、省市德育先进学校、新乡市示范性学校、文明单位、文明学校、办学水平综合评价一类学校、市优秀家长学校、市校本教研示范学校、新乡市首批心理健康实验基地学校、市优秀党组织等称号等荣誉50余项。教师个人获奖达到了千余人次,学生获奖5000余人次,获国家级成果奖3项,省市成果奖80余项。

在和平路小学这个大家庭中,教师们爱学生、爱工作、爱同事、爱学校,风雨同舟,共创辉煌。学生们,爱老师、爱伙伴、爱父母、爱身边的每一个人,心中充满幸福。这就是和平路小学的校园、家园、乐园。和平路小学教育团队在这方乐土的滋养下,将以更加向上的朝气和生命活力,在教育的道路上昂扬前行。

(吉林农业大学第三届研究生支教团遵义市余庆县龙家小学服务基地 孟祥茹编辑)

编者按：王永明校长是一面旗帜，校长更是一尊神。28年，他一直坚守在一所学校，俗话说："当家三年狗都嫌"，28年的日日夜夜，或像一棵树扎根在这所校园，根深叶茂，或像一盏灯，天天要创新招，才能凝聚师生。河南省新乡市红旗路小学王永明校长和他的师生员工应当是我们工作室名校长培养对象所在学校，学校发展，师生成长道路中的一盏明灯。相信有一天，我们的校长会储蓄能量，照耀我们乡村学校通往更加理想的教育发展彼岸！（凯博点评）

根植教育　情系未来

——河南省新乡市红旗区和平路小学王永明校长

王永明，男，公元1969年出生于河南省新乡市获嘉县，汉族，研究生学历，中共党员，中学高级教师，1988年参加工作，现任河南省新乡市红旗区和平路小学党支部书记兼校长。他致力于双主互愉教育模式的实践研究，形成了以"愉·越"为核心理念的办学体系和"双主互愉多元育人"的办学特色。使和平路小学这座建于1927年的老校，焕发出勃勃生机，学校现有东西两个校区，57个教学班，3240名学生，117名教职员工。其中新乡市名校长1人，河南省名师2人，省、市、区级骨干教师41名。在新乡区域内树立了高质优效的教育品牌，赢得了社会的普遍赞誉。

28年来，他一直工作生活在河南省新乡市红旗区和平路小学，从一名数学老师成长为团支部书记、大队辅导员、教导处主任，1997年任学校副校长，2006年起任学校书记兼校长。28年的岁月砥砺，他积淀了更多对教育的热爱和思考。他希望学校成为学生与老师的家，让每一位师生都能做最好的自己，让这个家成为学生与老师成长的乐园、精神的家园。为此，他坚持以爱育爱，以责任促自律，以激励形发展，以成就促快乐，努力构建愉悦和谐的团队文化、以情促教的课堂文化、铸责融爱的教师文化、多元发展的学生文化。曾获全国素质教育先进工作者、中国百名优秀教育管理者、全国百名优秀小学校长、全国优秀校长、全国读书活动园丁奖、河南省优秀教育管理人才、河南省学术技术带头人、河南省教育系统先进工作者、河南省文明教师、河南省"两基"工作先进个人、河南省"教师培训年"活动先进个人、河南省综合实践活动课题研究先进个人、河南省学校卫生工作先进个人、新乡市名校长、新乡市优秀专家、新乡市五一劳动奖章、新乡市十大教育年度新闻人物、新乡市未成年人思想道德建设先进工作者、新乡市先进教师、新乡市首届教育科研骨干、新乡市"十一五"教育科研学术带头人、新乡市电教先进个人、新乡市教育宣传先进个人、新乡市语言文字先进工作者等称号。

他勇于实践,他先后主持参与了多项课题的研究工作。2006年,《说课推动课程改革和先进教育模式的应用研究》获"十五"国家教育部重点课题子课题优秀成果一等奖;2003年获河南省创新教育教学成果一等奖;2008年获河南省现代教育技术"十五"研究成果二等奖;2009年获河南省教育科学研究优秀成果二等奖;2010年河南省"十一五"现代教育技术课题结题;2013年获河南省科研成果二等奖;2014年获河南省科研成果三等奖;2002年,《通过科研提高教师素质的实践研究》获新乡市第八届优秀教育科研成果一等奖,《加强科学管理 提高教师素质的研究》获新乡市第八届优秀教育科研成果一等奖;2003年,《充分发挥教研组作用的研究》获新乡市第九届优秀教育科研成果一等奖;2008年,《学科教学与信息技术整合问题研究》获新乡市优秀教育科研成果一等奖,《构建学习合作型备课组的实践研究》获新乡市优秀教育科研成果一等奖;2010年,《如何进行有效的班级经营策略研究》获新乡市第十六届教育科研成果一等奖;2011年,《双主互愉教育模式的实践研究》获新乡市教育科研成果一等奖,《"双主互愉"学校管理策略的实践研究》获市教育科研成果一等奖;2015年,《小学生心理现象分析及解决对策研究》市教育科研成果一等奖。

教无止境,他不懈探索,潜心思考。2006年参编《教学智慧的生成与表达》被教育科学出版社出版,2009年8月《发展教师专业打造学习型组织》发表,2009年7月《加强师德建设 构建和谐校园》发表,2009年3月《立足校本教研 促进学校持续发展》发表,2012年11月《现代学校管理的"无为而治"》在《新课程》发表,2012年8月《谈"无为而治"在现代学校管理中的实践应用》在《教育策划与管理》发表,2012年8月《双主互愉求发展 幸福成长在校园》在《新乡教研》刊登,2014年1月《浅谈教师的专业发展之路》在《中国素质教育探索》发表。并有25篇论文获国家、省、市级奖。

他坚持不断地学习,丰厚自身底蕴,提升自身的专业和人格素养。2008年,参加教育部组织小学校长培训中心及北京师范大学校长培训学院组织的全国小学校长高级研修班学习;2000年,参加教育部东北教育管理干部培训中心组织的小学校长高级研修培训;2011年参加北京师范大学组织的全国中小学骨干校长高级研修培训等。不断地学习,促使他不断完善自己的教育思想,加深着对教育感悟。先进的思想与理念,更带出了一支朝气蓬勃、团结奋进的教师团队,为孩子打造出多元发展、活泼自信的阳光童年。学校每年教师获区级以上奖励达200多人次，学生获奖达300多人次。学校连续五年获全区中小学运动会第一名，学生的合唱不仅连年获全区第一名，还获河南省合唱比赛一等奖，学生的科技小制作获河南省一等奖、英语演讲比赛河南省一等奖。每年有多名毕业生被新乡市一中与附中录取。

做为河南省中小学校长协会一员，和新乡市教育干部培训专家讲师团成员，他多次在全市农村小学骨干校长培训、辉县市校长培训班、获嘉县校长培训班中承担讲座任务，为本地区薄弱学校的发展起到了引领和发展作用。还多次应邀到安阳、焦作、许昌等地做报告。他还积极和兄弟学校交流，热心帮助薄弱学校。帮助红旗区渠东小学进行校园文化建设，派去骨干教师支教，短短几年，使之由不足百人发展成1500余名学生的优质小学。帮助高新区关堤乡大介山小学进行国家级课题《村寨儿童活动中心建设与管理研究》的实施与开展，由课题调动学校发展。学校作为新乡市教育干部培训基地，每年都接待来自农村学校的校长培训任务，如农村校长挂职培训、卫辉市骨干教师培训、储备干部培训、辉县市骨干教师培训和骨干校长培训，获嘉县骨干教师培训和骨干校长培训等，与许多农村学校共同走特色办学的道路，学校被评为新乡市教育干部培训工作先进单位。

先进的办学理念和突出的办学业绩为该校赢得了许多荣誉，学校曾获全国百佳小学、全国德育先进单位、全国特色教育优秀学校、全国读好书组织奖，全国科学教育试验基地、国家十五重点课题研究基地、全国教育科学重点课题先进实验校、河南省教育教学先进单位、河南省文明学校、河南省百佳学校、河南省体育项目优秀传统学校、河南省综合实践活动先进单位、省、市红领巾文明学校、省电化教学一类学校、省校园网示范校、省科技示范校、省市德育先进学校、新乡市示范性学校、文明单位、文明学校、办学水平综合评价一类学校、市优秀家长学校、市校本教研示范学校、新乡市首批心理健康实验基地学校、市优秀党组织等称号。

"愉"在当下，"越"向未来！他将和他的教育团队一起，肩负责任，怀揣爱心，砺行求索！

（吉林农业大学第三届研究生支教团遵义市余庆县龙家小学服务基地　孟祥茹编辑）

编者按：校长的助手如何当？校长的助手是教学的能手，是架起校长和师生之间永远的朋友。李艳红老师的角色更是我们工作室前进征途中的一面旗帜！

执子之手　与子偕长

——河南省新乡市红旗路小学副校长　李红艳

李艳红，女，公元1974年11月出生，汉族，本科学历，中共党员，小学高级教师，河南省名师、河南骨干教师、新乡市师德标兵、新乡市技术能手。

她1993年7月毕业于新乡市师范学校，同年9月到新乡市红旗区东街小学任教数学，2002年参加全区竞聘为教导主任。2003年9月起任新乡市和平路小学教导处主任，同时担任实验班数学教学。2009年起任新乡市红旗区和平路小学副校长，负责学校教研、科研、师训等工作。她是王校长的好助手，更是架起校长与师生间的朋友，为校长排忧解难总是默默无闻。

教学是和孩子们一起生活，她致力于把抽象的数学知识形象化、趣味化，引导学生自主学习、合作学习、探究学习，创设活泼高效的课堂。1995年《认识长方形和正方形》获区示范课一等奖，2004年获市信息技术优质课一等奖、市优质课二等奖、区优质课一等奖并连续两次送教下乡，2005年《11—20各数的写法》录像课全省发行，2009年《认识厘米》获全国小学数学课堂教学录像评比二等奖，2015年《长度单位》获市、区优质课一等奖。

执生之手，不断滋养教育情怀。她相信每个孩子的潜能，鼓励不同层次的学生在数学上得到不同的进步。2004年，多名学生的数学日记分获区评比一二等奖，她也获优秀辅导教师奖，并面向全区数学教师进行经验交流获一等奖；2006年学生的数学论文《测量蒜苗生长》获市中小学生研究性论文评比一等奖；2007年、2008年多名学生获区五、六年级综合能力测试一二等奖，并被评为优秀辅导教师；2009年被评为希望杯全国数学竞赛优秀辅导员；2009年辅导学生参加小学生艺术展演获市、区辅导教师奖。学生们和老师一起，在数学学习中品尝着成长的快乐。

她勤奋砥砺，努力提升教育素养。2006年参与《小学适应性教育校本课程的开发与应用研究》获国家科研成果一等奖；2013年主持《双主互愉数学课堂教学的实践研究》获省科研成果一等奖，参与《教师特色文化形成策略研究》获省科研成果二等奖；2004年、2006年、2010年、2011年、2015年共有六项课题获市优秀成果一等奖。现参与两项省级课题的研究中。研究带来理性的思考，撰写的教学设计《认识厘米》被《新课标教案》选用出版；2004年说课论文《认识长方形、正方形、圆》获全国一等奖；2005年《培养数学情感 给学生插上飞翔的翅膀》获省一等奖；2008年《大爱无言 大爱有形》获省师德征文一等奖；并有多篇论文获市论文评比一等奖。2004年、2012年、2015年分别被评为市教育科研先进教师。

她珍惜各种培训机会。2008年参加了河南师范大学举办的省班主任培训，2013年参加了西南大学举办的省骨干教师培训，2014年参加教育部主办的省教学实践专业技能网络研修项目培训，2012年参加北京师范大学举办的全国校长研修培训。

她希望和同伴一起成长，共同实现教育梦想。作为红旗区教师进修校的外聘教师，多次为新上岗教师进行培训，并在河师大为全市骨干班主任、在获嘉县做新上岗教师和继续教育做培训讲座。

"教育的理想就是在于使所有的儿童

都成为幸福的人"。岁月静好,相信牵着学生的手一路走去,她会有更丰富的心灵,更活跃的思维,更广阔的视野——她将和学生一起成为更完善更幸福的人!

(吉林农业大学第三届研究生支教团　孟祥茹　编辑)

倾情教育,用心耕耘

常艳娟,女,汉族,公元1980年5月出生,本科学历,河南省新乡市红旗路小学一级教师。2002年9月参加教育工作,并一直担任班主任工作,十三年如一日地工作在教学一线。教学中,教风朴实、严谨。课堂上既注重"双基"教育,又注重结合人文教育,提倡在课堂中用心灵感悟文章,用心灵感悟世界,寓教于乐,让孩子们在轻松快乐、积极向上的氛围中学会学习。

积极参加省、市、区、学校组织的公开课或观摩课。2009年红旗区优质课《手捧空花盆的孩子》获一等奖;2011年获河南省教育教研系统观摩课《平安的一天》二等奖;2012年在红旗区优质课暨教师素养大赛中分别获得一等奖;2013年在新乡市基础教育教学优质课《和氏献璧》暨素养大赛中获一等奖。

注重教学教研工作的研究和教学论文的撰写。2009年研究的课题荣获新乡市十五届优秀教育科研成果二等奖;河南省教育研究课题《群文阅读中小学高年级课内阅读与课外阅读的结合策略研究》和《小学实验教学案例的开发与研究》两个课题正在研究中;2008年在新乡市基础教育教学论文评比中《浅谈如何培养和提高教师的素质》获一等奖;2010年在河南省素质教育理论与实践优秀教育教学论文评比中获三等奖;2011年获新乡市学校卫生工作论文一等奖;2011年论文《谈谈孩子的家庭教育》在新乡市教育系统优秀家庭教育论文评选中获二等奖;2011年论文《立足学生发展做一个有悟性的班主任》被评为新乡市优秀教育学术论文一等奖,新乡市基础教育教学论文评比一等奖。

在班主任管理工作中踏实认真,乐于奉献,任劳任怨,爱学生,爱事业。本着"用心管理,对每一位同学负责,平等的对待每一位学生,不让他们当中的任何一名掉队"的管理理念,所带的班级班风正、学风浓,曾多次获得"文明班集体"荣誉称号,班级各学科成绩也位居年级前列。2009年获"新乡市模范班主任"荣誉称号;2012年度被评为"红旗区优秀少先队辅导员";2013年被评为"区级模范班主任";2013年被评为"新乡市文明教师";2013年评为"红旗区教学工作先进个人";2014年评为"新乡市文明教师";2015年评为"红旗区模范班主任"。

辅导学生积极参加各种活动。2011年在河南省中小学学生优秀论文评比活动中所辅导学生获得三等奖;2012年9月获区"书香浸润校园"征文大赛辅导一等奖;2015年获得新乡市举办的"我的压岁钱我做主"征文大赛优秀辅导奖。

在多年的教育教学中,不断提高自己的政治业务素养,提高自己的教学认识水平,适应新形势下的教育工作要求,在教学中不错过任何一个可以提升自身业务素质的机会,曾参加了教育部组织"国培计划(2013)—河南省农村中小学骨干教师教学实践专业技能提升网络研修项目"研修、河南省教育厅组织的"省培计划(2011)—新乡市小学青年教师远程培训项目"研修、新乡市红旗区小学语文骨干教师能力提升高端培训等多项培训。

作为一名年轻的教师和班主任,她将继续以自己的行动来证明自己的价值。严格要求自己,勤勤恳恳地工作,孜孜不倦地追求,发扬优点,改正缺点,开拓前进,用自己坚实的肩膀托起学生明天的太阳。

(吉林农业大学第三届研究生支教团区性　孟祥茹编辑)

平凡中追求挚爱的教育事业

陈小芳,女,汉族,河南人,中共党员,公元1981年6月出生,大学本科文化。2007年到河南省新乡市红旗区和平路小学,任教数学学科。

教学上,坚持以学生为主,不抛弃不放弃,让每一名学生都能享受教育,受益于教育;教学方法幽默风趣,教学态度平易近人,使师生在平等、融洽的氛围中共同成长。

参与了红旗区教研室承担的省重点课题《新课程小学数学基础知识典型课例的分析与研究》,市级课题《"双主互愉"数学课堂的有效练习设计研究》,校级课题《白板在数学课堂中的应用》等课题的研究。

编写的人教版四年级下册《三角形的内角和》一课的教学设计,经人民教育出版社授权,在延边教育出版社出版的《新课标课堂教学设计与案例》上发表。所撰写的论文《三角形的内角和教学谈》、《细微之处,彰显良好人格》获省级论文奖,论文《收获与思考无处不在》《浅谈教学实践中"体验"与"探究"》获市级论文奖,指导学生撰写的小论文《小心"打折"的陷阱》获省级论文奖。

所执教的人教版二年级上册《角的初步认识》一课获国家目标教学展示课一等奖;人教版四年级下册《三角形的内角和》一课曾获市级优质课、观摩课一等奖;在区"一师一优课""一课一名师"中获优质课一等奖。

她始终把"当一名好老师"当成奋斗目标,并与2012年取得了国家三级心理咨询师的资格证书。努力把心理健康知识真正地融入到课堂里,让我孩子们都能成为人格健全,德智体美劳全面发展的小学生。

教育教学是一门永无止境的艺术。爱在左,责任在右,作为教师,她的追求不仅是要传授给学生知识和技能,而且要培养他们善于观察,勤于思考,勇于探索的精神,更要塑造他们健全完美的人格,使每个孩子的生活更加丰富多彩,使他们真正学会生活、感悟生活。

(吉林农业大学第三届研究生支教团　孟祥茹编辑)

一发耕耘,一分收获

程萍丽,女,汉族,河南人,公元1977年1月9日出生,1996年9月参加工作至今一直在新乡市红旗区和平路小学任教。从教十几年来,我对工作兢兢业业,尽心尽责,工作中勇挑重担、善于学习、勤于思考,虚心向老教师学习业务,默默无闻地工作在教育教学的第一线,以高涨的工作热情,踏实的工作作风,在学习和实践中锻炼自己。

在十几年的教学工作中,多次获校一等奖;2010年6月在河南省中小学实践教育优质课中荣获三等奖;2010年5月在新乡市中小学实践教育优质课中荣获一等奖;2007年5月在新乡市基础教育优质课二等奖;2010年7月在红旗区"新课标新理念"观摩课评比中获观摩课奖;2003年7月论文《"小组合作学习"教学探索》获河南省论文评比一等奖;2005年12月论文"数学日记"获红旗区一等奖;2007年4月校数学经验交流会一等奖;2009年4月校"新课改论文大赛"一等奖;2010年8月在红旗区中小学教师"七个一"竞赛活动中《三角形的内角和》获区二等奖;2011年8月论文《如何有效地组织课堂教学》获新乡市二等奖;2004年9月研究的课题《小学数学教学中培养学生合作学习的研究》获新乡市教育科研成果二等奖;2011年8月撰写的《24时计时法》获全国说课讲稿二等奖;2011年9月

《如何指导学生写"数学日记"》获省一等奖;2011年9月论文《浅谈小学生家庭教育的误区重点及方法》获市三等奖;

一分耕耘,一分收获。教师的付出换来的是孩子们学会做人、学会生活、学会学习,这是她做教师最大的欣慰。

(吉林农业大学第三届研究生支教团　孟祥茹编辑)

春风化雨育新人

杜文婕,女,河南新乡市人,区级骨干教师,公元1992年毕业于新乡市师范学校,同年被分配到新乡市红旗区和平路小学任教。1998年取得了汉语言文学专业大专文凭。2002年取得汉语言文学专业本科文凭。

二十四年的教育教学中,她本着"本本分分做人,踏踏实实做事"的原则,在工作中勤勤恳恳,努力进取,多次荣获区优秀教师称号。

她努力钻研教材,广泛阅读教育教学专著及各种教学杂志,从中汲取新的教学思想、教改经验,不断地丰富自己的积累,并运用于课堂教学实践。主持的课题《阅读与写作紧密结合》获新乡市第十届优秀教育科研成果一等奖。多次在新乡市基础教育教学观摩课评比中获一等奖,《一件成功的事》获得市优秀教学设计一等奖。撰写论文《阅读与写作紧密结合》获河南省教学论文评比一等奖,《阅读教学新视点——"超越文本"》获河南省教育厅第二次素质教育征文一等奖,《让激越的"浪花"飞扬——阅读创造力》获新乡市一等奖,《实施素质教育改革小学语文课堂教法的尝试》获新乡市一等奖。

在班主任工作中,以平等的态度对待学生,多次被评为红旗区模范班主任,红旗区少先队优秀辅导员,所带班级被评为市级文明班集体。

平凡的她,做着平凡的事,却如春雨滋润着孩子们的纯真的心田。

(吉林农业大学第三届研究生支教团　孟祥茹编辑)

烛光里的期待

冯静,女,34岁,河南人,中共党员,本科学历,小教一级教师,新乡市模范班主任、市教学标兵、红旗区优秀少先队辅导员、先进教师。

自从2004年9月考入红旗区教师,一直在和平路小学担任班主任及语文教学工作。她对工作执着上进、善于钻研,对学生严格负责、仁爱有佳,是学生的良师益友。她为人谦逊、做人诚实,工作中善于钻研,向有经验的教师学习。

在语文教学上,她深入钻研教材,坚守基础知识,探求语文教学的内在规律,注意在写字、读书、言语交际中体现人文性教育。多次参加市、区优质课比赛,其中语文阅读课《大禹治水》《体育世界》、口语交际课《学会鼓励》《学会赞美》、《天天好心情》,安全课《平安出行》均获市一等奖。其参与的科研课题《科研兴校,扬帆远航》获"十五"教育部重点课题优秀成果二等奖、《小学口语交际课堂教学的基本模式研究》获国家二等奖;撰写的多篇说课论文《学会赞美》、《搭石》、《伟大的奉献——大禹治水》、《和氏献璧》、《小虾》、《用冰取火》均获全国说课一等奖;《一片树叶》《装满昆虫的口袋》获全国说课二等奖。科研论文《关于在课堂教学中培养小学生合作能力的实践研究》省二等奖,《浅谈低年级学生生活适应能力培养之心理素质培养》省二等奖,《巧用评价机制提高学生的口语能力》省二等奖、《浅谈法制教育在语文教学中的渗透》省三等奖;论文《关注课堂,提高学生合作能力》、《巧用多媒体创设情境》、《双主互愉语文课堂教学策略的研究》、《激发心灵热情,挥动想象翅膀》、《让班级文化的魅力绽放》、《帮他们一起迈过这道坎》获市一等奖。她喜欢钻研并制作与课堂内容有关的课件,她制作的课件《大禹治水》获省一等奖,《三个儿子》获市一等奖。

所带班级班风正、学风浓,多次被评为优秀班集体,辅导学生习作参加各级各类比赛,多次荣获特等奖及一、二等奖。

在她的心里,有一个梦想,成为教育教学的大师,为此她一直努力着……

(吉林农业大学第三届研究生支教团　孟祥茹编辑)

夜空里的皓月

郝艳,女,河南人,红旗区和平路小学教师,公元1996年6月参加工作,本科毕业,小学高级教师,曾多次获市、区优质课一等奖,多次获区、校级模范教师,骨干教师。

在三尺讲台上,她苦苦耕耘,积极参与学校"双主互愉"的特色创建中,课堂上注意营造和谐愉悦的课堂氛围,努力打造自己的快乐课堂,逐渐形成了自己的教学风格。在课堂上她从不吝啬自己灿烂的笑容、从不吝啬自己激励性的语言,她认为有爱的课堂才会和谐,才会快乐,才会有活力。

执教的公开课在新乡市基础教育教学观摩课评比中获一等奖;执教的优质课获河南省基础教育教学观摩课评比中获二等奖;所授录像课的光盘由省音像出版社发行;所参与研究的课题《双主互愉》、《改革学生的学习方式的研究》分获新乡市教育科研成果一、二等奖;所撰写的论文也多次获省、市级一等奖;辅导学生的论文多次获市级一等奖;同时还多次被评为区级模范教师,并获得区级"说课能手"的称号。

在以后的工作中,将更加珍惜每一份平凡的感动,在漫长的教学之路上,依靠集体的力量去探索,去提高!

(吉林农业大学第三届研究生支教团　孟祥茹编辑)

三尺讲台成就梦想

侯秋珍,女,河南人,公元1970年出生,1992年参加工作,是新乡市红旗区和平路小学英语教师兼班主任。

二十三年的教育教学工作中,获得新乡市师德先进个人的称号,多次获得红旗区教科文体局、学校模范教师,获红旗区模范班主任等称号。

她用个人魅力征服学生,用自己的热情和朝气去感染学生,所带班级形成良好的班风、学风。学生杜亚轩参加了《英语周报杯》小学生演讲比赛,获得市二等奖的成绩;她指导的《The sad elephant》英语短剧获市二等奖;辅导学生的论文《我爱学英语》获二等奖;辅导学生刘洋在红旗区小学生英语风采大赛中获一等奖;辅导学生张兴芳在六年级综合能力测试中获一等奖的好成绩。她所执教的班级英语成绩曾排列全区第一、第四。所带班级被评为新乡市文明班集体。

在教学中,她能够创设情境,带领学生生动活泼的学习。在红旗区"培养英语学习兴趣"研讨会活动中,她执教的《These are her arms》一课获红旗区一等奖,以及红旗区英语优质课一等奖等奖项;她还在新乡市第十三届多媒体教育软件大奖赛中,获一等奖。

她努力钻研教育教学理论,撰写论文《小学英语课堂应体现整体式教学》获河南省三等奖,并分别被《河南教研》和《中国当代思想宝库》刊登收录。撰写《前进中的双语教学》《小图片的大作用》等论文均获市二等奖。独立承担市科研项目《小学英语对话的活性状态的研究》获一等奖。她还积极参与河南省教育厅"十一五"2007教育科学规划课题《提高课堂教学有效性策略的研究》结题,并经验收合格。

小小的她,在这三尺讲台上用心中的爱铸就着她的梦想。

(吉林农业大学第三届研究生支教团　孟祥茹编辑)

教师——无悔的选择

连玉红,女,汉族,河南人,公元1974年1月9日出生,1993年9月参加工作至今一直在新乡市红旗区和平路小学任教,2008年加入中国共产党,2010年评为小学高级教师。

工作二十多年来一直从事小学数学教学工作。她对学生,严中有爱,课堂上,要求每一位孩子都养成认真听讲的习惯,使得每个学生的每节课都有不同的收获。她用爱心关爱每一个学生,发现学生身上的闪光点,及时给予表扬和鼓励,使他们的潜能得以激发,并获得自信的力量。她所教班级的成绩持续上升,辅导的学生郭雨菲同学写的《平凡的伟大》荣获市一等奖,王怡然、王泽远等同学在红旗区语数基础测试中荣获一等奖,刘雪纯同学在希望杯邀请赛中荣获一等奖。

教学中,她不断地学习、反思,撰写的论文《在数学教学中培养学生的实践能力》荣获市贰等奖,《引导学生主动参与学习数学》荣获省贰等奖、《小学数学创新意识及创新能力的培养》荣获省贰等奖、《在小学数学课堂上实施有效教学的点滴体会》荣获省贰等奖以及多次获市一二等奖。她坚持对有价值的问题进行研究,课题《引导学生主动参与学习数学》荣获区教育科研成果贰等奖、《培养学生自主参与的能力的研究》荣获市教育课研成果贰等奖、《旅游中的学问》荣获国家级

"十五"教育部重点课题的子课题优秀成果三等奖。

她善于独立钻研教材,通过每次教学后的反思和与同事们的不断研讨中,创造性地运用教材。执教《三角形三边的关系》、《找规律》曾获市、区优质课一等奖。作为年级教研组长,她与年轻教师教学相长共同成长,所带教研组多次被评为校优秀教研组,她多次被红旗区文教体委评为优秀教师。

教师的高尚不在于他培养了多少科学家、艺术家,而在于他的细微之处,以高尚的师德影响人,培养人。在这条洒满阳光的道路上,她将会用心去教诲学生,用情去培育我学生。

(吉林农业大学第三届研究生支教团　孟祥茹编辑)

心中有爱才是真

刘惠萍,女,中共党员,河南省新乡市人,公元1970年1月出生,本科学历,毕业于河南省师范大学,红旗区骨干教师。1987年分配到红旗区东街小学,现任教于红旗区和平路小学。1987年至今的28年语文教学工作和20年的班主任工作,2008年至今担任教导处工作,分管语文教学、图书等工作。

个人先后获得市级文明教师;区级优秀教师,模范班主任;教文体局优秀教师,模范班主任;新乡市"教学标兵"等称号。

参与了学校承担的河南省教育厅"十一五课题"《提高课堂教学有效性策略的研究》,学校的市级课题《小学生心理现象分析及解决对策研究》等课题的研究。

在教育教学工作中,她努力创设民主和谐的教学氛围,建立平等的师生关系,用爱浇灌学生,用真感染学生,用情激励学生。品德与生活课《快乐的六一》获省观摩课二等奖,语文课《掌声》获区优质课一等奖。担任教导处工作后,积极培养年轻教师,指导的课多次参加市、区级比赛,并获得市、区一等奖。

撰写的论文《创设学习氛围,提高课堂效率》获省一等奖,《培养写作兴趣重在指导方法》《阅读教学探究浅议》获市一等奖。

她爱这三尺讲台,爱这群孩子,为了孩子们纯真的笑脸,她甘做播种爱的人。

(吉林农业大学第三届研究生支教团　孟祥茹编辑)

做快乐教师　享幸福生活

刘玉新,女,汉族,河南人,中共党员,于公元 1977 年 5 月出生。1996 年 6 月毕业于河南省新乡市第二师范学校,经继续进修获得大学本科文凭,新乡市骨干教师。

1996年12月走上教育岗位,在新乡市臧营小学任教,2009年8月调到新乡市红旗区西街小学,2014年2月至今在新乡市红旗区和平路小学任教。从教以来一直担任着数学学科,兼任其他学科。2006年12月开始兼任学校管理工作,先任学校少先队工作,抓学生的德育工作,2009年8月任学校教导处副主任,主抓数学教学工作。

她先后获得市级"文明教师""教育教学标兵";区级"模范教师""优秀教师""优秀少先队辅导员""优秀班主任""优秀共产党员""说课能手"等荣誉称号。

人活着是要有精神追求的,她以这句名言来鞭策自己,在做好本职教学工作的同时,力求有更多的机会来锻炼、完善、超越自己,《角的初步认识》和《质数与合数》两课获区级一等奖;《分数的初步认识》获市级一等奖;《找规律》获市级二等奖。

她努力让自己成为反思型、研究型的教师,所立课题《数学与生活相联系》《培养学生良好数学学习习惯的实验与研究》分别获市级一等奖、二等奖;参与学校承担的省级课题《提高课堂教学有效性策略的研究》顺利结题。撰写的《异分母分数加减法》获国家级说课讲稿一等奖;《学生活数学过数学生活》《在新课标理念下怎样教数学》《结合数学教学浅谈培养学生良好的学习习惯》多篇论文分别获省、市级一、二等奖。

在教学中,注意让孩子们"玩数学",在玩中学到知识、启迪智慧、提高能力。所教班级成绩多次位居区级前几名;荣获区"语数基础知识综合测试"优秀辅导教师;区"六年级综合能力测试"优秀辅导教师;市级"综合能力抽测"先进教师;曾多次辅导学生作品获得奖项。

在教育的星空中,她是一颗凡星,虽不夺目,但力求星光点点;在教改的浪潮中,她是一朵浪花,虽不壮观,但力求激情澎湃。

(吉林农业大学第三届研究生支教团　孟祥茹编辑)

守望的灯塔

汪雯,女,汉族,河南人,小学一级教师。公元2006年7月毕业于新乡学院计算机科学教育专业,2007年9月到新乡市红旗区和平路小学任计算机教学工作,至今已有八年。

八年的教育教学实践,逐步形成了亲切、自然的教学风格。教学中坚持将生活实际融入课堂教学中,引领孩子们在信息技术的天地中自主探索,发展信息素养。积极参加教科研活动,2012年参与了省级课题《发挥纵横信息数字化创新学习优势,提升学生研究性学习能力的实践研究》,荣获省一等奖。撰写的论文《信息技术课堂中矫正学生学习依赖心理的方法研究》和《信息技术课中感恩教育的探究》获新乡市基础教育教学实验成果奖一等奖。在学科竞赛中,2008年获新乡市红旗区中小学教师"风采展"大赛(小学组)五项全能第二名。重视对自身素质的提高,继续教育培训、国培、网培都积极参加,认真学习。将理论与运用于实践,积极参加优质课、研讨课,从自身的课堂教学中找缺点,吸取别人教学过程中的闪光点。2012年,执教的《多彩的世界》一课在全国小学信息技术优质课展评活动中荣获一等奖,同年,执教《为"世界地球日"宣传》获省示范课一等奖,2014年执教《大写字母巧输入》获市优质课一等奖,2014年《多彩的世界》在说课优秀资源评比活动中获说课优秀资源一等奖,2015年执教《快乐搬家》获市优质课一等奖。多次被评为优秀教师,2009年被评为区模范教师。

除了计算机教学工作之外,自2010年开始,将自己的校本特色活动确定为"校园精彩瞬间",随时对老师和学生们在校园的活动进行拍照和摄像,并利用课余时间自学会声会影等相关软件,主动承担起校园宣传片的制作工作。制作的校园宣传片多次在区教师"风采展"大赛中获一等奖。在区教研室的带领下多次对全区教师进行交互式电子白板与多媒体课件制作进行培训,荣获"优秀授课教师"和"先进工作者"。每年的全国中小学电脑制作活动都组织学生积极参加,辅导的学生多次获得省、市电脑绘画比赛一等奖。

在和平路小学"双主互愉多元育人"富有特色教育教学管理模式的熏陶下,在这温馨和谐的大家庭里,她和孩子们一起进步,一起成长。在和小温暖的怀抱里,最幸福的是赢得了家长的信任,孩子们的喜爱。最大的愿望是给予学生最有价值的礼物——"爱",慷慨和充满激情的爱,而且尽可能多地让学生感受到这种爱。她坚信:爱是打开学生心灵的钥匙,教育因爱而精彩!

(吉林农业大学第三届研究生支教团　孟祥茹编辑)

麦田守望者

王解冰,女,河南人,公元1980年出生,小学美术教师。自2003年大学毕业至今,从事美术教育已有十二年。

她秉承用知识传授知识,用言行影响言行,用道德感染道德,用心灵触摸心灵的方式教育学生,形成了活泼愉悦的教学风格。在校级研讨课、区级优质课、市级优质课、省级教学实践课、市级教育教学论文、说课、课题研究等获得多次荣誉;在区市级基本功大赛、技能竞赛、风采展等获得各种殊荣;

在教学中倡导新课改的美术教学,创建多维互动的有利于学生自主学习的教学组织形式,让学生在宽松的氛围中感受美,让学生在活动中学、在玩中学,让学生围绕目标自主选择内容、材料和方法,让学生在知识探索的过程中发现规律。多次获得市级、省级辅导奖,2012年被新乡市教育局授予"新乡市教学标兵"的称号;2013年全国"双龙杯"绘画大赛获得三等园丁奖;2014、2015年辅导的学生参加全国中小学生电脑绘画大赛,都获得了省市级的一等二等奖。

"不畏劳苦才能到达理想的顶峰",她将努力工作,去迎接更加灿烂的明天。

(吉林农业大学第三届研究生支教团　孟祥茹编辑)

三尺讲台的播种者

王秀秀,女,汉族,河南人,生于1977年7月,本科学历,小教高级,新乡市骨干教师,红旗区第十三届人大代表。

1995年9月分配在和平路小学工作至今,从事小学数学教学工作。2009年9月—2013年7月担任和平路小学大队辅导员,2013年8月至今担任和平路小学副教导处主任。

注重学生的养成教育,在教学的中培养学生良好的数学学习习惯。"让每一个孩子都能感受到数学的成功",课堂上平等待每一位学生。"把复杂的问题变简单"是她追求的教学风格。备课时喜欢根据学生的情况,对教材内容做一些创造性的处理,让学生更容易理解接受。"该放手时就放手",针对不同类型的课,采用不同的教学方法,尽可能地让学生参与到数学知识的学习过程中。

先后荣获省、市、区级优质课一等奖;新乡市首届数学教师技能大赛获一等奖;论文、研究课题多次获省、市级奖项;荣获新乡市市青年教学能手、新乡市优秀教师、新乡市先进工作者、德育工作先进个人、新乡市优秀辅导员等荣誉称号。

参与了学校课题《双主互愉数学课堂教学模式的实践研究》、河南省教育信息技术研究"十二五"规划《交互式电子白板在小学数学课堂教学中的应用研究》等

课题研究。

教师奉献爱心,收获快乐,在付出苦汗心血之后,能收获满园的桃李芬芳,就是她一直期待的最大的幸福。

(吉林农业大学第三届研究生支教团　孟祥茹编辑)

师德典范　教育楷模

王媛媛,女,汉族,河南人,31岁,中共党员。公元2006年9月考入红旗区教师岗位,至今已有九个年头。现任教音乐教学,担任学校大队辅导员。

从教九年来,作为一名年轻教师,凭着对教育事业的强烈责任感,她把自己的愿望和抱负,全部都倾注在教育事业上。热爱自己的工作,从自己喜欢的工作中感受快乐、分享成功,是她在平凡岗位上超越自我、走向成功的动力。2013年被评为新乡市"巾帼建功"标兵;2015年被评为红旗区优秀辅导员;2015年被评为新乡市师德先进个人;

历练才能成长。她严格要求自己,积极参加学校组织的各级、各类培训,不断的完善自己,并且积极参与各级、各项比赛活动。2009年获新乡市举办的"全国经典诵读成果展示大会"二等奖;2009年课件《能干的手》获新乡市第十三届多媒体软件大赛一奖;2010年论文《教师个人魅力与高效课堂》获新乡市一等奖;2010年论文《教师个人魅力的展现在课堂教学中的重要作用》获河南省二等奖;2012年获红旗区经典诵读一等奖;2012年说课稿《北京喜讯到边寨》获全国说课稿二等奖;2012年获红旗区优质课评比一等奖和教师素养大赛一奖;2013年《北京喜讯到边寨》一课获市优质课一等奖;2014年《最美丽》一课获市示范课一等奖;2015年《在钟表店里》获市观摩课一等奖;训练的合唱队多次参加省、市、区级合唱比赛,均获得一等奖。

她将继续发扬勤学进取、开拓创新的精神,力求以更科学有效的方法,去创造性地开展工作。

(吉林农业大学第三届研究生支教团　孟祥茹编辑)

育人心　德育情

肖芳,女,汉族,河南人,公元1984年出生,中共党员,本科学历,小学语文一级教师,新乡市骨干教师。

2007年于和平路小学任教至今,一直从事小学语文教学工作,2007—2014年间任六年班主任,2013年兼任学校大队辅导员,并主抓学校语文教学工作,现兼任和平路小学四四班语文课程。

担任班主任工作期间,所带班级班风纯正,成绩优异,被评为"新乡市文明班集体""红旗区书香班级",个人被评为"新乡市模范班主任""市优秀少先队辅导员""市教学工作先进个人""区级书香教师"。连续多年被评为"区模范班主任""区优秀少先队辅导员"。2011年受红旗区人民政府表彰为"模范教师"。

担任语文教学工作八年间,形成清新自然的教学风格。善于发现学生闪光点,课堂自然灵动,秉承"让每一个孩子成为最好的自己",以学生的成长为目标,开展"群文阅读""指向作文"系统研究。坚持"让每一篇文章成为最好的学习语文的范例",少讲知识,多传方法,潜移默化帮助学生提升语文素养。同时不断完善自我,提升个人素养,多次参加各级各类赛课活动。2013年参加南京全国目标教学研讨会,所执教《金子》一课,荣获一等奖;2013年5月参加河南省语文素养大赛，荣获一等奖；2009—2015年期间，多次荣获新乡市优质课一等奖、红旗区优质课一等奖、红旗区语文素养大赛一等奖、新乡市教研观摩课、红旗区教研观摩课一等奖。并辅导学校老师多次市区赛课荣获一等奖。同时不间断进行课题研究，每年参与学校小课题研究，抓住教学工作中出现的最实际的问题进行教研，不同学段进行不同的层面的研究，指向最平常的语文教学工作。《"双主互愉"语文课堂教学策略的研究》获新乡市第十七届优秀教育科研成果奖；《小升初阶段高年级口语交际能力的培养及训练方式的研究》《小学生心理现象分析及解决对策研究》获市基础教育教学改革实验成果奖。目前正参与并组织语文教师进行河南省重点课题《群文阅读中课内阅读推进课外阅读的策略研究》。

2013年主抓学校语文教学工作期间，带领并组织全体语文教师及学生参加各类语文教学活动，开展"提高教师素质工程"系列，"语文沙龙"系列，"班主任论坛"系列活动。连续多年在校内开展师生经典诵读活动以及作文竞赛、书写比赛、汉字听写大赛、学生能力竞赛、"书香少年"评比活动。学校语文成绩名列前茅。

从教八年来，热爱学生，关注学生，一切以学生的发展为目的。坚持严谨的工作态度，爱岗敬业，务实求真。在教育教学工作中，努力创新工作思路，力求扎实有效。同时不断完善自己，提升个人素养，每年参加各级各类培训学习并坚持反思总结，不断提高个人素养，成为一个最好的自己。

作为教育骨干，深知教育之路漫长艰辛，只有不忘教师本色，以专业促成长，才能愈行愈远。路漫漫其修远，吾将上下而求索。

（吉林农业大学第三届研究生支教团　孟祥茹编辑）

含洒满校园　笑看满庭芳

许红霞,女,汉族河南新乡人,中共党员公元1970年8月出生,大专学历,毕业于河南师范大学,现在新乡市和平路小学任教。

1989年8月参加工作以来,一直担任小学语文、书法等课程,以及班主任工作。工作上,她顾全大局、尽职尽责、勇挑重担,力争在平凡的工作中做出不平凡的成绩。

积极参与学校承担的省"群文阅读"课题研究,带领教研组成员编写"校本特色活动课程",组织教研组全体教师做好学校教学试点工作——电子集体备课。

将近三十年来,热爱教育事业,更愿为这份平凡的选择倾注一切。在班主任工作中,用爱心影响学生,用真心沟通家长,用耐心教给知识。从细微处营造班级文化,利用活动栏开展工作,使学生不但学会学习,更懂得如何做人。

教学工作中,认真备课,钻研教材,寻求最佳的教学方法因材施教,善于启发和调动学生学习的积极性,运用灵活有效的教学方法活跃课堂气氛,激发学习兴趣,培养良好的学习习惯。

作为教研组长,坚持做到团结协作,勇挑重担。西校区刚成立时,校领导分配我担任一年级语文组教研组长,协助带班领导做好西校区的工作。因此,工作中,重视细节,悉心教研,制定切实可行的教研组计划,领着全组的年轻教师集体学习新课标、教师用书,做好电子集体备课与研讨,不断开展听、评、说课活动,使常规教学开展得有条有理,步步推进。

"宝剑锋从磨砺出,梅花香自苦寒来。"多年的努力终于换来硕果累累。个人多次获得区级"模范教师""模范班主任""工会积极分子""优秀辅导员"的称号,教师节前夕,新乡平原晚报刊登其典型事例。《我的战友邱少云》《我爱故乡的杨梅》分获区、市级示范课一等奖,论文《让学生在阳光灿烂的日子里成长》《爱心浇灌　真情流露》《助其成功　促其参与》《严爱相济　真情浇灌　教育为主》《点燃学生智慧的火花》《精心设计家庭作业　培训学生综合能力》《走向发明创造的必经之路》等分获全国、省、市级一等奖,教学设计《我爱故乡的杨梅》《爱护小动物》等分获区市级一等奖,辅导学生作文、读书活动多次获市级优秀辅导教师,科研课题《小学德育研究》《语文教学中给学生提供创新的机会的研究》均获市级二等奖,制作课件《荷叶圆圆》《小蝌蚪找妈妈》《团结互助力量大》等分获市级一二等奖,教师基本功写作大赛《教研组的那些事》获区级一等奖,"书香浸润师生"征文获市级一等奖,教师风采大赛中"目测距离"或区级一等奖,撰写论文、教学案例多次刊登在《新乡日报》上,辅导学生作文多次刊登在《新乡平原晚报》上。

"汗洒春秋满校园",在教育路上,她数十年如一日,默默耕耘只望年年春尽,笑看满庭芳。

(吉林农业大学第三届研究生支教团　孟祥茹编辑)

一滴水里的海

张寰,女,汉族,河南人,生于公元1979年,2003年于河南大学汉语言专业本科毕业。1997年参加工作,一直在红旗区和平路小学担任教师,2003年12月评定为小教一级教师。参加工作至今一直担任着语文教学和班主任工作。

不断前行的沿途,也采撷了一些美丽的风景。

《读出来的语文》获全国教育科学"十五"规划科研《说课理论与实践的分层次研究》二等奖;《风儿吹呀吹》《桥》获河南省优质课一二等奖。《奇思妙想》《纸船和风筝》《我是小主人》等多次获市教育局颁发的优质课奖。有十几节优质课在红旗区和学校获一等奖。

《识字教学的多媒体之路》《阅读高速路》《低年级学习适应性的探索》《以现代信息技术发展低年级学生阅读》《健康心理从认识自我开始》《小升初阶段口语交际教学模式和训练方式的探索》等，分别在省市区各级科研课题评比中获奖。

被红旗区评为优秀教师。并屡次辅导学生在全国、省市区各类大赛获奖。多次参加演讲、美文诵读、多媒体课件竞赛、少先队辅导员风采大赛、经典诵读等活动并获奖。

一滴水，可以折射太阳的光辉；一位好老师更可以滋养无数孩子的心灵。她愿意为之努力。

（吉林农业大学第三届研究生支教团　孟祥茹编辑）

一生钟情栽桃李

新乡市红旗区和平路小学　张俊

张俊，女，河南人，公元1977年出生，小学高级教师，区级骨干教师，一直从事语文教学兼班主任工作。

张俊老师在课堂教学中充分利用40分钟时间，创设情境，循循善诱，努力唤起学生勤思考、爱提问、乐探索的学习积极性。重视学习方法及学习习惯的培养，在教育教学实践中逐步形成了个人的教学风格。多次参加教学比赛并获得优异成绩。2008年讲授的《威尼斯的小艇》一课获市优质课一等奖;2009年讲授的《精彩极了和糟糕透了》一课获市示范课一等奖;2011年讲授的《远行靠什么》一课获市同步课堂研发优质课一等奖,并在8月份由河南教育音像出版社出版发行;2009年讲授的《圆明园的毁灭》一课学科整合优质课一等奖;2007年、2010年获区级优质课一等奖;2009年市综合能力质量抽测中获"先进教师";2008年设计的《学会求救》获市有效教学优秀教学设计一等奖。

张俊老师从教以来,一直担任班主任工作,善于做学生思想工作,擅长班级管理,注意挖掘学生的点滴闪光之处,注重培养学生的集体主义观念。所带班级班风纯正、学风优良。本人也收获了一些荣誉:2010年被评为新乡市教育系统模范班主任;2009、2010、2012、2014年4次被评红旗区模范班主任;2008、2011年2次被评为红旗区优秀辅导员;2007年组建的"环保卫士小队"获区级优秀假日小队;2014年所辅导的节目获"童歌唱响校园"区一等奖。

张俊老师虽然有了20余年的工作实践,但热情依旧,工作中注重总结,善于将经验与感悟诉诸文字,有多篇论文发表、获奖。2001年撰写的《引导学生收集写作材料》发表于《河南教育》;2010年撰写的《引导学生从生活中发掘写作素材》发表于《新乡日报》;2010年撰写的《搭石》、2006年撰写的《在阅读教学中引导学生自主学习》、2010年撰写的《把爱融入作业批改中》、2010年撰写的《教会孩子们说话》、2004年撰写的《作文教学要"活"起来》均获市一等奖;2003年主持的课题《优化课堂结构,拓宽作文题材》获区一等奖;2009年撰写的《识写结合,以写促识》获省二等奖。

张俊老师积极投身教育实践,大力推广素质教育,因材施教,努力提高每个孩子的语文素养及综合素质。在这方面所教学生做出了突出成绩:2010年,指导学生姬念所写的文章《第一次刷碗》,发表在国家级刊物《新乡日报》;2003年指导学生张岩松所写的文章《小鸟菲菲哪里去了》,发表在国家级刊物《小学生优秀作文》;2015年指导学生白熠宸所写的文章《美丽的牧野湖》,发表在《平原晚报》;还有三十多位学生在各级作文大赛获奖。

一分耕耘,一分收获。张俊老师还多次被评为"模范教师",在各种教师技能大赛中获奖三十余次。成绩只属于过去,今后,她还会一如既往的努力工作,再创佳绩!

(吉林农业大学第三届研究生支教团　孟祥茹编辑)

教育路上的引路人

张彦,女,汉,河南人,小学一级教师。公元2008年师范本科毕业后,一直从事英语教学工作。被评为校"优秀教师"、"师德楷模"。

她注重寓教于乐的教学方式,让学生在快乐中学英语;注重学生思想品行的教育及心理的疏导。在教学中,以爱为基,构建和谐灵动的英语课堂;育德无言,炼造鲜活魅力教师形象,尊重、关爱学生,勤奋努力工作。2013年新乡市小学英语观摩课评比中所讲《It's warm today》一课获一等奖;2015年新乡市小学英语优质课评比中所讲《How many》一课荣获一等奖,所讲《In a nature park》获红旗区观摩课一等奖,在红旗区"一师一优课一课一名师"评比活动中获得一等奖等荣誉。

教学相长,努力修筑自身专业发展之路。参与了河南省教育研究课题《小学实验教学案例的开发与研究》、新乡市基础教育教学教改实验课题《有效设计小学英语课外作业研究》等课题研究。论文《在快乐中教英语》、《浅谈小学英语书写习惯的养成》获2014年度新乡市优秀教育论文一等奖;论文《幼儿家庭教育素质教育的重要性》获2011年度新乡市优秀教育论文三等奖。还获得红旗区小学青年教师钢笔字书写评比一等奖,红旗区风采展大赛《重量猜猜看》一等奖,《时间机器》、《快速倒带寻录音》、《目测距离》获二等奖、红旗区中小学教师素质提高工程——英语诵读技能培训展示活动荣获二等奖等。

在英语教学中注意培养学生的能力。在河南省第七届"外研杯"小学英语语言综合技能展评活动中获辅导奖一等奖；新乡市中小学研究性学习活动中获优秀辅导教师一等奖；红旗区小学英语综合技能大赛辅导奖一等奖；在新乡市红旗区小学生英语书写比赛中，荣获优秀辅导奖。

注重专业素养的提升，积极参加各种培训。参加了教育部"国培计划（2013）—河南省农村中小学骨干教师教学实践专业技能提升网络研修项目"研修、河南省微课学习、PEP人教版网络培训等来提升自己的专业素养。同时坚持理论和业务学习，反复学习《英语教学法》，阅读苏霍姆林斯基的多部教育专著等。

教学中始终做到思想和行动，总有一个在路上。投入心灵才能闻到生命的醇香，她全身心地投入到所热爱的教育事业。她相信发光不是太阳的专利，做教师也可以发光。

（吉林农业大学第三届研究生支教团　孟祥茹编辑）

奋斗前进其乐无穷

周娟,女、汉族,河南人,公元1975年出生,1994年毕业于新乡市师范学校,参加工作后进修于河南师范大学小学教育专业。二十多年来,一直工作在教学一线,从事小学语文教学兼班主任工作,现任新乡市和平路小学语文教师。1998年被评为小学一级教师,2004年被评为小学高级教师。

从事教育工作22年来,曾获市、区教研教改先进个人,"模范班主任"等光荣称号,多次被学校评为"优秀教师"、1999年被评为人民政府评为先进教育工作者;2004年被评为新乡市文明教师;2010年被评为区级模范班主任。2011年被评为、区级模范班主任、区级优秀教师。2012被评为区级模范班主任。2014年被评为区级模范班主任。撰写的经验论文多次获奖:2004年两篇论文获市二等奖;2010年《口语交际能力三部曲》获市级论文评比一等奖;2008年获市级师德论文二等奖;2014年获区中小学教师写作技能比赛一等奖。参加课题研究。2001年获市《学生口语交际能力训练》课题研究一等奖。2012年《小学低年级口语交际教学方法的研究》获新乡市优秀教育科研成果一等奖。在教学上,1998年获区语文创优课二等奖;1999年获区语文创优课一等奖;2003年获区电子课件比赛二等奖;2007年获区观摩示范课优秀奖。2013年获市教科所优秀观摩课奖。辅导学生也多次获奖;2002年,在市小学生综合能力比赛中获优秀辅导教师;2004年在市读好书活动中被评为优秀辅导教师;2008年获市级小学综合知识竞赛优秀辅导奖;中小学生研究性学习论文优秀辅导教师;获区小学六年级语文综合能力调研测试优秀辅导奖。

她常说,在教语文的同时,她也在和同学们一起学语文,一起用语文。因为生活离不开语文,生活处处皆语文。她愿与同学们一起享受语文带来的快乐!

(吉林农业大学第三届研究生支教团　孟祥茹编辑)

第三篇 03

| 桃李情怀 |

记忆我的学生

闫 飞

我是公元1981年在家乡的村小光明小学参加教育工作,在那里我只工作了不到5年后,就受命组织调任镇上小学的团支部书记和毕业班班主任。在那个年月记忆扎实并联系密切的一个学生叫闫飞。

闫飞是我从事几十年教书生涯中逢场提及的得意学子,在全国很多报告的场合,他是我做"第一做学生的朋友,第二做学生的先生"教育思想学术报告场上的首选案例。

他是一名农村孩子,其父亲是村子里60年代就参加工作的本土德高望重的赤脚医生,母亲是一位能干的农村家庭主妇,他是多子女家庭中排行"老幺"。自幼聪明伶俐,在班里成绩优秀,劳动积极,是全校有名的品学兼优学生。

中学毕业后,他选择医道路,工作于他乡,一年中电话、书信、网络不断寻找着儿时家乡的老师,问前问后,我们在百忙中总乐意忙里偷闲,从网络上、报纸上打听这位可亲可爱的学生。

闫飞男,贵州省余庆县龙家镇光明村羊田生产队(村民组)人,中共党员,医学博士,硕士研究生导师,贵州医科大学第三附属医院骨科主任,科教科科长,贵州省青年岗位能手,贵州省"黔南青年先锋",贵州省黔南州科教人才,黔南州首届优秀青年人才,黔南州政府津贴专家。

他现在兼职于国际AO学会会员,中国中西医结合学会青年委员,贵州省运动医学常委,贵州省创伤学会常委,贵州省康复医学会骨关节分会常委,贵州省显微外科学会委员,贵州省小儿外科学会委员,贵州省骨科学会青年委员。

我在平时和生活中还了解到,闫飞拥有良好的医德医风。从事医务工作以来,一直在临床、教学和科研岗位工作。严守各项规章制度,急病人所急,认真完成各项工作,勤勤恳恳,刻苦钻研,努力提高自己的业务能力和工作能力。始终以"服务患者,提高医学水平"为本。

他在临床上，拥有精湛的专业技术：

骨病方面：记忆合金内固定植骨治疗肱骨骨不连；骨痂延长治疗先生天性胫骨短缩、内旋、内翻畸形；镶嵌式外支架固定治疗多段骨不连（部分多家医院建议截肢治疗的患者得到治愈）。开展肢体不等长，先天性畸形等将患肢致残率降到最低。

关节方面：主要开展工作有：①大量开展关节镜消理并玻璃的钠注射治疗膝关节骨性关节炎，获2005年黔南州科技进步三等奖；②率先在贵州省开展踝关节手术，《关节镜治疗化脓性踝关节炎》，文章发表在国家级专业核心期刊《中国矫形外科杂志》；③率先在贵州省开展髋关节手术，关节镜清理治疗结核性髋关节炎；④率先在贵州省开展肘关节关节镜手术，关节镜下肘关节游离体摘出术，获州医院新技术三等奖；⑤关节镜下微创内固定治疗胫骨平台骨折，文章在国家级专业核心期刊、中华医学会系列期刊《中华创伤杂志》2007年12月刊发，获黔南州2007年科技进步三等奖；⑥微创小切口人工髋关节置换；⑦定制人工关节置换治疗股骨上段骨肿瘤。能独立完成膝关节置换及关节镜下韧带重建及半月板修复等镜下手术。⑧率先在黔南州开展双膝或双髋关节置换术；⑨率先在黔南州开展3D打印人工关节置换。

创伤方面：主要开展工作有：①完成断上臂再植成活一例，整个手术过程连续10小时；断大腿再植成活一例，整个手术过程连续9小时；②可吸收螺钉治疗踝关节骨折，文章发表在国家核心期刊《中国骨伤》杂志。③液压自锁髓内钉微创内定治疗肱骨骨折。④严重骨盆骨折手术治疗多例。⑤长管状骨闭合髓内钉内固治疗骨折多例，各种骨端骨折手术治疗。

脊柱方面：主要开展工作有：①黔南州首例CD枕颈融合治疗寰枢椎骨折；②脊柱前后路联合手术多例。③开展小切口后路腰椎间盘摘出术（切口长约3cm）。④胸腰椎多段骨折手术治疗。能独立开展颈椎、胸腰椎前后路手术。⑤在黔南率先开展脊柱侧弯等畸形矫正。⑥在黔南率先开展经皮微创内固定技术。⑦⑧在黔南州率先开展颈椎单开门微型钛板椎板内固定术。

在科研上，他拥有敏锐的创新思维：近年来亲自主持贵州省科技厅资助项目、黔科合LH字［2014］7162、自体BMSCs复合PLGA多孔可吸收支架修复猪退变纤维环的实验研究、获2014/10—2016/12、5万元；主持黔南州科技局资助项目、黔南科合社字（2014）1号、自体BMSCs复合PLGA多孔可吸收支架修复猪退变纤维环的实验研究、获2014/09—2016/12、5万元；

主持甘肃省科技重大专项项目、1203FKDA036、《新型骨、软骨及其复合组织工程产品的研发与质量评价体系建立》;主持贵州省科技厅联合基金,黔科合 LG 字[2012]077 号.《壳聚糖纳米载体基因修复间充质干细胞治疗成骨不全小鼠研究》,获资助 5 万;主持课题三项,已完成两项:《关节镜清理并玻璃酸钠注射治疗膝关节骨性关节炎》获 2005 年州科技进步奖三等奖;2007 年获贵州省医学会科技三等奖;《关节镜下微创内固定治疗胫骨平台骨折》获黔南州科技进步三等奖;2008 年获贵州省医学会三等奖.《胸腰椎切除内固定临床研究》获 2010 年黔南州科技三等奖;2011 年贵州省社会攻关项目,《壳聚糖纳米载体基因修复间充质干细胞治疗成骨不全体内研究》;他参加工作以来参与课题研究:《黔南州县级以上医院骨创伤流行病学研究》,已于 2004 年获州科技进步三等奖.《改良式切口入路手术治疗严重骨盆骨折的临床研究》2006 年获州科技进步三等奖。

学术论文成果丰富:他参加工作以来,不断总结实践提升自己的医学专业学术理论,以第一、二作者的身份共发表 40 篇。其中以第一作者:13 篇,国际(SCI)论文 2 篇,国家权威核心专业期刊 6 篇,省级年会交流 5 篇;在国家级权威核心专业期刊 10 篇:①《可吸收螺钉治疗踝关节骨折》发表在《中国骨伤》杂志 2006 年第 6 期(第 19 卷 6 期)论著栏;②《关节镜治疗急性化脓性踝关节炎》发表在《中国矫形外科杂志》2006 年第 5 期(第 14 卷 9 期)经验交流栏;③《三种方法治疗膝骨性关节炎的临床研究》发表在《中国微创外科杂志》2004 年第 5 期(第 4 卷 2 期)论著栏;④《DHS、CHSDH 治疗高龄股骨转子间骨折临床分析》发表在《中国骨与关节损伤杂志》2004 年第 5 期(第 19 卷 5 期)临床研究栏;⑤《复杂断肢再植临床分析》发表在《中国现代手术学杂志》2007 年 8 月(第 11 卷第 4 期)临床论著栏。⑥《骨痂延长法同期治疗膝内/外翻》发在《中国现代医学杂志》2009 年 9 期。⑦《镶嵌式外支架固定不植骨治疗骨不连》发在《临床骨科杂志》2010,13(5)期。⑧《关节镜治疗肘骨关节病》发在《中国内镜杂志》2010,16(1)期。⑨《骨痂延长法同期治疗下肢短缩并膝内/外翻》发在《中国现代医学杂志》2009,19(17)期。⑩《关节镜清理、透明质酸钠注射加中药熏蒸治疗膝关节骨关节炎》发在《广东医学》2010, 31(11)期。

国际国内骨科年会交流论文 16 篇。

第二作者:10 篇,国家权威核心专业期刊 5 篇,省级期刊 2 篇,省级年会交流 3 篇

国家权威核心专业期刊 10 篇:①《交叉克氏针纵形"8"字张力带固定治疗肱骨髁上骨折》发表在《临床骨科杂志》2004 年第 7 期论著栏,②《"八"字切口入路手术治疗髋臼双柱骨折》发表在《中国矫形外科杂志》2005 年 1 期经验交流栏,③

《可吸螺针治疗髋臼后壁骨折》发表在《中国骨与关节损伤杂志》2005年3期临床研究栏,④《关节腔冲洗并药物注射治疗膝关节骨性关节炎的临床分析》发表在《中医正骨》2005年9期,⑤《应用关节镜清理治疗膝关节骨性关节炎》发表在《中国内镜杂志》2005年11期论著栏。

省级期刊2篇:《后路腰椎间盘突出症术后疗效欠佳原因临床分析》发表在《中华现代外科学杂志》2006年第6期,《黔南州县级以上医院骨创伤病员流行病学研究》发表在《贵州医药》2004年第4期。

省级年会交流论文:①《严重Pilon骨折术后骨不连原因分析》,②《椎板可回植式切除椎管扩大治疗腰椎管狭窄症》,③《后路减压固定、前路病灶清除一期植骨治疗胸腰椎结核并截瘫》被2006年9月《贵州省骨科年会论文集》刊用。

闫飞,是我们记忆中的学生,他为人谦虚,做事谦虚谨慎,跟他的医德医学风格一样,他常向我们讲述,在他平凡的岗位上,永远记住师长的话"你们长大后,一辈子就做好一件事就行!"(作者:梁中凯,2016阳春三月于银杏园)

(闫飞于2013年参加中华医会学术大会后回到家乡赠送给师长图片珍藏品)

桃李情记

——记忆 20 世纪 80 年代我的学生陈兴权

梁中凯

教育事一门社会科学,我在众多报告场合称呼为"红烛事业",台下的人多次为我的称呼而鼓掌。陈兴权是我的记忆中抹不掉的朋友。

陈昱,是我年轻时候的得意学生,出生于一个富裕的农民家庭,从小聪明好学,性格温柔,班里的同学们都称他为"美丽小女孩",一次我问班里的同学大家为什么这样叫,他们说他的脾气很好,对人客气有礼貌,乐于助人,所以学期开始投票选举班子是他的票数最多,总是在一阵阵热烈的掌声中荣获通过,那时他的小脸总是红通通的,当年他以优异的成绩入国立余庆中学(那年月正值我国人口高峰期,一个县一年的小学毕业生数以万计,县立中学面向全县小学招收两个初级中学班),一生中,我永远记忆这位学生。长大后,无论他走到祖国各地,我们随时保持联系,成为好朋友,实现了我一生实践创新的教育理念——教师:第一做学生的朋友,第二做学生的先生(当时在全国尚属首创,发表于 2003 年广西全国中文核心期刊《小学教学参考》)

陈昱(笔名陈兴权),男,现年 42 岁,与结婚后,生育双胞胎,他在遵义组建了一个幸福的家庭,他是贵州省余庆县龙家镇光明村人,参加工作后加入了中共党,21 世纪初期,从外地调到黔北水电厂工作,1996 年 7 月毕业于长春电力学校高电压技术专业,当年由国家分配从事电力工作。2002 进修于昆明理工大学电力系统自动化专业,大专学历。在黔北水电厂工作,期间担任厂党支部宣传委员、生技部主管、青年突击队队长、检修中心主任、物资采购部主任等职务。

工作中一直秉承母校老师的教导,勤奋工作,与我这位当年的小学班主任保持亲密联系,我从他那里得知,他是电力系统的技术革新重要力量,多次荣获集团公司首届技术比武中电气组第二名;多次荣获厂优秀职工、优秀团干、先进青年、先进个人、安全先进、先进党员荣誉;贵州电力试验院颁发的电测监督先进个人、绝缘监督先进荣誉;黔北水电厂2013年度安全生产先进个人,特殊贡献奖等荣誉。

他多次对老师说,老师永远是我的老师,亲如父母,在工作上我深刻领会"雄关漫道真如铁,而今迈步从头越",如今在新的工作岗位上他在加倍学习,刻苦钻研,掌握技术,才能更好地为电力行业做好服务,为广大人民群众送去光明。

从2013年后,我的教书育人生涯开始步履晚年,与这位当年的得意门生交流频繁,把他的品质和事迹经常拿来教育我现在的田家新、李洪悦、简继婷、文首成等学生。我想不到通过这些讲述,会对他们在未来的人生道路中产生积极的影响。

"温暖照明人间",这是陈兴树的人生观和价值观。我愿意在更大范围内推崇他的思想,让他成为我们学生的"教科书"和做人的"哲学",为人类社会的幸福事业做出贡献。

(图为陈兴树与两子合影)

春风化雨

——感悟"教育矿山"实践与思考

梁中凯

一生从事教育工作几十年,上了年纪,能够一口叫出姓名的学生并不多,几十年我能够记的一名学生名叫罗云辉,我不但能够叫出学生的姓名,并能记忆他小时候的容貌特征,性格特点。我在岗位上的最后几年,经常把他小时候的故事拿到课堂上讲述给学生们听。

2015年5月12日,我在龙家小学担任的四年级一班的《品德与社会》课上,把我记忆犹新的这位当年同学讲述给大家听:在我调来这所学校工作的前两年,一位名叫罗云辉的同学是我心中的优秀学生,他在班里当时的个子并不属于高个,有一次,老师组织编排座位,老师考虑到他眼睛不会近视的问题,我把他编排到倒数第二桌,每节课他总是要站起来抄写,时而抬头仰望黑板,时而写一写,没有像

其他同学那样当面反抗不服从的样子，大约一月以后，他向我交一为一份日记请我帮助修改，在修改中我才发现针对那次座位的编排提出了建议，建议老师可不可以把排与排之间一月一轮换顺序……我在后来的学术研究中经常引用他的日记，"老师要随时发现学生的聪明才智，要善于听取学生的建议和意见，只有这样的老师，学生才会喜欢你的人格和你的学科"，大家在分享的过程中，不断向我提问："梁校长，你能不能向我们继续讲述这位同学长大后的发展呢？"于是我用多媒体形式将这位当年品学兼优的罗云辉的事迹展示给大家：

罗云辉，男，公元1974年7月1日出生于贵州省余庆县龙家镇光明大队（村）红子湾生产队（村民主组），中共党员，1992年9月毕业于贵州电力学校，并于同年9月参加电力工作，后进修于南方电力大学专科学历，现供职于中电投贵州金元集团股份有限公司经理。他在专业领域有很大的特长：新建项目前期项目工程管理及发电厂生产运行管理（经历中电投贵州金元集团新建黔北电厂、盘南电厂、六枝电厂及主持金元集团下属三个选煤厂项目工程建设管理工作、四座瓦斯发电站的生产运营管理及威宁光伏、垃圾焚烧环保发电项目前期开发）等工作，在工作岗位上多次荣获遵义电厂"双文明建设"先进个人，中电投贵州金元集团股份有限公司"安全生产"先进个人，中电投贵州金元集团股份有限公司，作为一名具有20余年党龄的老党员，在工作中能一贯严格要求自己，自觉执行党和国家的各项方针政策，履行党章规定党员的各项义务，以身作则，不辞劳苦，不计个人得失；在实际工作中，深知应把公司利益放在放在第一位，只要对所在公司有利必须据理力争，坚持原则，具备良好的职业道德和敬业精神。

参加工作以来已从事了黔北发电厂、盘南发电厂、六枝发电厂、金元下属三个大型选煤厂及四个瓦斯发电站的前期筹建及后期生产运营管理工作，同时从事过西南地区多个垃圾焚烧环保发电项目、光伏发电等新能源项目的前期开发工作。并先后任职于各项目单位工程科、安全环保部、工程项目管理部、设备管理部等生产管理部门，非常熟悉新建电力项目前期各项工作的开展流程，对工作中存在的许多问题都有较为深刻的认识和经验；深知任何工作决不能马虎、决不能有侥幸心理存在，必须实事求是、一丝不苟，在生产管理过程中只有坚持以安全生产为基础，扎扎实实做好实际工作，才能有好的成果。

岗位上他取得了很多成绩：主要负责遵义发电厂及黔北发电厂《燃运检修规程》的修编；1999年主要负责对遵义电厂所有犁煤器进行技术改造，取得良好的生产效益，并于当年对该技改项目进行了QC技术成果发布，取得优秀成果奖；2000

年主要负责对火车轨道衡进行了彻底治理，节约了一定量的资金，于当年对该技改项目进行了 QC 技术成果发布，取得优秀成果奖；2001—2002 年，主要负责并完成了黔北电厂灰库、仓泵、脱水仓、输煤皮带机等多项技术改造工作，均达到较好使用运行效果；担任分厂团支部书记，多次带领分场广大团员青年参加各种集体活动，对增强广大员工的生产积极性及凝聚力起到一定带头及推动作用。

同学们虽然对一些文字的专业术语不理解，但能够明白梁校长当年教的这位同学是一位了不起的同学，读完这些文字，教室里响起一片热烈的掌声。

然后，我语重心长地向班里同学们说："同学们，时光如一本流水账，愿我们小时候的师生活多姿多彩，紧握手中的笔，书写我们师生间难忘的时光记忆！"。

编辑点评：师生生活是一本教科书，从事教育事业的一生，犹如一座"教育矿山"，有很多宝藏等待我们去开发，努力实现真正意义的教书育人，为人师表、承前启后。（凯博/2015 年 10 月 17 日点评于晨银杏园）

往事时光
　　——记忆我激情燃烧岁月的初中生活

如今的我真的到了从领导岗位上退下来的年龄，才真正地感悟儿时老师教给我们关于珍惜时光的道理，特别记忆儿时老师教我们诵读的"光阴似箭、日月如梭""少壮不努力老大徒伤悲"……这些是我在贵州高原上那间百年学校的记忆。

这间百年学校就是现在的龙家小学，是方圆百里办得好一所九年一贯制学校。我家离这所学校有 20 多里路程，1973 年，一个偶然的机会，我带上行李来到了这所学校，龙家小学给我一生奠基了理想的航标。

少壮不努力老大徒伤悲：

我们是龙家小学七三级的初中学生。在那个混乱的年代，我们居然还会有教英语的老师，记得他叫孙筛成老师。据说他是上海某大学毕业来我们农村工作的老师（是当时响应中央知识青年上山下乡运动的青年）。我们都听说他英语好，他来给我们上英语课，我们都非常高兴，带着一颗好奇心，从 ABC 开始了我们的英语学习。他教得好，但又十分严格，因此，我们既喜欢他，但又十分怕他。正当我们开始有了学习兴趣时，不幸的事件发生了。那一年，出了一个学习上的造反英雄叫黄帅，她写了一首打油诗：我是中国人，何必学外文，不学 ABC，照样当好接班人。这本来对我们的英语学习就带来了不小的冲击及影响，就在这样的背景下，由于我们班上的一个同学，他总是对"H"的发音不准，孙老师要求他读一千遍，该同学就仿效黄帅的造反精神,迫使了英语课程的中断。由于少了一门工课,对于玩心较重年龄的我们,当时心里还十分高兴呢。就这样,我们在当时打着灯笼都找不到这样良好师资的大好条件下,公然与英语学习失之交臂,成了我们的终身遗憾。

后来,我有幸考上了大学,在基础极差的情况下再次学习英语,要赶上基础好的其他同学,付出的努力和代价是可想而知的。在我身上我亲身体会到了:早期没有努力获得的东西,后期要付出几倍、及至几十倍的努力才能补回来,有的则是永远也补不回来了。

世间万物都有两面性:
我们在龙家小学读初中部那会儿,由于受到大环境的影响,我们每一个学期都要用一个月左右时间到最艰苦的田坝、上寨、麻元等生产队(今村民组)去参加农业生产劳动,即所谓的"开门办学"。在现在人们眼里看来,这种荒废学业的事情是多么的荒唐、多么的不值得一提呀!我也不是为了肯定那个年代的做法,但我是想说一下世间万物都有两面性这个道理。记得有一次我们到了"雷打石生产队",那个地方非常贫穷,不要说别的,就是连喝水都困难。我们在那种艰苦的条件下劳动,我们的吃苦耐劳精神、生存能力等都得到了很好的锻炼。但是,回想起来,那个年代的教育才是真正意义上的全面落实党的教育方针。除此以外,农民伯伯的纯朴和善良,也净化了我们幼小的心灵。记得我们当时有三个同学住在一个农户家里,由于他家的床不够,他们就把他家儿子和儿媳住的床腾给我们三个小孩睡,我们过了好久才发现他家的儿子和儿媳是住在养牛的草楼上。他们这种无私的关怀深深的教育了我们,在我们幼小的心灵深处播下了人间真爱的种子,我们学到了在校门里面和课本上学习不到的东西。可以这么讲:我们这些在灵魂深处接受过这样锻炼的人,才练就了适应逆境,开拓进取的时代精神。所以,世间万物都有两面性,有得就有失,有失也会有得。表面上我们学业是受到了一些影响,但内心深处却又学到了在课本上难于学到的深层次的东西,那就是"要成功先做人"。而今天,除了部队的生活环境以外,可能很少有这种学习机会了。在这里我不是要宣扬或提倡那种"开门办学",但也是对"唯分数论"的一种质疑。学校还是应该真正的培养学生"德智体"全面发展,而不应该仅仅是盯在单一的分数上。当然,今天的学校和老师都有难处,因为价值体系和考评系统都更看重分数,教育到底要教什么、育什么?如何减少"高分低能"现象?等等这些不是我等门外汉可以探讨的问题,还是留给教育体制改革的专家们去论证吧!

如今的我辈提及母校,除怀念之余,更多是说不完的感激。走在人生辉煌的历程道路上,才感悟出母校教育和师长的伟大,悟出"教师是人类灵魂的工程师"的真正含义。

(作者简介:张道全,男,汉族,1961年3月生,贵州余庆人,20世纪70年代初期余庆县龙家小学校友,中共党员,解放军第60中心医院院长。1983年毕业于遵义医学院。现任解放军第60中心医院院长,主任医师,昆明医学院兼职教授,成都军区胸心外科专业委员会副主任委员,《西南军医》杂志编委,云南省第十一届医学会理事。1983年起在解放军第59中心医院从事心胸颅脑外科临床工作,曾三次到军内著名的心胸外科学习深造。1986年开展体外循环心内直视手术,对心胸外科常见疾病的诊断与治疗具有较丰富的经验,尤其对颅脑创伤的救治,严重胸部战(创)伤的救治具有较深的造诣。1989年晋升主治医师,1994年晋升副主任医师,2001年晋升主任医师。1989、1990年两次荣立三等功,1991年获成都军区"七五"先进科技工作者称号。工作以来,先后获军队科技(医疗)成果奖10项,开展新业务、新技术20余项,发表学术论文60余篇。)

附：名校长培养对象所在学校学术文章收编

化学实验与教学情境的创设

凤冈县进化中学　牟勇

化学是一门以实验为基础的学科。化学实验不仅是化学教学中不可或缺的一部分，也是学生获得化学知识的必要途径。因此，利用化学实验创设教学情境不失为一种有效的教学方法。

一、利用演示实验，创设趣味式教学情境

演示实验是教师进行化学课堂教学的一种常用手段，不少教师在教学过程中，为"演示"而演示，没有很好地利用实验进行教学情境的创设，更没有将实验的内容进行升华和拓展。其实，演示实验只要设计得当，引导得好，所发挥的作用是非常大的。教师娴熟的操作不仅能给学生带来一种美的享受，更能激发起学生对化学学习的好奇心。出其不意的实验现象，能给学生带来一种"不识庐山真面目，只缘身在此山中"的意境。

教师在"目标明确，操作规范，确保安全，结果准确"的前提下，通过恰当的演示往往能带来非常好的教学效果。例如，在学生的第一节化学课上，教师就可以通过"魔棒点灯""空中生烟""无字天书"等实验来创设情境，让学生体会学习化学的乐趣，并从中增强学习化学的信心。在进行《常见的化学反应——燃烧》一节教学时，利用"粉尘爆炸实验"，创设真实的爆炸情境，让学生不仅充满强烈的好奇心，而且能借此进行安全教育、生命教育，让化学真正走向生活。

二、进行实验探究，创设体验式教学情境

新课程标准指出，实验是学生学习化学、进行科学探究的重要途径，观察、调查、资料收集、阅读、讨论和辩论都是积极的学习方式。因此，学生在不知晓实验结果的前提下，通过自己实验、探索、分析、研究这一过程，体验科学探究的乐趣与奥秘，为其得出科学结论奠定了良好的基础。这种体验式教学情境的创设，激发了学生的好奇心，培养了学生的科学探究能力。例如，在进行《常见的酸和碱》一节教学时，学生通过实验"将镁条、锌粒、铜片分别放入稀硫酸、稀盐酸中，观察现象"，能够顺利得出镁、锌、铜的金属活动性，也能归纳出稀酸能与活泼金属反应的这一性质。这种通过学生自身体验建构的知识，比其他任何方式对学生的影响都要深刻，学生会进入一种"山重水复疑无路，柳暗花明又一村"的境界。

显然，重视并开展好探究实验，是提高学生科学素养的有效手段，也是培养学生创新思维、逻辑思维和辩证思维能力的有效手段之一。通过实验探究，创设体验式教学情境，理应成为化学学科教学的常见方法，为发展学生的科学素养奠定基础。

三、通过课外实验，创设拓展式教学情境

课外实验是化学实验教学的有益补充，给学生创设了充分展示自己个性的时间和空间，可以让学生充分发挥自己的想象、发表自己的看法，使学生的思维不受教材和教师传授的禁锢。如在讲解"pH试纸"的使用方法后，可以安排学生对当地的雨水酸碱度进行探究、对自家的土地进行测量等。这样学生就能摆脱课堂教学和书本的约束，拓展了视野，补充了知识，提高了学生收集和处理信息的能力、获取新知识的能力、分析和处理问题的能力以及交流合作的能力，培养了学生的探索精神。

教师在教学中适当布置一些家庭小实验，有利于学生将化学与生活紧密联系起来，不仅有助于学生解释生活中一些常见现象，而且可以使其结合其他学科知识，共同解决生活中的一些问题，使其明白自然科学对社会的重要作用。例如"鸡蛋沉浮"实验，学生在鸡蛋一次次的"沉浮"中体会到化学的神奇，并从中领悟到知识的重要性。课外作业"煮一个无壳鸡蛋给妈妈"，让学生从课本走向生活，对弘扬中华传统美德、践行社会主义核心价值观有着很好的助推作用。这一课外实验，将学校教育延伸到课外，将感恩教育与化学实验有机结合，不失为两全其美之事。

教学情境的创设，为呆板的课堂增添了活力，为传统的课堂带来了生机。利用化学实验创设教学情境，让情境更为真实，更能激发学生的求知欲望，同时，也对学科交叉问题、教育渗透问题起到"异曲同工之妙"。做好实验、用好实验、利用实验创设教学情境应该成为化学教师不可或缺的一种手段，在此基础上，我们的化学课堂会更加富有生机、更加充满活力！

浅谈制约农村学校教育教学质量发展的因素及对策

新蒲新区新舟镇乐耕小学　张胜伟

教学质量是学校生存的关键,是学校的生命线,也是办学水平好坏的具体体现,学校的每一项工作无不为这一中心服务。这是我们每一位教师都十分清楚的事情。然而,在实际工作中,我们农村学校又面临众多困难和困惑。它严重地制约着农村学校的发展和教育教学质量的提高。通过深入探究,我们发现,制约农村学校教育教学质量提高的因素主要有以下几个方面的问题:

一、学校的因素

(一)教育资源严重不足

虽然国家加大了对教育的投入,就拿本镇来说,偏远村小和镇乡中心地带的学校比较,其办学条件差异较大。如:实验室、多媒体教室、图书室、阅览室、电脑室等,在村小的学生见都没见过,教育公平也就是一句空话。如:我们学校是2000年购买的一台办公电脑,十分老化,经常出故障,导致我校许多重要资料丢失。由于经费严重不足,设备无法更新。学校就100多个学生,办公经费就那么一点,如果想添置两台办公电脑,学校办公又无法运转。还有不能宽带上网,收中心学校的文件资料,只能用电话线勉强上网,传输速度非常慢。更不能梦想有多媒体的教室,教师上好课只能用远程教育那台电视机,坐在教室后面一点的学生或听课的老师,屏幕上的字无法看见。

对策:加大对农村偏远学校的投入,加强基础设施建设,逐步改善农村学校的办学条件。

(二)经费紧张,教师培训及教学研究无法开展

农村学校学生少,从而导致办公经费严重不足。学校想搞好教育教学质量,

开展一些有益的教学研究活动,或者派教师外出学习培训,学习先进的教学经验这样的活动都无法开展。由于受到经费和人手的限制,学校也不愿派教师外出学习。这也是制约农村学校教学质量发展的重要因素。

对策:缓解经费紧张,中心学校要尽量减少甚至抵制来自上面或书店的各种收费。培训经费可由中心学校应统一收取支付,不要让下面学校独立承担培训经费,尽量多让边远学校的教师参加培训学习。

二、教师的因素

(一)优秀教师资源的流失

由于受交通条件、地理条件等因素的影响,村小有点关系的老师都从镇周边学校或外镇调走,造成一大批优秀教师流失。这样使得村小,尤其是偏远学校只剩下几名本乡本土的、由民转公的老教师,师资严重不足,他们无法与时俱进,无法用现代的教学理念、教学手段、教学模式去教育学生,这样便形成了制约农村小学质量提高的因素之一。

(二)专业教师缺乏

村小在音乐、美术、体育、英语等方面的专业教师严重不足,许多教师往往要教几门不同学科的课程,基本上是学校把语文、数学课安排以后,将这些课搭给这些老师上,老师也是勉强应付,大多都兼任、"赶鸭子上架",这样,学生的全面发展就是一句空话,更谈不上提升教学质量,学生全面发展受到限制。虽然每学期都在培训,一是时间短,二是人数少,教师业务水平提高不大,或者说从根本没有取得实质性的效果。另一方面,由于专业教师的不足,在农村小学要开展一些文娱活动、科技活动就显得心有余而力不足。农村学校就连想搞一次像"六一"儿童节的庆祝活动,也因为拿不出像样的节目而放弃,学生的综合素质得不到提高,这也制约着农村学校教学质量的发展。

(三)教师质量意识、创新意识不强,其教育观念非常滞后。

在当今经济腾飞、物欲横流的时代,我们的一些教师出现敬业精神淡化,工作责任心退化,教育行为简单化,表现在个别教师对教育教学不负责,不钻研业务,对学生也缺乏爱心,工作方法简单。有部分的教师不思进取,教育方法陈旧,更没有千方百计抓质量的意识,特别是年龄偏大的一些教师,对新课程理念吸收不够,依然是穿新鞋走老路,教师的专业素养与质量意识、创新意识没有改观,教育教学质量就难以真正地提高。

对策:务实搞好继续教育,让继续教育真正发挥作用。

(四)支教教师年年更换,学生刚适应,教师又换了,形成了恶性循环,导致家长抱怨,学生厌学,教学质量连年下滑。另一方面有的支教教师对工作极不负责,不安心工作;再者,有的支教教师专业不对口,直接影响学校教学质量。

对策:配齐农村学校教师。

(五)教师职称有失公平,中心地区教师到边远学校支教后就可以解决职称问题或其他优厚待遇,而长期在边远学校工作的教师就不能享受到同样政策的待遇。大大打击了在边远学校工作教师的积极性。

对策:将职称岗位固定留在边远学校,只有在那儿工作的老师才能享受高职称待遇,人走职称留。

三、学生的因素

(一)留守儿童的问题

目前,农村占很大比例的学生家长常年外出打工,把孩子托付给爷爷、奶奶、外公外婆或亲戚朋友。这些孩子大部分缺少亲情,缺少父母的严格督促,造成一些不良习惯形成,如有的乱买吃的,有的上网打游戏,有的逃学旷课等,造成了一些留守儿童问题生的出现,这对全面提高教学质量无疑是影响越来越大。

对策:把关注留守儿童的行动落实到实处。如办好寄宿制学校,统一对留守学生进行管理。

(二)优秀学生的流失

由于当今家长对优质教育的需求越来越高,加之农村学校与城镇学校差距大,再加上一些民办小学的兴起,这都造成了一大批优秀学生的外流。另外,一部分优生随父母到外地就读,造成了农村学校将失去许多优生而影响了质量的提高。

对策:只有改善办学条件,切实提高边远农村学校教师的待遇,才能留住教师、留得住学生;不然就会形成恶性循环,农村学校教学质量就会越来越差,因小而失大。

三、教研的因素

多数村小,教师七八个,每天课程排得满满的,有的是包班,有一二节课的休息时间,要批改作业、处理班务等,根本没有时间搞教研,在开展教研活动上只是一句空话,走走形式,没有取得实质性的成效。如我们的马渡小学,教师8人,其中有3人是支教教师,平均每位教师每天5节课,要谈听课、搞教研就是和尚的脑壳——无发(法)。

对策:尽量从编制上增加教师,让教师能有出去学习的时间和机会。

四、教师评价机制不够科学合理

学校对教师的评价机制不健全,学校尚不能制定一整套科学的、合理的、全面的评价每一个教师工作业绩的量化考核方案。大部分教师认为:"干好干坏一个样,我为哪样要费力,就算成绩搞不好,对我也不怎么样",不能较好的激励教师工作积极性,不能很好地推动学校的教育教学工作。即使制定了,执行起来也难。就拿绩效工资的分配来说,教师已经把他(她)认为该得的那一份绩效工资作为自己的工资了,分配下来,差距不大,意见相对少些。学校领导想把差距拉大点,体现"多劳多得、奖勤罚懒"分配原则,恰恰又瞻前顾后,怕影响学校安定团结,引发上访。就只好拉小差距,减小矛盾,保持稳定。这样,恰恰造成了一些负面影响,变相打击了那些工作积极性较强的教师,使他们产生干与不干一个样,干好干坏一个样的错误认识。

对策:中心学校或上级部门能够制定一整套科学的、合理的、全面的评价每一个教师工作业绩的量化考核方案。最好是政府能设有奖励基金,每学期对工作卓有成效的教师实行重奖,重赏之下必有勇夫,为了重奖,相信多数教师会去拼命工作。

五、外部因素

近些年来,教师除了干自己的本职工作外,上级安排的有些额外工作(杂事)让教师不能一心一意搞教学。如:人口普查、新农保、新身份证、沼气池、甚至城镇居民的保险达不到任务,都要我们教师承担责任……教师——就是棒棒军。这些任务,极大地影响了教师的情绪,影响了正常的教学秩序,影响了学校教学质量的提升。特别是安全工作,就如同悬在头上的一把刀,每天的"两检",平时的防火、防水、防汛、防毒、防震、防雷击、防泥石流、防电、防狂犬咬……,教师每时每刻都挂在嘴上,还要绞尽脑汁写在纸上,生怕出了事,责任追究到自己头上,承担不了。这就让学校领导、教师产生了"安全第一、学习第二"的误区。

对策:上级部门应该给教师队伍减压,各司其职,各负其责,不要把不属于教师任务和责任推给学校和老师。

总而言之,要想教育均衡,要想农村教育质量得到提高,发生较大的变化,一是国家要舍得加大投入让农村教育基础设施得到最根本的改善,二是给予城镇优秀教师都想要到农村学校去任教的优惠条件。满足了这两点,我想,再加上农村孩子好学勤奋、吃苦耐劳、希望通过读书改变命运的这些因素,农村教育的质量一定会突飞猛进,未来更多更优秀的接班人一定会从农走出去。

求真务实办教育　持之以恒结硕果

——遵义市新舟镇乐耕小学办学经验谈

张胜伟

一间农村学校，在生源不多、经费紧张、教学资源不足的情况下，要想办出质量，办得有特色，办出名气，的确不是一件易事。我们乐耕小学是一间农村学校，在近十年来，备受社会各界广为关注：有外镇到我校参观的、有外县到我校考察的、《当代贵州》记者曾到我校采访、贵州省作家协会到我校采风、贵州电视台曾就"春晖行动"到我校采访、团省委曾多次到我校调研、曾有三任团中央书记处书记（王晓、贺军科、汪鸿雁）到我校视察工作等等。在镇、区内小有名气，我校是怎样做的呢？下面我就谈一谈我们乐耕小学办学的一些具体做法。

一、"特色绿化"扬名气

一间学校要想法为学生创造一个较好的学习环境。早在1992年，我校就着手改造学校环境。由于我校是一间农村小学，无其他经济来源，我校决定不搞高档绿化，不买名贵的花草树木，本着"少花钱多办事，不花钱也办事"的原则，走本土化建设。以本地的常绿植物万年青和桂花树为主打，发动全校师生捐花捐苗捐树，绿化美化校园。学校提出：乐耕小学既要无卫生死角，又要无绿化死角。在校园内规划班级区域，栽花种草，插栽了几百棵万年青。学校领导并且利用周末，带领教师亲自上山寻找桂花树苗，在校园内移栽百余来棵桂花树苗。二十年间，学校领导身体力行，带着乐耕小学的教师自己动手，栽种、施肥、修剪，每一年都要修剪好几次。期间，教师们打过多少血泡，流过多少汗水，都已经记不得了，但看到我校变成了这样一个美丽的校园，大家都觉得值。经过近二十年的努力，乐耕小学的校园绿化早已成型，还赠送了近百棵成型的万年青给我镇的马渡小学、龙丰小学、新舟镇中等学校搞绿化。现在的乐耕小学，已经是四季常青、鲜花盛开、丹桂飘香、瓜果满园的园林式校园。多次接待来自外镇、外县的学校参观,曾有务川县分管教育的副县长刘永夫带着务川县教育部门的领导们来新舟镇参观校园文化建设,在看过我校的绿化后感慨地说,乐耕小学的绿化,不是什么名贵花草树木。万年青,他们务川有;芭蕉花,他们务川也有;桂花树,他们务川都有,关键就是看学校领导有没有心,如何去规划好它们、栽种好他们、管理好它们,让它们美化我们的校园。

二、"养成教育"显成效

乐耕小学的名气,不仅只在它的绿化搞得好,还在于它的养成教育抓得好,成效显著。其具体成就有三大亮点:

1. 杨梅文化

乐耕小学的杨梅,"掉在地上没人捡,张开嘴就可以吃",这许多人都不相信,认为这只是个传说。但是,只要您在杨梅成熟的季节,来到乐耕小学,您就可以看到红灿灿的杨梅挂满枝头,硕果累累,张嘴就可以吃到。学生在树下玩耍,无人伸手,这又是为什么呢?这就要讲一讲乐耕小学的养成教育。还在20世纪90年代,乐耕小学的领导决定管理好操场上的两棵杨梅,周末时领导还要加班看管,在看管过程中,抓到过学生,也抓到过社会上的小青年,学校领导狠狠地治过几回,并抓住这件事情对社会进行宣传,很快扭转了局面。我们教育学生,保护杨梅的目的,是要他们养成一个良好的行为习惯,学校的杨梅是大家的,需要大家来自觉爱护,待成熟后大家分享。就这样,学生看到杨梅成熟后,学校老师并没有乱打,而是每班一盆甚至两盆,都分给了学生,也就自觉地保护起来。在全校师生的努力下,乐耕小学的杨梅能在校园内护成熟,成了现实。慢慢地,有的学生将分到的杨梅还拿回家请父母品尝,宣传了我们乐耕小学。2007年6月,新舟镇学校管理现场会在我校召开,全镇的校长们在品尝到乐耕小学的杨梅后,大发感慨:乐耕小学的学生能自觉地在校园内将水果护成熟,这是个奇迹。各级领导到我校看到杨梅挂满枝头,也感慨我们乐耕小学的养成教育抓得扎实。团省委的领导在乐耕小学视察工作后说,乐耕小学完全可以成为一间德育示范学校,让城里的学校来乐耕小学参观学习。我们也曾将我校的《收获的不仅仅是杨梅》在遵义日报上报到过,这在我们新舟镇教育部门早已传为佳话。

2. 清洁卫生

要说我们乐耕小学的清洁卫生,在我们新舟镇内也是有口皆碑。同样是在20世纪八九十年代,学校还没有水泥操场、水泥过道的情况下,曾有当时的教辅站领导如此评价乐耕小学的卫生:"你哪怕是在乐耕小学的地面上打个滚,站起来都没有灰"。这么多年来,我校的学生已经养成了一个良好的行为习惯,无论刮风下雨,学生到校的第一件事,就是自觉地将自己的区域打扫得干干净净。更难得的是学生已经养成了良好的习惯,不乱丢乱扔。校园随时随地都显得整洁、干净、清爽。有好几次,上级领导到我校检查工作,在操场上手拿烟蒂或纸团想丢,可看到我校干净的校园,只好找垃圾桶里丢。他们说,走到乐耕小学,不得不养成一个不乱丢的好习惯。借其他学校领导的话说,其他学校的卫生,是迎接检查的卫生;只有乐耕小学,任何时候去,都是干干净净的,那卫生才是真正的搞得好。

3. 好人好事

好人好事许多学校都有。但在现在,只要在我们学校的做操时间,你就会听到我校的"红领巾广播站"广播好人好事。每天的好人好事层出不穷,有高年级同学帮助低年级的;有捡到学习或生活用品的;有拾金不昧的(如曾有学前班学生蔡龙拾150元上交、杨绍烨拾一部手机上交、四年级学生马全泽曾在公路上拾到200元上交寻找失主、又在校园里拾到另一学生的生活费150元上交等等)等等。在新舟镇组织的"养成教育"主题班会在我校检查时,其他学校的领导听到我校的好人好事广播、看过好人好事记录后,都发表感慨:在现在物欲横流、金钱至上的今天,学生捡到钱还要上交,真的难得。这可以看出,乐耕小学的养成教育,才是真正做到位的。

三、"春晖校园"助发展

一所学校的领导,要有较强的社交能力,要善于抢抓时机,借助外力帮助学校发展。

要说乐耕小学,如果不是"春晖校园",名气没有现在这么响。2002年正月,贵阳利美康集团公司的董事长骆刚先生与其父骆方文老人回乡省亲,原乐耕小学校长骆诗谦与他们摆谈学校的现状,谈及乐耕小学仍然有一幢木楼教室,噪音大、隔音差、楼上走路楼下灰,不能适应教学,需要进行改造,苦无项目、无资金、希望得到帮助时,骆刚先生当即表示愿意捐资10万元修建教学楼。由于骆刚先生的捐赠,当时分管教育的马文骏副省长的支持,县政府、县教育局拨款15万元,群众集资1万元,镇政府、镇中心学校拨款8万元,修建了利美康教学楼、中心花池、旗杆旗台、装修了原乐耕中学教学楼。我校与利美康集团公司有了联系之后,2004年,利美康集团公司又一次捐赠篮球架一副,价值3600元;同年,利美康集团公司再次捐资2万元,我校在镇中心学校的帮助下,筹资3万元,共计5万元,购置了教师机1台,学生机20台,开起了计算机课程;骆刚先生的父亲骆方文老人并从毕节、贵阳等地购来如科技杨梅、桃、李、杏、枇杷、梨树苗150余株;名贵树种如雪松、山茶花、塔柏、日本花柏、铁树、剑兰、樱花、龙爪槐、红枫等,价值5万余元的树苗美化了我们乐耕小学。至此,乐耕小学的教学环境变得更加美丽,教学设备得到基本完善,学校得到了跨越式的发展。同时,贵州团省委将骆刚先生的这种致富不忘回报家乡的行为命名为"春晖行动",(骆刚先生回报家乡的事迹还有很多很多,诸如捐款打路、打造十里"水果长廊"等。)正是由于"春晖行动",我校便成了"春晖校园"。由于"春晖行动"在社会上的影响很大,各级政府高度关注。上至团中央、团省委、团县委,下到各个兄弟学校,到我校参观学习的领导就特别多。无形中为我们乐耕小学便免费打了广告。

四、"管理入微"见精神

一所学校有无朝气、有没有战斗力,从学校的管理可以看出。乐耕小学这些年虽然占有天时地利人和,如果学校管理不到位,恐怕同样出不了成绩。乐耕小学的管理,"重原则、讲感情",并无多少条款,重在情感管理。但在一些细节问题上,却体现出学校的管理入微。

在乐耕小学的教育教学工作中,教师的"细节"习惯是不容忽视的。在我校你可以看到:升旗仪式时,学生恭敬肃穆,老师决不会在下面谈笑风生;学生头顶烈日或在细雨中集合时,教师们不可能打着伞或在树荫下;学生着装整齐,教师也没有穿奇装异服或不扣纽扣;学生不会乱丢乱扔,教师也手握纸团或垃圾走到边上的垃圾箱去丢;学生爱护学校的水果,我们教师决不会随便伸手采摘。这些身教重于言教的"细节"会对学生产生怎样的影响可想而知。因此,我们乐耕小学的各项工作之所以在全镇都能比较出色,正是缘于我校的"管理入微"。

诚然,办学成功的学校有很多,成功办学的领导也因各自的条件、背景、环境等因素方法也各不相同。我们乐耕小学这些年的做法,也并无新奇之处,如校园绿化、好人好事、清洁卫生、细节管理等,这些工作任何一间学校都在抓。但我校通过长期的坚持努力,我们做到了:人无我有(春晖校园)、人有我优(养成教育)、人优我精(管理入微)。让这些工作成了我校的亮点。其成功的经验,那就是——始终以求真务实的态度对待学校工作,始终以持之以恒的决心搞好学校工作。

农村学校小学生语文课外阅读实践研究

贵州省遵义市余庆县龙家小学　毛成龙　564406

内容摘要：《小学语文课程标准》规定：九年义务教育，学生课外阅读总量在400万字，小学阶段在145万字以上。然而，在经济改革大潮的影响下大部分学生家长外出打工，造成80%的学生成了缺乏监管"小学生"。这些农村小学生，不仅存在管理缺位，情感孤独等问题，而且其精神生活也较为贫乏，尤其是以课外阅读为主体的学生活动、校外生活不容乐观：一是学生不想读，没有良好的阅读习惯，缺乏阅读兴趣。二是学生不能读，农村学校存书量少，阅读渠道窄，学生无书可读。三是学生不会读，阅读只图一时之快，缺乏思考和积累，阅读能力提高甚微。四是老师观念没有发生实质性的转变，缺少对新课标、新理念的反思，在课外阅读上没有发挥教师应有的指导作用。以上这些情况导致学生的阅读环境不良，阅读量少，知识面窄，收集处理信息能力差，学生的课外阅读量远远达不到课程标准提出的要求，也制约着学生的语文素养和综合素质的提高。因此，关注小学生，关注小学生的课外阅读，对农村小学生离校时间（生活现状、兴趣、爱好、家庭教育状况）调查及分析；农村地区小学生课外阅读意识淡薄，阅读质量低，阅读习惯差成因探究；媒体或电视娱乐频道节目对农村地区隔代监管对农村小学生课外阅读的影响探究是提出探讨的意义所在。

关键词：贫困地区　农村小学生　课外阅读　〔调查与实践研究〕

《小学语文课程标准》指出："阅读是搜集处理信息，认识世界，发展思维，获得审美体验的重要途径。前苏联教育家苏霍姆林斯基曾说过："让学生变聪明的方法，不是补课，不是增加作业量，而是阅读、阅读、再阅读。但是我校是一所处于偏远地区的农村小学，学生拥有信息的手段十分有限，学生的课外阅读面十分狭窄，学生课外阅读的途径单一。学生思考能力退化，阅读能力逐年呈现出下滑趋势。

加上学校资源匮乏,学校图书资源严重缺乏,随着城镇化建设的进一步发展,外出务工人员逐年上升,农村隔代监管的小学生数量不断地增加,家庭教育的滞后,隔代监管现象日趋严重。都使我校学生的课外阅读受到极大的影响,21世纪更是一个信息交汇的时代,闭塞、狭隘更是阻碍社会文明进步的绊脚石。尽管现在是信息高度发达的时代,对于九年制义务教育阶段的农村学校而言,学生课外阅读意识淡薄,阅读质量低,阅读习惯差。学校对学生的课外阅读的指导还是一片空白。农村地区的教育越来越不适应社会发展的需要。为了让农村地区的教育进跟上时代发展的步伐,我校课题组根据当前农村地区学生的现状,将着力解决学生课外阅读意识淡薄,阅读质量低,阅读习惯差等问题。将着力于义务教育阶段农村小学生课外阅读的实践与研究。全面激发和培养学生阅读课外书籍的习惯,拓宽学生的知识面,提高学生的口语交际能力和写作水平。提高学生的语文素养和综合实践能力,使之成为对社会有用的人。

国内外都很重视儿童阅读的教育与研究。全世界最钟爱读书的犹太民族,时刻向孩子灌输"书本是甜的"这一意识。早在1995年4月,意大利教育部长就宣布了一个"促进学生阅读计划"。美国前总统克林顿于1998年10月签署了"阅读卓越法案",美国的儿童每天都有一个小时在阅读作业室里度过。2003年,英国教育部发出号召,要的儿童阅读进行到底。

我国是一个有着悠久历史和灿烂文化的文明古国,历代文人和教育家对课外阅读都十分重视,都有过精辟的论述。庄子云"且夫水之积也不厚,则其负大翼也无力。"不重视长期、大量的积累,是无法学好语文的。朱熹曾指出"读书百遍,其义自见"。杜甫的"读书破万卷,下笔如有神"更是妇孺皆知。

近年来,山东烟台市牟平区实验小学的课外阅读目标主要由年级总目标、上下学期的训练次及每次训练的子目标组成。以四年级为例,年级总目标是:阅读有一定的速度,达到每分钟有效读速200－250字;能借助工具书理解含义较深的词句;能正确处理精读与略读的关系;能归纳段意和文章主要内容,了解文章中心思想;能提出疑难问题;笔记以提要、札记式为主,每次笔记500字左右;能根据笔记内容插上图。根据年级总目标,该校制定出第一、二学期课外阅读训练次数及子目标。如第一学期的子目标是:第一次,运用工具书理解生词;第二次,给文章分段,概括段意;第三次,写出所读文章的主要内容……第十八次,说出所读文章中,哪些句段写得很具体,读后有什么感受和体会。

上海市浦东新区启新小学根据小学生读报素质的5个要素(读报意识、读报兴趣、读报方法、读报能力和读报习惯),确定阅读进程。一年级主要增强学生读报意识,使学生产生读报需要。二年级主要培养学生读报兴趣,使学生喜欢读报。三年级主要指导学生掌握读报方法。四年级主要培养学生读报能力,即处理、加工、运用信息的能力。五年级主要培养读报习惯,即阅读习惯、积累习惯和姿势习惯。

厦门师范第一附属小学设计的课外阅读目标为:低年级学生认知水平较低,识字也较少,以注音童话、寓言为主,兼顾科学小故事、科学小知识;中年级学生识字有所增加,社会性心理水平有所提高,因此,增加儿童小说以及较适合儿童阅读的经典小说、科幻类作品、浅显的历史读物、科普读物;高年级学生由于独立阅读能力已经形成,认知水平与社会性心理水平相对较高,所以,增加现代、当代文学作品以及适合学生阅读的历史、地理、天文书籍和较有品位的科幻作品。发达城市小学生阅读能力尚且如此,义务教育阶段农村学校小学生课外阅读状况可想而知。

一、农村小学生离校时间(生活现状、兴趣、爱好、家庭教育状况)调查及分析

为了研究这一问题,我设计了专项调查问卷,对我县临近的敖溪、龙家镇进行了问卷走访,两个地区的农村学生业余时间进行课外阅读的比例和时间都较少,在阅读量方面贫困地区学生明显少于东部地区。读的现状和困难,进行分析和思考,并提出建议,以求得全社会和同仁们的共同关注。

1. 学校图书室配置不合理,学校图书室形同虚设,图书匮乏。走访学生的途中,我们发现小学图书室的藏书十分有限,一所学校图书室藏书约在 5000 册左右,另外一所学校 7000 册左右,数量看似不少,其实符合小学生阅读的实在有限。学校图书室忽视生的兴趣.小学图书室藏书配置,很多没有考虑学生阅,适合小学生阅读的读物占 5.42%,适合中学生阅读的占 35.62%,适合高中生阅读的占 56.36%,大学及以上 2.6%。学生喜欢的课外读物:名著 85.5%,通俗小说 3.5%,人物传记 2.5%,科普读物 6%,其他 2.5%。低年级读物基本没有,高年级读物为清一色名著。不同年龄的儿童由于心理发展的限制,他们能读懂的书是图书倾向于成人化,缺少儿童趣味,种种原因导致了学生的阅读量无法得到保证。

2. 家庭监管不到位,学生的兴趣单一,缺乏自主学习意识,学生课余生活调查表明,3%的学生帮父母做家务,17%的学生看电视,73%的学生玩耍。2%的学生阅读课外书,10%的上网玩游戏。在我们统计的问卷中发现,20%的学生家长只有小学学历,45%的为隔代监管,监管人的学历 100%为小学文凭。4.22%的学生喜欢课外阅读,65.84%不喜欢。家长支持学生课外阅读的占 35.45%,但很少为

孩子购买课外读物。认为课外阅读耽误时间,影响学习的占64.55%。根本不会个孩子购买课外读物。

3. 学校对课外阅读重视不够,75%学校没有组织课外阅读活动,学生经常去图书室借书的占2.65%,偶尔借书的占7.52%,根本不借的占90.82%。

4. 网络、电视消耗学生在家精力,书本枯燥乏味等原因诱使小学生不愿借书。认为看书没有看电视精彩的占问卷人数的88.64%,认为游戏比看书有趣的占问卷人数的96.45%。更有甚者,由于监护人缺乏监管方法,部分小学生甚至在完成作业时,眼睛也盯着电视机,作业时间长,完成质量差。哪里还顾得上看课外书。

从上述四个方面不难看出,社会、学校、家庭、学生的种种态度,不但阻碍了学生的健康成长,更恶劣的是滋生了小学生不良的学习习惯,消磨掉的不仅仅是比阅读更重要的阅读热情与对阅读的热爱。如果由此滋生蔓延,孰不可知,此举会扼杀孩子们对阅读的兴趣。是不是值得政府、家长或是教育主管部门和从事教育职业的教师们深入思考。

二、农村地区小学生课外阅读意识淡薄,阅读质量低,阅读习惯差成因探究(以我校为例)

我校地处黔中腹地,是一所普通的农村小学,现有在校学生586人,其中小学生256人,约占学生总数的50%。由于我镇地理条件差,经济落后,绝大多数家庭主要依靠父母外出务工挣钱来养家糊口,孩子则由爷爷、奶奶、外公、外婆,或其他亲戚照管,这部分孩子我们通常被称为"留守儿童"。由于长时间缺乏家庭关爱和教育,孩子在学习方面受到了很大影响,这部分学生中大多数孤独感强,学习习惯差。主要表现在不能主动学习,没有主动看书、预习、阅读的习惯,常违反纪律,不认真听讲,不按时完成作业,不做家庭作业,逆反心强,做事不认真,注意力不集中,以自我为中心,书写差。这些问题的存在严重弱化了学校的教育教学效果。随着农村外出务工人员的增加,脱离监管的小学生的教育更是广大农村教育工作者棘手的问题。因为它是新生事物史无前例,没有现成的方法和手段解决,而它又是亟待解决的问题。

1. 现状分析

调查显示:农村"小学生"自主阅读习惯的养成问题十分严重:一是学生阅读面窄、读书单一,其比例占到了80%。喜欢漫画卡通类的学生达58%,喜欢故事类的有32%,而科普类、小说类、诗歌类、散文类书籍分别只有2%、2%、4%、2%的学生感兴趣。可见经典名著对学生的语言感染力显得太贫乏了。二是学生的读书时间根本没有得到保证,69%的学生每天没有相对固定的读书时间,每天阅读课外书籍的时间不足20分钟的学生全校有343人,占58.5%,再说参与调查学生的年阅读量达不到课程标准要求的分别有:二年级92%、四年级87%、六年级85%。调查中还发现四年级学生一年阅读量不到2千字,尤为严重的是有45%的学生没有时间阅读课外书籍。三是学生阅读习惯就更令人担忧:能每天坚持阅读的学生、能注意阅读卫生的分别只有10%、5%,勤于积累的也只有8%,特别是能坚持不动笔墨不读书的学生仅为5%。

2. 原因分析

我们认为,影响"小学生"自主阅读习惯养成的主要原因有:

(1)受新的"读书无用论"的影响,一些"弃儿"因缺乏父母在生活上的关爱、行为上的管教、学习上的辅导,往往容易性格孤僻、感情脆弱,普遍存在着读书观念淡薄的问题。在调查座谈中,六年级一个曾经成绩优秀的留守学生很坦诚的对我们说了一句耐人寻味的话:"我家现在有钱了,干吗还要那样苦读书呢?再说好多同学都说读不读没关系。就算今后考上大学又怎么样,还不是得拼命找工作才有饭吃。"

(2)教师教学观念转变不够,教学方法改革不力。调查中45%的学生没有时间阅读课外书籍的主要原因就是:在校写作业,回家了还是写作业。

三、媒体或电视娱乐频道节目对农村地区隔代监管对农村小学生课外阅读的影响探究

1. 农村地区隔代监管对农村小学生课外阅读的影响

隔代家庭教育日益成为农村小学生主要的家庭教育小学生的监护类型概括来说主要分为以下几种,即隔代(祖辈)监护、父亲或母亲单亲监护、亲戚监护、同辈监护或自我监护。中国人民大学人口与发展研究中心的杜鹏教授针对流动人口的外出对其家庭的影响进行了一项调查,该调查显示:在被调查的留守子女中,抚养方式主要为单亲监护和隔代监护,且以隔代抚养的比例最高,为48%,单亲抚养的比例为45%。3这表明了隔代家庭教育和单亲家庭教育一样成了农村小学生家庭教育的主要方式。农村小学生得不到有效的监护和引导。'全国农村小学生状况研究报告表明,在农村小学生隔代家庭教育中,隔代监护人的知识文化程度大多不高,多数处于文盲、半文盲的状态,且在思想观念上与孙辈有很大的差距,很难与孩子交流沟通;有的忙于农事没有时间监管孩子,有的体弱多病无能力监护孩子,有的同时照看几个孙辈而没有精力监护孩子,再加之缺乏科学的家庭

教育知识，往往只满足孩子物质、生活上的需求，缺少精神、道德上的教育引导；隔代监护人的教育方式也略显单一，主要以放任型和粗暴型为主。隔代家庭教育的这些弊端使得农村小学生得不到有效的监护和引导。因为得不到有效的监护和引导，使得小学生在学习、心理、安全等方面的问题屡屡发生，特别是目前农村小学生犯罪率的上升，更应引起我们的深思。农村小学生的生活质量普遍不高。绝大多数农民外出务工后，其家庭的经济能力比未外出打工前大大增强。但是，很多小学生的生活水平却没有随着家庭经济能力的增强而有所提高。这主要是因为以下几个方面：一是他们一向生活节俭，舍不得花钱，二是尽管祖辈很疼爱和关心小学生，即使经济条件允许也舍不得用钱给孩子购买课外读物。三是祖辈年迈，其生理因素限制了其对小学生生活质量的关注，时间精力上的限制使得他们对提高小学生的学习质量心有余而力不足。

2. 媒体或电视娱乐频道节目对农村地区农村小学生课外阅读的影响

电视作为现代化传播媒体之一，不仅为成人获取信息、娱乐提供了方便，而且成为许多儿童的伙伴。当然，电视既惠及儿童，又可能伤及儿童。在家庭结构缺失、临时监管不力、学校补位欠缺的情形下，身心发展尚不成熟，是非荣辱、忠奸善恶辨别能力较差的农村小学生却有大量的时间接触电视，这对其身心发展影响较大。西部少数民族地区的农村小学生，由于经济状况、教育条件、地理环境、文化传统的特殊性，受电视的影响可能更大、更特殊。电视对西部少数民族地区农村小学生社会适应的消极影响电视有其自身无法克服的缺憾，对西部少数民族地区农村小学生社会适应造成了诸多消极影响，主要表现在以下几个方面：①. 不分时间，无节制沉溺于网络电视对学习适应的影响。有研究发现，"由于父母常年不在家，临时监护人的不力，使得农村小学生的学习失去了有效的监督，大部分农村小学生对电视人物盲目模仿，养成许多不良习气，在完成作业时眼睛都不肯离开电视机，甚至睡觉时也开着电视或者电脑，导致成绩出现下降趋势，接触电视频度高的儿童成绩更差"。在电视的作用下，农村小学生的学习适应问题更为严重。盲目模仿，对心理适应的影响。农村小学生在缺乏时间控制，长期接触电视的情形下，往往易患"电视综合征"，表现为情感淡漠、思路受阻、偏执狭隘等心理特征。电视中的歌舞升平和悠然惬意，极易使在贫困线上挣扎的农村小学生内心形成强烈的反差，这种心理的失衡又可能导致诸多负面情绪的产生，或是感慨命运和生活的不公，或是自暴自弃，或是怨天尤人、仇视社会。负面情绪的长期积压，将严重影响其心理和谐发展。价值观取向不明确，对行为适应的影响。在经济社会发展相对落后的西部地区，媒介机构在市场经济中为谋求生存和发展，首先就不得不考虑到利益问题,加上社会转型时期人们价值观的混乱,个别地方性媒体违背社会公德,大肆播报对儿童身心发展不利的内容。诸如在儿童节目中插播色情或血腥暴力的镜头,这可能会引发儿童有意识或无意识地模仿。美国心理学家罗斯认为,"模仿是一种学习过程,当青少年觉得通过模仿可以得到好处时,他们就会竞相模仿,反之,就不会轻易尝试"。④对农村小学生而言,由于其心智不成熟、分辨能力差,再加上缺乏有效监管,更可能将其中的色情行为和血腥暴力付诸实践。

四、思考与建议

《小学语文课程标准》规定:九年义务教育,学生课外阅读总量在400万字,小学阶段在145万字以上。然而,在经济改革大潮的影响下大部分学生家长外出打工,造成80%的学生成了小学生。这些农村小学生,不仅存在管理缺位,情感孤独等问题,而且其精神生活也较为贫乏,尤其是以课外阅读为主体的学生活动、校外生活不容乐观,为了解决学生不想读,没有养成良好的阅读习惯,阅读缺乏兴趣,没有耐心的问题。解决学生不能读,农村学校存书量少,阅读渠道窄,学生无书可读问题。也为了解决是学生不会读,阅读只图一时之快,缺乏思考和积累,阅读能力提高甚微和老师缺少对新课标、新理念的反思,观念没有发生实质性的转变,在课外阅读上没有发挥教师应有的指导作用问题提出以下几方面的建议:

1. 建好学校图书室,解决学生阅读时间与阅读量匮乏的问题。我们在实地考察中发现图书室藏书量少、图书质量参差不齐,图书流通率极低,基本是形同虚设,藏书的更新也处于停滞状态,学校图书室完善是解决农村小学生课外阅读的最佳途径。存在问题是客观的,但如果忽视学生阅读的兴趣点购买图书,这些书也只是浮于个人好恶,学生阅读兴趣不浓。学校图书室统计的数字或陈列书架的书不过是样品或摆设而已;相反,即使数量有限,但小学生愿意阅读,取得效果却会好得多。

2. 何培养中学生的阅读能力。阅读是人类谋求发展的第一需要,是人们终生学习必须掌握的技能,是素质教育中最基础、最核心的部分,是语文教学中最基本,最重要的训练。那么,如何提高学生阅读能力,并在阅读中不断培养创新能力,使阅读深入到学生生活之中,成为未来学习的主要技能呢? 行之有效的做法:一是开设阅读指导课,提高学生阅读的兴趣。因为兴趣是学生学习最直接的动力;二是指导选择恰当的课外读物。一本好书可以改变人的一生;三是指导学生掌握科学的、正确的阅读方法。课外读物对于学生而言,好读书只是开始,读好书更至关重要,课内学方法,课外求发展,学生自主的阅读不但能巩固和扩大课堂教学成果,而且对青少年语言与思维的发展,知识和能力的构成,思想和性格的培养,都具有十分重要的意义。

3. 培养学生健康使用网络、电视的良好习惯。充分利用学校现有的网络资源,供学生进行网上阅览与学习。教师要注意正确引导,让学生在网络上愉快的学习。督促监护人加强小学生校外监管,合理分配孩子在家看电视,上网时间,让孩子养成自律的习惯。

4. 发挥教师教育的主观能动作用。教师教学观念转变不够,教学方法改革不力。要解决这一问题,要把课外作为关键。从周一到周五,小学生可能做得比较好,但到了周末,一切功亏一篑,由回到 5 + 2 = 0 的怪圈。小学生这种学习习惯"变质"的情况,往往就是在课外,所以课外是关键。很显然,如果不能解决课外的习惯问题,课内的努力即将冰消雪融、前功尽弃,怎么办呢?

一是培养兴趣,要鼓励学生回家阅读课外书籍,做力所能及的事,并用班会课让学生交流他们的星期假日的读书心得,从而激发学习兴趣和对事物的感知能力。

1. 培养认真听讲的好习惯。在课堂上如果学生注意力不集中,不可能学习好,课堂教学任务也不可能很好地完成。教学时我们要认真分析区别对待。对于根本听不懂的孩子,教师应给他们做个别辅导。对于自制力差、爱走神的孩子,教师应在锻炼孩子的意志品质、提高自控能力上下功夫。对于学习不感兴趣的孩子,教师应在课堂上给孩子表现并得到肯定性评价的机会,让孩子充满自信。指导孩子记好课堂笔记,大胆提问,从而提高独立阅读的能力。

2. 按时完成作业的行为习惯的培养。按时完成作业,是进一步理解巩固消化所学知识形成技能技巧的重要环节。首先对改善孩子不良行为的标准不要定得太高、太严格、太硬性。教师应依据学生的实际情况,从他们的实际水平出发,有效地控制作业的难易程度和数量的多少,使学生经过努力,能够克服困难,愉快地、自觉地按要求完成作业。其次教师布置作业时,应注意"两性":一是目的性,即作业应突出知识点,提倡少而精;二是阶梯性,实行分层喂养。为培养孩子们的课外阅读兴趣腾出时间。

二是教给学生课外阅读的方法。要求学生在进行课外阅读时初读读通,阅读开始,首先要求学生将作品大致内容弄明白,让他们的头脑中有一个基本的印象;再读读懂,在学生粗知文学作品大意的基础上,让学生一边慢慢阅读,一边思考作品反映的问题,对作品内容作进一步的探讨,学生带着问题,再读,读完以后,让他们以兴趣小组为单位,对以上问题进行讨论,然后教师再进行检查,重点解决学生提出的不懂问题,最后让他们明确作品各具特点;赏读读味,在学生充分理解课文的内容之后,指导学生有感情地朗读课文,便于学生深入体会课文的思想感情。为培养小学生的课外阅读兴趣增添信心。

课内外结合、生活化的"大语文"教育模式正在逐渐深入人心,课外阅读也在课改中焕发出特有的文化生机。现有的对语文教学的评价方式使我们的家长和我们的教师以及我们的孩子迫于考试的压力、升学的压力不得不依然紧抓教材不放。如何让我们的所有语文老师把培养学生养成终生阅读的习惯作为自己的分内工作责任和教学使命,成为他们的自觉意识是我们所要努力的。我们教师在对"课外阅读"这个主题关注的同时,如何对小学生这个特殊群体进行深入的研究,以及如何解决他们在课外阅读过程中遇到的问题,发挥出教师的主导作用,我想这是我们在今后的工作中,需要努力和加强的地方。

(作者简介:毛成龙,男,汉族,1972年4月出生,大专学历,小学高级教师,现任余庆县龙家小学教导主任职务,遵义市首届名校长工作室辅导成员,先后参与全国教育科学"十五"、"十一五"、和"十二五"国家级重点课题研究,曾2次获得余庆县人民政府表彰,多次荣获国家、省市县级各类奖励,吉林农业大学研究生支教育团导师。)

浅谈树小学校的大教育观

遵义市首届名校长培养龙家小学工作室1970成员：
余庆县龙家小学　罗勇

时下,区域之间、城乡之间、学校之间办学水平和教育质量还存在明显差距,人民群众不断增长的高质量教育需求与供给不足的矛盾依然突出。深入推进义务教育均衡发展,着力提升农村学校和薄弱学校办学水平具有重大的现实意义和深远的历史意义。

义务教育的"均衡"问题,即"差异"问题。所以农村学校必须找到自身存在的差异,才可能达到教育的均衡。因此,我们必须去学习先进学校的办学理念,弥补教育差距;学习他人的成功之处,找到自身发展的渠道。正如推进义务教育均衡发展的指导思想中提到:因地制宜,分类指导,分步实施,切实缩小校际差距,加快缩小城乡差距,努力缩小区域差距,办好每一所学校,促进每一个学生健康成长。

一、赏识生命,大爱教育

赏识生命,即关注学生的自然生命及教师的教育生命。

(一)、关注学生的自然生命

"在一定意义上,教育是直面人的生命、通过人的生命、为了人的生命质量的提高而进行的社会活动,是以人为本的社会中最体现生命关怀的一种事业。"而当前,各大媒体报道的学生持刀伤人事件让人痛心疾首。学生漠视生命!所以,一所学校要发展,首先得关注学生生命教育,让学生敬畏生命、珍惜生命。

1. 积累文化底蕴,净化学生的心灵

文化底蕴,就是学识修养与精神修养。文化底蕴的积累,能净化人的内心世界。当前社会,人们的思想较为浮躁,他们轻易相信谣言,只顾自己的利益与感受。而学生在这样的环境中也渐渐染疾。所以,学校要大力开展积累文化底蕴的活动。例如,校园布置有语文味,每天听听文化、读读文化,让学生在语文味的环境下成长。

2. 赏识学生的生命个性,激发学生积极向上的精神。

"好孩子都是表扬出来的"。学生的生命个性千差万别,无论向上与否,

都需要教师的引导与赏识。赏识学生的生命个性,不是赏识学生的学习成绩,而是学生的学习过程;不是赏识学生的单一表现,而是赏识学生的终身发展。

(二)关注教师的教育生命

受现行教育体制与"官本位"思想的影响,教师产生了职业倦怠心理。往往"有工作无发展,有教学无教育",把教育单纯地看作赚取工资的一种手段而已。因此,学校需注入教师的教育生命活力,才能创办人民满意的教育,才能留得住教师。

1. 树立教育生命,找到教育归宿。

学校的发展离不开教师,教师的成长离不开学校。如何使教师根植在学校,这需要学校树立教师的生命教育观念。

学校里,鼓励教师进校那天就为学校种下一棵"爱校树"。让教师每天去浇灌,看着树苗的成长。而在离开学校后,邀请这些教师返校看那棵"爱校树",看学校的发展。

让师生去感受"树即是人,人即是树",从而共同去建设"生命校园"。

2. 悬挂本校名师,留下的是归宿

一所学校从建校开始总有为学校发展做出突出贡献的教师,这些老师也许是名不见经传、也可能不为领导知晓。学校则要收集这些教师的"平凡"事迹,把他们的图片与事迹悬挂在学校走廊、过道。这既是对老教师的一种尊敬也是对年轻教师的一种激励,他们都找到了教育的"根"。

二、开门办学,内外兼修

海纳百川,有容乃大。学校的发展需要走出去、引进来,这样才能发现自身存在的问题,发现他人的先进举措。

1. 开学校之门

读万里书不如行万里路。把老师带出校门,去学习发达地区学校的教育教学理念。在每一次走出去中去感悟点滴,去浸润内心,会在无形中提升教师的思想。

2. 开班级之门

我们多数老师习惯了关门教学，讨厌听课。这是一种躲避与不思进步的表现。所以学校要开班级之门，鼓励教师相互"串门"，在"串门"中学习、提高，从而形成良好的竞争环境。同时邀请家长"串门"，用家长的评价去带动教师的不断进步。

三、树立品牌，宣传办学

一所学校没有特点、没有品牌，是难以生存的。习惯了"等、靠、要"的农村学校往往没有树立自身"品牌"的意识。学校的品牌并不是"质量求胜"，更应该注重文化品位、精神价值的铸造。

1. 学校创办要有自身的特点，由特点去打造"品牌"。这个特点可以去模仿、可以去走别人成功的路子。在模仿与学习中去提炼，从而形成自己的品牌。

2. 大力宣传，推销自己。

在今天经济发展突飞猛进的时代，成功者多，成功的学校多。作为农村学校不能等待别人来发现自己，而是要自己推销。"自己看不起自己，自己不宣传自己"谁又会欣赏你呢？

综上所述，农村学校要提升自己，关键在于自身的意识与不懈的努力。这样才能"抬高自己，缩小差距，提高质量，满意群众。"

（作者简介：罗勇，男，汉族，大学文化程度，遵义市余庆县龙家镇人，1982年4月出生，现任龙家小学教育导副主任，遵义市首届名校长工作室成员，吉林农业大学研究生支教育团导师，多次参加市县各类技能竞赛荣获奖励）

数学中的生命安全教育日记体例实践

贵州省遵义市余庆县龙家小学　王光莲　564406

摘要：创建和谐校园　探索数学生命安全日记　引领学生健康成长
关键词：数学　生命安全日记　体例

学生安全卫生教育是当前和今后一个时期内各级各类学校教育的头等大事。发挥学科优势，关注学生健康成长，在学校学科教学中渗透生命教育，是新课程改革涉及的重要内容。我是一名班主任，也是一名小学数学教师，为了创建健康和谐班级，引领学生健康成长，我在工作中创新开展了"数学生命教育日记实践"，收到了良好的教育教学效果。

一、认识生命安全日记

生命安全日记，指在老师的指导下，引导学生观察生活，深入社会，积累素材，以安全卫生、生命成长的数据，用测量、统计、计算等数学知识反映安全卫生与生命健康存亡息息相关，让学生在日记实践中既受到生命教育启示，又增长数学实践能力，认识数学在生活中无处不存在的道理，培养热爱生活，热爱数学的兴趣。

二、推进生命安全日记

在全班整体推进生命安全日记，就是整体提高学生珍爱生命的意识行为。我所在班为五年级，全班46人，以课外作业的形式，引导学生每周写两篇生命日记，坚持了3年。在指导学生写好生命日记的过程中，坚持做好四个环节：生命日记展示（教室内设置"生命日记展示角"，每周全班集中展示一次），生命日记范例（每周教师组织一次生命日记范例演讲），生命日记展评（每学期举行一次），生命日记表彰(全班公开评选,对优秀生命日记给予表彰奖励)。全班整体推进,持之以恒,整体提高班集体的和谐水平,所以所带班近年荣获全县先进班集体奖。

三、摸索生命安全日记的体例

指导学生写数学生命日记要侧重探索生命日记的体例,数学生命日记的体例多种多样。教师要在实践,引导学生认真加以分析、总结、提炼,使简单的数学生命日记提升学生的数学应用能力。

1. 统计体日记。引导学生在生活中统计有关安全卫生的数据,用大量的数据书写生命教育日记。如:在日记中,学生多喜欢写发生在身边的安全事故,记述 X 月 X 日在什么地方发生了一起农用车祸事故,写作中自然而然用上了这起事故的受伤人数,死亡人数,超载人数,限载人数等数据;又喜欢写电视上看见的 X 月 X 日某某学校发生的踩踏事故,自然用上学校总人数,受伤人数,死亡人数,发生时间及相关数据的分析。学生常常通过上网,收集一月或一年来全国发生的各种事故,用图表并进行简单的统计分析,就作为一次日记,张贴在教室"生命日记展示角"。学生看了受到启示。

2. 描述体日记。老师指导学生把生活中观察到相关安全卫生的事例,用描述的体例写成日记的形式称为描述体。每周用一节课班队课或织学生把你记录的"生命日记"整理出来,在班上演讲,让学生受到一次又一次的教育。描述体日记体分为笔述体和口述体。口述体要在笔述体的基础上完成。例如:在一次生命教育日记的口头描述活动中,罗贵仁同学平时不爱多说话,见到同学们发言热烈时,他实在静不下来,举手说:"同学们,让我把写的日记读给大家分享一下","星期天,阴天,我们村子里一辆摩托车,按国家标准核载 2 人,他们却载了 4 人,在拐弯处,4 人翻下 50 多米高的悬崖,车毁人亡命,多么惨痛的教训啊,《交通法规》应当成为我们每一个人关注的法规……"他的话音刚落,全场爆发出热烈的掌声。

3. 计算体日记。学生利用课外时间把安全日记收集的数据利用所学的数学知识把它计算出来,写进日记。如:一位学生在一次日记中写道:7 月 8 日,贵遵高速路上发生一起连环撞车事故,这位同学就用了数学知识中的时间、路程、速度之间的关系完成计算等。并对此次事故进行了详细的分析,提高了重视生命,遵守社会规则的认识。

在数学学科教学中实践的生命安全教育日记体例是一种新的尝试。通过近两年的实践探索,它不但有利于学生生命安全的保障,而且有利于班风学风的整体建设,促进学生个体发展,更有利于全面推选素质教育,整体提高班集体教育教学质量。

(作者简介:王光莲,女,汉族,大学专科文化程度,余庆县龙家镇人,责任余庆县龙家小学数学教师,曾荣获遵义市优秀少先队辅导员称号,所带班荣获余庆县先进班集体,吉林农业大学研究生支教团成员导师)

在语文教学中提高学生的自主学习能力

余庆县龙家小学　胡大先

【摘要】:《小学语文课程标准》明确指出:学生是学习和发展的主体,在语文教学中积极倡导自主、合作、探究的学习方式。让学生在自主学习中把教材作为一个"索引",作为"一个无声的老师",在浩瀚无际的知识海洋中用其中的"渔"去捕到更多的"鱼",让自己变成一湾源源不断、永不停息的流水。

关键词:自主学习　会学　学会生活　引领

《小学语文课程标准》明确指出:学生是学习和发展的主体。语文课程必须根据学生身心发展和语文学习的特点,关注学生的个体差异和不同的学习需求,爱护学生的好奇心、求知欲,充分激发学生的主动意识和进取精神,倡导自主、合作、探究的学习方式。为此,我们须坚持《新课程标准》的"以学生发展为本"的教学理念,促使学生学习方式的转变,使他们自主学习,互相配合,主动探究,成为学习的主人,知识的主人。让自主学习成为学生终身学习的基石。

一、让学生对学习充满热情

当"三生、四爱、五心、五好"响彻我们校园时,我不由得想起"国际21世纪教育委员会雅克·德洛尔说过的一句话'未来的文盲不再是不识字的人,而是没有学会学习的人。'"学会学习是一个人生存和发展的基本需要,面对信息时代的挑战,学生能否学会学习关系到教育质量,关系到师生校园生活质量,关系到年轻一代能拥有一个什么样的未来,关系到民族素质的提高。作为教师,教学的目的不仅仅是使学生掌握知识,更重要的是教会学生学习的方法,使学生由"学会"变为"会学"。试想:一个不会学习的人,他又怎么有兴趣学习呢?

"兴趣"可谓属于一切事物得以成功的原动力,但"认识事物的本质"却是产生兴趣的基础。在《小白兔与小灰兔》的故事中,对于低年级的学生来说:他们知道小白兔热爱劳动,不像小灰兔那样懒惰。但对于中高年级的学生来说:再读这个故事,学生则认为小白兔有一个长远的目标,它懂得想要生活下去就得学会生活。在《两只小狮子》《自己去吧》中,我们的老鹰妈妈以及母狮子尚且明白学会生活的本领的重要性,更何况我们教师呢?我们更应该牢记"授之以鱼不如授之以"的道理,让学生认识到:一个学生,想要学会生活的本领就得学会学习的重要,把对游戏、玩具、玩耍的热情支取一部分到学习中去。

二、让学生在预习中自主学习

罗杰斯认为教师的作用主要表现为以下几个方面:一是帮助学生引出并澄清问题;二是帮助学生组织材料,帮助提供更广泛的学习活动;三是作为一种灵活的资源为学生服务;四是作为学习的参与者——小组成员而参与活动;五是主动与小组成员分享他们自己的感受。

从他的观点再来透视我们平常的教学,今天我们学完了这课,请同学们下去预习下一篇课文,注意一下要学的生字。这样的一句话,给人一种随便的感觉。学生可能认为:不就是读一下吗?太容易啦!就因为觉得容易,有的学生可能就不会去读了。那么,教师在这其中的作用呢?我们再来尝试一下另一种模式:教师根据课文内容,梳理预习问题。根据学生学习接受能力及家庭背景,对特别的学生作另一种安排。并将预习内容写入读书笔记中。如教学《蝙蝠与雷达》一文,预习中的问题:全班学生读准读通课文,把自己不明白的地方记下来;A组学生用自己的语言写出主要内容;B组学生把难写的字、容易写错的字、多音字做好记录;C组学生根据课文内容提出自己的疑问;D组学生负责收集雷达、蝙蝠、超声波、仿生学事例的资料。然后在小组内由组长具体分工、细化。这样看上去有很多问题,但分在每一个学生身上就不是很重了。如果你要学生人人都去这样做,没条件的,你让他怎么去完成呢?对于有些问题,在不同的文章中让学生变换着去做,既让学生觉得新鲜,也让学生有一种自信感。

三、在课堂教学中自主学习

课堂教学是我们师生平等交流的主阵地,教与学就靠这40分钟的引领、释怀。我们要让课堂上响起:我知道了……我认为……我懂得了……我不明白……而不是教师说你们要……你们知道吗?……让我们的教学变成"山重水复疑无路,柳暗花明又一村",达到"忽如一夜春风来,千树万树梨花开"的效果。如在教学《北京的春节》中,学生在读文中感受到老舍笔下的春节红红火火、热热闹闹,在不同的时段具有不同的特色。在交流中学生对北京的春节持不同的观点,借此机会,我让学生根据自己的喜好或组成小组,或自主学习,从春节的特色、朗读、写法上去学习、讨论、写片段,让学生在读中品、读中悟、读中思。感受、抒发、描写中华民族传统节日特色。在教学《中彩那天》一文中,让学生抓住"母亲常安慰家里的人:'一个人只要活得诚实、有信用,就等于有了一大笔财富'"这句话,从这个"常"字入手,再来体会父亲的"神情严肃"到"特别高兴",从而让学生实现了对"财富"的诠释。在《一次成功的试验中》,我们与学生试一试;《小摄影师中》让学生过一过"记者瘾";在《燕子》中我们让学生走入大自然去找一找;在《荷叶圆圆》中让学生演一演;每一个环节都是师生间的亲密合作。其实,课堂这个舞台需要我们共同来演绎,它不专属于某一个人。就像罗杰斯说的那样去做:帮助学生引出并澄清问题;帮助学生组织材料,帮助提供更广泛的学习活动;作为一种灵活的资源为学生服务;作为学习的参与者——小组成员而参与活动;主动与小组成员分享他们自己的感受。把他们从课堂这个舞台领向更广阔的大舞台中去。

四、在课后中自主学习

知识与技能的获得与巩固,仅仅依靠课堂是远远不够的。需要学生依靠课后去实践、延伸,实现语文小课堂与生活大课堂的有机整合。教师留下的作业不仅仅是再读读课文、写写生字。更要让他们把教材作为一个"索引",作为"一个无声的老师",在浩瀚无际的知识海洋中用其中的"渔"去捕到更多的"鱼",让自己变成一湾源源不断、永不停息的流水。

浅析课堂教学的创新

余庆县龙家小学　吴兴鸿

传统的课堂教学,有单纯地注重知识和智力的局限,单一的教法和一刀的"封闭式"教学,已不适应当今教育形势的发展。要将古板的应试教育转化为素质教育,要将全民族的文化素质向高层次提高,要想让我们的教育取得事半功倍的效果,我们老师必须创新教学,精心设计好以下三种课堂。

一、情感课堂

1. 由只要求学生到多关心学生,以欣赏的情绪对待学生每一点微小的进步。教师要善于体察学生的酸甜苦辣,关心他们的生活冷暖,关心他们的学习、思想、为人做事等各方面的情况,同情他们的痛苦与不幸。当学生遇到困难或挫折时,教师要给予及时鼓励,帮助他们解决实际问题,努力使他们成功。在教学中,当学生经过刻苦努力,取得一定成绩时,哪怕是一点微小的成绩,学生在心理上也会产生一种轻松愉快的感觉。此时,教师要为他们得成绩而感到高兴,并给予鼓励,使学生对学习充满信心。只有尊重信任学生、关心学生,对学生寄予良好的期待,才是学生努力学习动力的来源,才能有效地促进学生的发展,促使学生进步,激发学生丰富的想象,活跃学生的思维,能够全身心投入到学习中去。

2. 由强调苦学到营造愉快乐学的情境,以愉快的情绪激发学生的学习兴趣。在教学中,教师要给学生营造一种愉快乐学的情绪,其语言要含蓄、幽默,富于启发性,要有感下的力量。面容要庄重而亲切,目光要温和而慈祥,并随时根据教学内容的需要而适当地变换眼神和面部表情。眼神要给人一种深邃、敏锐和聪慧之感,要赋予丰富的感情。教师应保持平静、轻松、愉快的情绪,才会使学生产生一种愉快的感情体验,进入兴奋状态,提高学习积极性。这样才能收到良好的教学效果。这种活跃的学习气氛,融洽的师生感情,怎么会不点燃学生学习兴趣的火把呢？例如：教师用温和的语言向全班学生提问说："请同学们想一想，这道题目的答案很多，看谁答得最快最多，而且正确？"同学们在这种愉快的气氛中，个个积极思考，争先恐后地抢答，对学生丰富多彩的答案，教师要及时给予客观公正的肯定和评价，鼓励和表扬，这样就能激发学生的求知欲望、学习兴趣。当学生求知欲达到高潮时，教师就要引导学生去分析问题，解决问题。这样既培养了学生独立解决问题的能力，又能使学生感到学习有乐趣。

3. 由单纯的知识传授到双向的情感交流，以宽容的情绪对待学生的错误。将枯燥无味的课堂变成丰富多彩的舞台，发挥学生丰富的想象力，把每篇课文看成小剧本，让学生扮演文中不同的角色。或将课文变成游戏，使学生在课堂上既学以知识又促进其情感交流。对待后进生的教育不能简单粗暴，不能一味地指责和批评，对他们的教育要少一点"威严"，多一点"关爱"。教师要主动接近他们，关心他们的学习、生活，使他们从心理上认为老师是可以依赖的人。这样既能调动他们的积极性，发挥其特长，使其得到健康的成长。

4. 由一味地指责失败到千方百计地让学生品尝成功，以兴奋的情绪鼓励学生从成功走向更大的成功。例如：去年我们班上有一名学生，学习不用心，一到上课就睡觉，成绩在班上倒数第一，还有退学的念头。但他个子高，爱打篮球。我在调整班干时，提拔他任体育委员，班上组织球队，他一有空就主动召集同学们参加训练，后来学校组织篮球赛，我们班得了第一名。他在比赛中表现特别出色，班级赢得了荣誉。他每投进一个球同学们为他鼓掌喝彩，他的爱好和特长得到充分的发挥。从此，他对学习也有兴趣了，上课也有精神了，成绩一天比一天进步。他在学期统考中，成绩特别突出。他是从成功走向更成功的有力证据。

二、灵活生动的课堂

1. 以学生的基础为起点，让学生充分参与，充分体现，使每个学生都能尽量发展。树立教师为主导，学生为主体，教学为主线的新观念。

2. 提倡课堂教学生活动泼，丰富多彩。教师要根据不同的学科、不同的教学内容，编出服务于教学的儿歌、游戏和戏剧等，结合教学条件，创设教学情境引导学生主动参与、主动探索、主动思考、主动操作，使学生在愉快活泼的气氛中乐学。

3. 以兴趣为桥梁，激发学生奇思异想，不随便否定学生的荒唐问题，使学生主动学习。兴趣是学生愉快学习的重要途径，能调动学生的学习主动性。比如，教师对学生的一次表扬、提问的一个问题，上课前的一个导语，一次开场白等都能引起学生的极大兴趣，激发他们去展开丰富的想象。学习课文要充分发挥想象力，再现作品描绘的意境。作文时展开想象,可以使思路更加清晰,写出来的文章形象、生动、具体。想象力能拓宽学生思维唤起学生发自内心的愿望,调动学生学习的主动性。而情境教学是培养学生想象力的有效途径之一。我们的教材有些跨越远古时代,有的超越时空,离学生的只有鼓励学生奇思异想,对学习才会产生浓厚的兴趣,对知识才会积极去探索。

4. 以鼓励的方法,提倡质疑。会提问题是教育创新的关键;教师要善于启发引导、点拨思路、启动思维、有的放矢地鼓励学生质疑问、标新立异、学会创造。

5. 以成功为原则,多表扬学生,提高学生参与教学的积极性的主动性。学生在教学中就成为探索问题、发现新知的主体。教师多给学生提供大量独立钻研、自主实践、合作学习的时间、空间和具体条件,减少课堂讲授与之相应的作业、复习等时间,以免过多占用学生的时间,这样便能留出有效的时间通过它渠道(课外活动、社会实践等)让学生有机发挥其独特作用。在教学中,让学生亲手实践,在实践中主动思考,独立解决问题,找到多方面解决问题的突破口。对学生的进步要多表扬,让他们尝到成功的喜悦。

三、开放式课堂

1. 要打破内容和形式的封闭,教师要开放备课,开放教学。不能只重视教书,只重记诵识读,只要推演形式,只要搬弄文词,而不引导学生领略书中人物为做事之道,行天立地做人之能力、之品行。在努力克服基础教育中"片面追求升学率"的现象,变应试教育为素质教育,课堂教学形式一定要求新、求活、求精、求实、求真、求善、求美。

2. 开放式课堂要把课堂延伸到与之相联系的现实生活,与其相关领域的新知识、新技术中去。教师要凭借课堂教学内容,结合教学条件,创设教学情绪,引导学生积极参与、探索、思考以及操作,联系现实生活,运用所学知识解决实际问题。教师要给予学生提供补充实例,结合实际、学科活动等内容,鼓励学生把学习与实际有机地结合起来。

3. 开放式课堂要将现代化的教学手段,如电化教学、计算机、多媒体教学和网络教学引入课堂。

(作者吴兴鸿,女,汉族,大专。1968年10月出生。1988年8月参加工作。语文教师。2003年4月所带中队获"贵州省特色中队"称号。2002年9月获"遵义市优秀少先队辅导员"称号;2005年10月获"遵义市十佳少先队辅导员"和"余庆县十佳少先队辅导员"称号;2014年9月荣获县政府"优秀教师"称号;2006年五月获遵义市小学语数联赛优秀指导教师;2008年10月被评为全国教育科学"十一五"规划课题德育科研先进实验教师。多次获县级、镇级优秀班主任、优秀辅导员称号和优异学科奖。2005年元月获遵义市少先队辅导员工作征文比赛二等奖;2011年5月,在2011年省教研联席会教育教学论文征集与评选活动中,论文《浅析课堂教学的创新》、《浅谈课改中的"探究"学习》2013年2014年发表于《都市家教》。2012年7月,《关注留守儿童,播撒爱心阳光》获贵州省教育科学院、教育学会二等奖;2011年7月,撰写的《每一个细小的环节,都是提高教学质量的关键》获贵州省教育科学研究所贵州教育学会论文评选三等奖。参与了"十一五"规划课题"构建农村交际教育目标体系研究";县教科局主持的《和谐德育课题研究》;遵义师院主持的"助理教学法"研究。参与研究课题成果《交际教育实践范例》《56名乡村少年的故事》《田园孩童之歌》《先生你好》等。)

生活语文教育实践

贵州省余庆县龙家小学　梁中凯　564406

"生活处处皆语文,语文时时现生活",这就是我们老师在教学中遵循国家语文课程标准时要求的大语文观所体现出来的语文和生活的关系。基于这个基础,我们在平时的语文教育中坚持"农村小学生活语文教育实践"观念。

新课改理念反映,语文实践能力是语文素养形成的重要前提。小学生形成良好语文实践的关键时期,决定他们养成主动积淀一生语文厚实程度的成败期。我们从一所农村学校学生的整体受益面出发,如何利用和开发好校本语文资源?通过哪些实践模式才使学生的语文实践能力得到大面积的锤炼呢?近年来,我们围绕"学校语文实践",创新了几种模式,大面积培养了学生的语文学习兴趣,为学生创造了语文实践的机会,培养了语文实践兴趣。

模式一:阳光晨读

我们学校是贵州高原上的一所乡村百年老校。校园空间宽阔,绿树成荫,鲜花盛开,是开展乡村校园"阳光晨读"的好场所。学校语文教研组制定了《乡村校园阳光晨读实践两年规划》。(以下简称"规划")《规划》中明确规定了语文实践要做到"三有":各班有规定的晨读地点;各班在规定的教学助理员的指挥下开展晨读;各班有晨读周小结,月有评比,年有表彰。推行阳光晨读,师生积极热情,阳光晨读的形式是百花齐放,师生或穿梭在古树下、花丛中,或蹲下腿,背靠古木,神态各异。实践中初步形成走读、齐读、独立朗读,诗歌对读等形式。琅琅书声在校园里回荡,阳光晨读成为我们这所乡村校园里的一首优美的晨光曲,这首晨光曲将滋润学生一生的语文素养。在这些整体活动实践中依靠老师们从实际出发,引导小朋友从小懂得语文,会学语文、产生兴趣、增强学习语文的主动性与积极性,更主要是为小朋友们一生的成长负责,让小学语文教育为他们留下终生难忘的印象,更加有效地彰显语文学科的基础权威性。我们在新课程改革的伟大背景下,要向传统的应试教育管理作挑战,把语文教育与生活真正地联系起来,拿出"跳出学校办学校,跳出课堂抓教学,跳出课本育新人"的改革勇气,让生活语文印记一代孩子,受益一代孩子,实现文如其人,德才兼备,社会主义建设事业真正用得上靠得住的建设者和接班人,更有效地实现我们教师的人生观和价值观。

模式二:村庄记事

农村教育正面临社会主义新农村建设,快马加鞭奔小康的伟大时代。这一代青少年的童年生活是丰富多彩的。在农村学生生活的村庄里,每天都在发生新鲜事,人民生活,民风民俗,村庄面貌更是日新月异,所有类似琐事都是一笔丰厚的课外语文好资源,如何利用这些资源,引导广大青少年懂得热爱美好资源,利用美好资源,珍惜美好资源,培养学生的语文实践能力,引导他们一改过去平凡写日记为村庄记事,是一种很好的教学方式。为了大面积实施好村庄记事,学校制定了《村庄记事两年实施方案》:发放统一的村庄记事本,在三年级以上要求学生人人写村庄记事,各班级一周开展一次"村庄记事点评"每半期举行一次全校"村庄记事表彰"活动,让村庄记事成为学校大面积培养学生学会在生活中学习语文的兴趣与感悟,提高学生观察与表达能力的重要综合实践。"语文和生活是不能分割而论的"。所以老师在实践辅导的过程中,学校统一要要求语文老师,千万不要一味地要求孩子拿出课本,就学习课本而学习课本;要千方百计引导孩子们"走出课本学语文"。这样做,孩子们会喜欢我们老师,喜欢老师和学科学习兴趣是密切相联系的,我们语文老师就可以逐渐赢得孩子的心,赢得孩子的心,就是赢得孩子学习语文的期望。

模式三:广告公司

引导学生学习做广告,是为了某种特定的需要,通过一定形式的媒体,公开而广泛地向公众(学生、老师、家长)传递信息的宣传手段。近年来,我们在师生中成立了红领巾广告公司。红领巾广告公司由语文教研组和少先队大队部联合组织常年组织系列实践活动。活动时间主要规划在寒暑假、星期日,学生以组为单位按照学校安排的任务同伴互助设计,定期交学校老师验收、评比、表彰、展览。根据学生的年龄特征和学习的需要,我们设计的广告内容分别有:学校校园记事(学校的好人好事,近段学校集体或师生个人获奖及取得的各种成绩等),农业生产需要的产品(如饮料、医药、农药、农具、家用电器等),各学科知识综合广告(如语文综合知识广告、数学、英语、美术等学科综合知识广告)。红领巾广告公司开展的活动,学生兴趣深厚,广泛参与。从收集资料到版面规划设计,从抄写到展览等过程,都涉及语文能力的实践。整个实践过程是大面积提高学生语文综合实践能力的过程。同时也是语文知识与各学科知识综合运用的训练过程尝试。

语文实践能力是学生学好语文,奠定语文功底的一项重要能力,我们通过阳光晨读、村庄记事、广告公司这三种有效途径,丰富了学校整体学习实践语文的内容,探索了语文实践模式,转化了学生传统的死记硬背为一种有趣的实践活动参与,转化了一部分学生怕语文,怕写作文,厌语文为兴趣参与实践,在实践中学习语文的局面。

在的人生命历史长河中,一个人的童年只有一次。这一次能够为我们一生中留下宝贵的财富!这就需要我们利用语文教育这块百花园教育引导他们真实地生活,真实地做人,真实地学习语文。

生活与语文关系十分密切,一脉相承,很多作家,诗人、教育大家多次论述过生活与语文的关系。就以我们现实学生作文学习为例,小学时代的生活是丰富多彩的,小学生时代的作文写什么,就是按照一初步的记叙方法,用上恰当的词句,把我们小朋友在生活中看见的、听到的、想到的如实记叙下来,就是作文。但是,在多年的教学中发现,我们小朋友中间,写作文时喜欢"套装"。什么是"套装"呢?就是阅读别人的作文后,老师布置写作文,不写真实的,总喜欢把别人的作文改头换面,这种做法是不值可取的,因为长期这样下去,不利于我们健康成长,也不利于习作水平的提高。

我们推行的农村儿童生活语文,在整体的过程中,就是为了帮助我们小朋友克服习作困难,引领我们小朋友走在做真实的小朋友,写真实习作,学真实语文的道路上。

农村小学如何培养学生的科技创新能力

余庆县龙家小学　王静

在农村小学,学生科技创新能力的培养显得尤为重要。在教育教学工作中,我主要从以下几个方面对学生进行科技创新能力的培养。

一、通过各种方式、各种管道,培养学生的科技创新兴趣

所谓兴趣是做好的老师。在培养学生科技创新能力的同时,首先要培养学生的科技创新的兴趣。只要学生有兴趣了,那他干什么事情的积极性都会很高涨,也愿意去探究其中的奥秘。在学校,我带领学生成立了余庆县龙家小学环保科技实践活动兴趣小组,平时课外活动时间时,带领学生到实验室观看一些生活中常见的科技小发现,让他们在生活、学习中去了解身边的奥秘。平时有空闲时间的时候,我经常带学生到野外去,让他们到野外去寻找生活中的秘密,并对看见的、发现的记录下来,与同学们交流讨论,共同提高彼此的科技创新兴趣。

二、用活动丰富学生的课余生活,让他们在活动中提高科技能力

农村的学生,每天面对的是一些简单的物体。不像城里的孩子,每当周末的时候,爸爸妈妈或者老师可以带领他们到科技展览馆去参观学习,可以去亲身体验科技创新的现场氛围,他们所接触的东西是实实在在的。然而,农村学生的科技创新是抽象的,是通过电视、电脑查询、老师讲解等形式得到了。对此,在我的教学中,我经常给学生安排一些实实在在的科技活动,让他们去亲身体验,发现问题,解决问题,以活动提高他们的科技创新能力。

活动一:2011年是一个干旱之年,我校附近一个从未干旱过的池塘——荷花塘因干旱干涸了。一池的荷花被火辣辣的太阳晒得全部枯萎了。周末,我带领学生到开裂了的池塘里去探究池塘干涸的原因、荷花的生长、了解开裂的池塘会不

会对来年荷花的生长造成影响。到了池塘里,学生们分组探究,一组到水源的尽头去了解池塘干涸的原因,一组在池塘里了解荷花的生长。半个小时后,学生们通过自己的自己的探索与交流,找到了原因。池塘的干涸是由于干旱,水源的尽头水量明显减少,甚至一些以前出水的地方都已经断水了,没有水流入荷花塘里,造成了池塘的干枯,甚至一些水源边的植物都干死了。另一组的学生也同样找到了荷花的生长特征,他们在池塘里用铁锹把开裂了的泥土翻开,找到荷花的根部,他们发现,其实虽然泥土表面已经开裂了,但是在荷花的根部(藕)的地方,还是可以明显感觉到泥土是湿润的。由于藕在泥土里埋得较深,根部发达,这开裂的池塘应该不会对来年荷花的生长造成影响。就在我们准备离开的时候,一个学生问我:"老师,为什么在池塘里会出现一个大坑呢?"学生这么一问,同学们都产生了浓厚的兴趣,都想知道为什么。我便借机把学生带到大坑边,一边指导学生观察,一边让他们在周围去发现问题。10分钟后,两个学生跑来告诉我,"老师,大坑出现的原因会不会与打井抽地下水有关啊?"我看学生们已经找到了答案,就给他们解释说:"其实导致地面下陷的原因可能就是过度开采地下水,使得地表缺少了支撑,压力过大。但是,这也不是一定的,具体的原因还有待专家的考证"。最后,我对学生的优秀表现给予了充分的肯定。

活动二:我校是一间乡村百年老校,学校在教学中注重学生实践能力的培养。在校园里,学校建有红领巾花卉园艺场、红领巾养鸽场、红领巾林场等科普实践基地。在平时的课外活动中,我经常带领学生去科普实践基地,让他们了解花卉园艺场里太阳花、葱葱花的花草的生长情况;每天让学生分组去喂养鸽子,了解养鸽场里鸽子的生活习性;周末带领学生到红领巾林场去了解林场里树木的生长特性,认识各种树种。在实践中,学生的科技创新兴趣得到了极大的培养。每当周末的时候,都嚷着要我带他们去野外探索大自然的秘密。

活动三:我校是一间国际生态绿色学校,近年来着手打造"百年老校银杏园",校园内有大小银杏树共计280余棵,每当夏天的时候,都要对每棵银杏树施肥,才能确保它们长得枝繁叶茂,这些施肥、翻土的工作,我都让学生亲自去完成。秋天的时候,校园金黄的一片,非常漂亮,当一阵大风吹过,树上的银杏叶落在操场上,踩上去软绵绵的。一天,科普小组的一个成员来到我办公室,对我说:"老师,我有个想法,不知道行不行?"我让他说:"我校每年都要花上几百元去买肥料来给校园的银杏树施肥,我们能不能把银杏的树叶收集起来,用一个塑料袋封闭装好发酵,来年再把它当着肥料给银杏施肥呢?"我听了非常高兴,在组内对他进行了表扬。随后带领学生一起行动,把操场上的银杏叶收集起来,用塑料袋进行密封发酵。

第二年开春,又把发酵的银杏叶放在树脚,用泥土盖上。这样,不仅为学校节约了开支,同时也培养了学生的创新能力与实践能力。

三、积极带领学生参与上级组织的竞赛活动,及时表扬,提高学生的科技创新能力

科技创新活动开展得好与坏,学生的创新兴趣是否浓厚,将直接影响学生身心健康地发展。所以,在平时的工作中,学校根据学生的不同特点,努力开展丰富多彩的创新活动。如每年的"科技文化节",吸引了学生们踊跃参加。2012年,我校的学生的学生的小制作、小发明、科技实践活动报告等多次在县、市级组织的科技创新大赛中获奖。2012年学校科普小组的"走进低碳生活"获市级二等奖;2013年学校科普小组的"守护一片绿,打造乡村生命校园"获得县级一等奖、市级二等奖。

(作者简介:王静,女,汉族,1985年9月出生,毕业于遵义师范学院体育专业,工作于余庆县龙家小学。参加工作以来,多次参与学校组织的各级教育科研课题实验工作,设计组织的体育优质课在全国荣获一等奖,教育教学成绩优秀。)

浅谈农村留守儿童的德育教育方法

余庆县龙家小学　蔡大军

当今时代,农村留守儿童逐年增多,家庭教育陷入僵局。因此。对于农村留守儿童,我们更要去真心去"偏爱"他们,因为他们更需要爱的阳光、雨露,更需要教育者用爱心去滋润他们,使他们能健康成长。下面,就我在教学中,对农村留守儿童的教育经验和大家交流。

一、在班级管理中充分发挥班级小助理的作用

在经济社会不断发展的今天,大部分劳动力纷纷涌向大城市,导致农村留守儿童逐年增多。这样的情况,给我们一线的教育工作者提出了极大地挑战力。父母外出,学生在家跟着年迈的爷爷奶奶、外公外婆,或者寄居在某个亲戚朋友家,吃穿住行不成问题,但是,他们的教育就变成摆在我们面前的一道难题。靠这些年迈的老人能给孩子创造多么好的家庭教育环境,显然是不可能的。因此,我们作为一名教育工作者,应首先深知自己肩负的责任的重大,然后要不断考虑对于留守儿童的教育应怎样来加强教育和管理。在我的班级里,班上共有 40 名学生,其中留守儿童就有接近 30 个,如此大的比例,给课堂教学带来了一定的难度,学生上课不专心听讲,纪律较为涣散。对于这种留守儿童偏多的现状,我在教学中,充分发挥班级小助理的领导、示范带头作用,在平时的教学中,找机会给班级小助理助理威信,让班上的学生信赖他们,从而服从班级小助理的管理,这样一来,极大地减轻了教师的工作量,同时也对学生教育有极大的推动作用。

二、经常表扬可以提高学生的学习自信心

爱美之心,人皆有之。每一个人都是一样,对于教师的表扬,学生都非常注

重,有时候教师一个不经意的表扬,学生将会受益一辈子。表扬就是一种赏识,对学生具有极大的激励作用。我们班主任不仅要学会表扬学生,还要努力创造使学生获得表扬的机会。如在平时的上课、考试、作业中,后进生有进步的,就要及时表扬;在搞卫生、纪律中表现好,也要表扬。有进步的后进生,更应该表扬……我们还可以举行一些后进生也能得到奖的竞赛,使后进生也得到表扬。在不断地表扬中,后进生的自信心会渐渐树立起来,达到表扬的真正效果。

三、相互理解可以增进师生间的友谊

相互的理解,是良好师生关系建立的基础。我从事教育工作十年了,在教学中,我注重学生与教师之间的沟通,坚持用师生之间的有效沟通来建立良好的师生关系。我一直也认为,学生的进步是建立在师爱和彼此信任的基础上的。在平时的工作中,我注重留守儿童的悉心培养,从来不歧视他们,不讽刺挖苦他们,而是通过自己的不断努力做好学生的思想工作。在自己的努力工作中,让我的学生更明白了自己在班级中的作用,使他们明白做人就要做一个学会感恩的人。在我的教学中,有一件事,让我永远不会忘记。2011年的4月1日,是愚人节,这一天,我班的学生就因为这个节日,想尽办法去整一整自己的同学、朋友,当然,我也成了他们算计的对象。早读课,我走到教室,发现教室里想炸了锅的蚂蚁——闹成一窝蜂。我气急了,问都没问是什么原因,就叫吵闹的学生到操场上罚跑步。学生都知道我的脾气,安排的事情,从来就是说一不二,也从不讲价钱,不听任何解释。跑完了,学生回到教室写作文,作文的题目是"写给_____的一封信"。让我没有想到的是,下午作文交上来的时候,几乎所有的学生都是写给我的,同时也让我看了学生的作文后,为我早上做出的莽撞的判断感到后悔。原来早上的时候,有两三个学生想在教室里耍小聪明,整一整老师,但大部分学生不同意,就在教室里争执起来,就在他们争执的时候,被我撞见了,于是就发生了罚跑的情况。看到这里,我才知道,我误会学生了。作为平时就很友好的师生关系,一下子我感觉出现了危机,怎么办呢?直接给学生道歉吧!又放不下老师的面子,不道歉吧!师生关系难以愈合。最后,我选择了给学生写封回信,就在第二天我把回信寄到班长手里的时候,当学生都知道了回信的内容以后,学生们和我又重归于好了。(现把给学生的回信附后)

给我班 39 名学生的回信

亲爱的同学们：

你们好！

昨晚，我看了你们给老师写的来信，全班 39 名学生，有 37 篇是写给我的，有一篇是写给英语老师王老师的，有一篇是写给原来民主小学的王老师的。看了你们写的每一篇信件，篇篇透露出你们对老师的心声，每字每句，老师都认真阅读，让我看了很欣慰、很担心、也很后悔。下面我就把我的欣慰、担心和后悔给同学们细细地讲一讲，希望同学们把我欣慰的地方当成大家的优点继续发扬，担心的地方当成大家共同的问题加以改正，后悔的地方希望同学们能原谅老师。

欣慰：这次的作文，是一篇写书信的文章，把自己后悔的事写给老师。同学们在这作文中，表现不错，把自己想说的都表达出来了，让老师知道了你们的心声。人生就是这样，有什么想法就要大胆地说出来，不能蒙在心里。这次作文，最值得表扬的就是李安亿同学，以前他的作文，都是在这本书上抄点，那个同学那儿借点，没有自己独到的地方，然而这次作文，他写出了自己想说的话。不信，我们大家可以听听他的心声（老师可以念一念李安亿同学的作文）。听了他的作文，同学们不知道有什么想法，虽然内容不长，文中的标点符号使用不当，字迹不够工整，但起码是他自己写的，把自己想说的说出来，并且写通顺了，这就值得表扬。在此，我建议，我们用最热烈的掌声对他的进步表示祝贺。其实，在这次作文中，表现好的同学还有很多，很多同学都认识到学习是给自己学，这说明你们长大了，老师看了心中感到无比的欣慰，老师为你们的进步感到无比的自豪。

担心：任何事情，不可能十全十美。在这次作文中，同样存在一些让老师担心的地方。比如：1. 部分同学的字越来越潦草了，尽管老师天天讲，但始终有少部分同学没有把老师的话当回事。2. 同学们，我们写信的格式，老师不知道讲了多少遍，但还是有很多同学没有掌握其写信的格式，问题表现在：称呼和问候语的书写位置不对；文中想说的话乱七八糟，没有任何头绪；此致、敬礼的书写位置不对；一些同学没有写写信人和写信的时间；一些同学写信人和写信的时间写反了；一些同学标点符号的用法没有学懂，不会灵活加以运用；有几个同学的书信像写平常的作文一样，没有写称呼、问候语、写信人、写信时间，这种格式显然不对。以上这些，是同学们在这次作文中出现的缺点。看到这些，让我心酸、让我心寒。所谓的"学以致用"，在你们身上一点体现都没有，究竟是什么原因，这值得我们大家深思。这些，让我不得不对同学们担心啊！

后悔：看了同学给老师的信，老师才意识到，自己很多地方做得不对，做得不够。就拿多数同学信中说到的事。愚人节的天早上，老师进教室看见很多同学没有读书而在教师内追打，心中顿时气就来了，没问为什么，就罚同学们到操场跑步。这是老师的不对，老师应该把事情搞清楚了再决定。老师的做法让同学们原本快乐的心一下子掉进了深深的幽谷，抹杀了同学们的节日气氛。在此，我郑重地向全班同学们说一声"对不起"（鞠躬）。另外，有些同学在信中写道，老师平日里对同学们管理过于严格，让同学没有活动的地方，这一点我也感到很懊悔，也许是受"严师出高徒"的影响，我对同学们就像对自己的子女一样，希望你们都有出息，可没有想到你们还小，应注重劳逸结合，因此，我再向同学们说一声"对不起"（鞠躬），在今后的学习中，我一定改正老师在教学中的不足，使同学们好学、乐学。以上的这些问题，是老师的不对，我希望同学们能原谅老师的不足，所谓"人无完人"，在今后的工作中，我将与同学们一起携手，共同进步，把我们的班级打造成全校的优秀班级，不知道同学们有没有这个信心？（学生回答）对于老师的过错，不知道同学们能不能原谅？（学生回答）那好，我希望这件事到此为止，以后咱们把这些不愉快的事情忘掉，以后绝不再提，用我们大家的实际行动共同开创我们班幸福美好的明天，好吗？（学生回答）

好了！谢谢同学们能有这么宽广的心胸，能容纳老师们平时的不足，我相信你们的将来一定会前途无量！

最后祝愿我们班所有的同学老师天天开心，祝愿我们的班级越来越棒！

班主任
2011 年 4 月 2 日

作为一名学生，能得到教师的微笑、鼓励、表扬，他的心里就感受到了温暖、友善，得到了老师的鼓舞，就有了人生的美好追求，就会渐渐变成一个优秀的人。作为教师，在我们平常的班级管理中，要在教育的过程的逐步渗透德育教育，教师不要吝啬自己的微笑，不要再舍不得我们的表扬，让我们用伟大的师爱鼓励学生不断地进步。

（作者简介：蔡大军，男，汉族，中共党员，出生于 1983 年 9 月，一级教师，现任龙家小学副校长兼后勤主任。参加教育工作以来，参加各种竞赛活动，荣获县市级以上各种表彰奖励 10 余次，先后参加国家级、重点课题《村寨儿童活动中心建设与管理研究》教育科研项目研究实验，参加遵义师范学《助理教学法深化研究》等课题。）

探索生态环境教育　营造生态校园典范

湄潭县石莲镇解乐九年制学校　高鹏

解乐九年制学校现有学生562人,初中部230人,小学部332人,教职工45人,学校占地面积9444平方米,绿化面积6370平方米。学校坐落湄潭县城最南端,距离县城35公里,交通便利,环境优美,是孩子们学习生活的理想场所。2010年4月,我校被县环保局授予"县级绿色学校"称号,正在积极申报市级绿色学校,教育教学质量一直名列全县同级同类学校前茅,2012年中考,58人参考,41人被高中录取,2013年中考,63人参考,50人被高中录取,特别是庹东成同学以588分的成绩获得全县第二名,2014年中考,60人参考,54人被高中录取,2015年54人参考,50人被高中录取,七科参考科目,六科荣获全县第一,一科荣获全县第三;2010年全县教师节文艺会演,我校参演节目获以等奖,2011年全县教育系统组织的"传统经典、红色经典"诵读比赛中我校获一等奖,2012年由共青团遵义市委组织的"春晖感恩"书信活动获小学组二等奖等;特别是近年来在生态环境教育中有了一定的成绩和成效,在狠抓学生的环保意识培养的同时,着力建设"生态校园",现将"生态学校创建"巩固提高工作和具体做法简述如下:

一、学校高度重视,制订实施计划

我校领导班子以务实踏实的工作作风开展生态学校创建工作。在确定了"环保、生态、和谐、发展"这一主题,把生态教育与文化校园紧密地、和谐地结合在一起,把创建生态绿色学校的硬件建设与软件建设有机结合起来。学校成立了以校长为组长、副校长为副组长,教务处、校团委、教研组长为成员的环境教育领导小组,指导并实施学校环境教育工作。各部门按计划要求分工协作,把各项工作落到实处。

二、学校生态环境建设

学校根据"环保、生态、和谐、发展"这一主题思想,努力建造"生态绿色校园"。在县教育局领导和镇中心学校的关怀下,师生共同努力,加强环境建设,逐步改造校园生态环境,打造生态化的绿色学校,创造美好的学习、工作和生活环境。多年来,我校十分重视学校的绿化工作,把校园每一块空地种上花草树木,目前,除了马上建设的运动场外,学校对每一个地方都做了精心规划,使校园常年保持郁郁葱葱、五彩缤纷的景象。

三、大力开展环境保护系列主题教育活动

生态文明与绿色校园建设是人类在利用自然界的同时又主动保护自然界,积极改善和优化人与自然关系而取得的物质成果、精神成果和制度成果的总和。它强调人与自然、人与人、人与社会和谐共生、良性循环、全面发展,持续发展。环境保护是国际性的课题,它关系到人类的健康和社会的可持续发展的大事,所以,我们结合学校所在地和学校实际开展了一系列的环境保护主题教育活动。

1. 开展主题演讲活动

我们利用班会、团队会、校会和升旗仪式等形式在全体师生中开展环保主题演讲活动,参加人数达800多人次,除了小学部低年级有老师组织以外,其他年级的同学在校团委的引导下都在组织演讲活动,在校园营造了浓浓的氛围,并搜集了同学们大量的演讲稿。

2. 举办环保专题黑板报

每学期全校各班都要举办以"绿色环保,生态校园"为主题的板报和手抄报,同时利用学校的宣传橱窗和标语宣传环境保护方面的知识。在全校范围内实现人人讲环保,人人做环保的主人,并通过校团委建立的评价体系建立环保奖惩制度。

3. 开展以"环保"为主题的社会实践活动

环保教育课题已经纳入我校综合实践活动的重要组织部分,在近三年的时间里,我校先后开展了20多个小专题探究,如:废弃物的处理、班上垃圾的分类回收和生态教育专题讲座等,都取得了显著成绩,教师和学生也先后荣获了优秀环保论文各三篇。我校也组建了自己的"绿色生态环保志愿者"服务队。

4. 在课程教学中渗透环保教育

我校坚持环境教育进课堂,要求各科结合教学内容有机渗透生态环境教育。

教师们结合学科特点,适当补充环保教育内容。经过多年的实践,不但有效地提高了教学质量,而且丰富了学生的生活,对学生进行环保、生命、思想等教育等方面的教育起到了很好的作用。

5. 结合有关节日开展系列环保教育实践活动

我校不仅将生态环保教育课程化,而且扎扎实实地结合本校所处地理位置的特点,开展一系列的环保教育实践活动,使同学们深受教育。近几年来,学校先后组织老师和学生开展植树活动,组织学生采集植物种子、树叶标本,增强学生对大自然的认识,邀请派出所的干警来校参加禁毒宣传活动,让师生自觉远离毒品,珍爱生命;在"世界无烟日"组织师生开展签名活动,宣传吸烟的危害;利用"地球日"开展保护地球活动;在校内组织师生开展"爱我家园"古诗吟诵比赛、环保作文比赛、环保手抄报、环保黑板报、环保主题队会活动;开展环保小卫士评选活动;创建绿色生态办公室、绿色生态功能室、绿色生态班级活动;开展环保口号征集活动。这些系列活动的开展,使全体师生和周边居民的环保意识大大增强,促进我校的绿色学校建设和所在地区的两个文明建设。

四、创建绿色学校过程中所取得的成绩

通过养成教育和生态环境教育的持续开展,校园更绿、更美了,全体学生初步养成了自觉保护环境的良好习惯,同时,通过"小手拉大手"的活动,使自觉保护环境、保护水资源的良好习惯影响到家庭、影响到社区。学校栽种的桂花、松树、垂柳和绿化带郁郁葱葱;道路、运动场、教室地面洁净,无纸屑杂物;宣传栏、牌匾设计新颖,内容生动、融美化、文化、绿化于一体;学生不吸毒、不吸烟、不乱扔杂物,不随地吐痰;师生爱护花草,不乱折乱踏;不高声喧哗,不干扰他人学习;师生进校园做到了"人人衣冠整,个个讲卫生"。

五、创设宽松和谐的人文环境,营造绿色文明校园

宽松和谐的人文环境,具有催人奋发向上、积极进取、开拓创新的教育力量,有助于广大师生树立远大的理想和坚定的信念,从而形成科学的态度、开拓的精神和高尚的品德,也有助于形成体现全校师生精神面貌的良好校风、老师严谨治学的教风、学生勤奋好学的学风。

师生和谐是创建绿色文明校园的根本。尊其师、重其道;亲其师、乐其道。师生和谐是学生获得知识的前提和关键。和谐的课堂氛围常常是良好师生关系最直接的体现。很难想象一名与学生关系紧张的老师能顺利实现自己的教育教学计划。所以，教师要像热爱自己的子女一样热爱学生，并且要了解每一个学生，相信每一个学生，尊重每一个学生，关心每一个学生，从而教好每一个学生，使每一个学生都能得到健康成长。学生要像热爱自己的父母一样热爱老师，尊师重道，虚心求教。唯有这样才能建立起和谐、民主、平等的师生关系。

创建生态绿色特色学校推动了我校的各项工作。使德育、智育、美育、劳动融为一体，开拓了学生的视野，扩大了学生的知识面，陶冶了学生的情操，磨砺了学生的意志，培养了学生的爱心，为学生的终身发展打下了良好的基础。

（作者简介：高鹏，男，汉族，1982年9月出生，2004年毕业于贵州省安顺师范高等专科学校，同年9月参加工作，2008年取得贵州师范大学历史学教育本科学历，现任贵州省湄潭县石莲镇解乐九年制学校党支部书记、校长，中学一级教师。2015年成为遵义市首届名校长梁中凯工作室学员。从参加工作至今，2005年获得湄潭县石莲镇"优秀教师"荣誉称号，2006年获得湄潭县石莲镇"师德标兵"荣誉称号，2007年12月获得湄潭县石莲镇"优秀共产党员"荣誉称号，2008年获得石莲镇"优秀班主任"荣誉称号，2010年获得湄潭县"先进德育工作者"荣誉称号等；发表省级论文1篇，市级论文2篇，县级论文5篇等；2009年7月到重庆参加德育干部管理培训，2014年到贵阳参加贵州省教育厅组织的"信合情，千名农村中小学校长培训班"学习，2015年到重庆参加遵义市首届名校长工作室学员高级研修班学习，被教育局选派到北京外国语大学参加中西部地区农村校长高级研修班学习。

任校长以来在学校文化建设、学校管理改革创新、学校课程教学体系和教学规范、教师教育教学行为方面取得了一定的成绩，秉持"今天校以为荣，明天校因我增辉"的校训，提倡"合道德"的学校教育，寻找中学教育新的行走路径，努力构建由"教室课堂""校园课堂""社区课堂"组成的"道德课堂"，让学生过"合道德"的课堂生活，让学校成为学生人生最重要的奠基阶段与终身美好的记忆。）

《用列举法求概率》教学设计

湄潭县石莲镇解乐九年制学校　陈丹

一、教学目标

1. 知识与技能:在情景问题中会把出现的可能结果绘制成表格,掌握用列表法求简单事件概率的方法;2. 过程与方法:通过列表、统计、运算等自主交流活动,学生在具体情境中分析事件,提高分析问题和解决问题的能力,培养学生的发散思维;3. 情感态度与价值观:通过丰富的数学活动,让学生感知数学活动的魅力,体会数学的应用价值,培养学生的互帮互助,精诚合作的团队意识;. 法制渗透:中华人民共和国《刑法》第三百零三条[赌博罪,开设赌场罪]

二、重点与难点

教学重点:掌握用列表法求简单事件概率的方法。

教学难点:把概率事件转换为实际问题模型。

三、教学方法

引导探索法

四、教具学具准备

电脑、flash 课件

五、教学过程

(一)情景导入

情景一:问姚明在三分线外投球,是不是一定投进? 情景二:问班上有张三、李四、王五三名同学依次排队就餐,不同的顺序有几种站法?问张三是不是一定最先吃饭?并叫三位同学扮演他们排队。

引导学生回忆概率公式:一般地,如果在一次试验中,有 n 种可能的结果,并且它们发生的可能性都相等,事件 A 包含其中的 m 种结果,那么事件 A 发生的概率为

$$P(A) = \frac{m}{n}$$

(二)构建数模引导探究

探究:现在我们学校要统一组织学生去观看足球比赛,但是因为名额有限,李飞与刘星只分得一张足球票,到底谁去呢?学校决定用三个乒乓球来决定谁去,规则如下:

三个球分别标有 1、2、3 数字,将球放入纸盒里,洗匀后,随机摸出一个,记数放回摇匀再摸一个,将两次摸球数字求和。如果和为 4,李飞去,如果和为 3 则刘波去。

但是刘星认为规则不公平,而李飞认为很公平,两人争论不休。请同学们思考一下规则的公平性,你能否给他们设计一个公平的规则?

(三)重难点解析

问题一:同时掷两个质地均匀的骰子,计算下列事件的概率:

(1)两个骰子的点数相同;(2)两个骰子点数的和是 9;(3)至少有一枚骰子的点数为 2.

法制渗透:中华人民共和国《刑法》第三百零三条[赌博罪,开设赌场罪]:以营利为目的,聚众赌博或者以赌博为业的,处三年以下有期徒刑、拘役或者管制,并处罚金。

开设赌场的,处三年以下有期徒刑、拘役或者管制,并处罚金。情节严重的,处三年以上十年以下有期徒刑,并处罚金。

分析:当一次试验要涉及两个因素(例如掷两个骰子)并且可能出现的结果数目较多时,为不重不漏地列出所有可能的结果,通常采用列表法。我们不妨把两个骰子分别记为第 1 个和第 2 个,这样就可以用下面的方形表格列举出所有可能出现的结果。

第2个							
6	(1,6)	(2,6)	(3,6)	(4,6)	(5,6)	(6,6)	
5	(1,5)	(2,5)	(3,5)	(4,5)	(5,5)	(6,5)	
4	(1,4)	(2,4)	(3,4)	(4,4)	(5,4)	(6,4)	
3	(1,3)	(2,3)	(3,3)	(4,3)	(5,3)	(6,3)	
2	(1,2)	(2,2)	(3,2)	(4,2)	(5,2)	(6,2)	
1	(1,1)	(2,1)	(3,1)	(4,1)	(5,1)	(6,1)	
	1	2	3	4	5	6	第1个

表25 4

解:由上表可以看出,同时投掷两个骰子,可能出现的结果有36个,它们出现的可能性相等.

(1)满足两枚骰子点数相同(记为事件A)的结果有6种(表中红色部分),即(1,1),(2,2),(3,3),(4,4),(5,5),(6,6),所以

$$P(A) = \frac{6}{36} = \frac{1}{6}$$

(2)满足两枚骰子点数和为9(记为事件B)的结果有4种(表中阴影部分),即(3,6),(4,5),(5,4),(6,3),所以

$$P(B) = \frac{4}{36} = \frac{1}{9}$$

(3)满足至少有一枚骰子的点数为2(记为事件C)的结果有11个(表中蓝色方框部分),所以

$$P(C) = \frac{11}{36}$$

问题二、让学生玩"锤子、剪刀、布"的游戏

2 锤子、剪子、布 游戏

设小明和爷爷都等可能的出:

规则:锤胜剪,剪胜布,布胜锤.两人出的相同算平局.

求一个回合不分胜负的概率.

明\爷	✊	✌	✋
✊	平	明胜	爷胜
✌	爷胜	平	明胜
✋	明胜	爷胜	平

$$P(一个回合不分胜负) = \frac{1}{3}$$

此题由学生用分组讨论的方式自己解决.对于有困难的同学,我再将此题转型为摸卡片问题,帮助他们解决问题.

(四)巩固练习拓展提高

1. 解决前面的思考题和探究。

2. 在一个口袋中有5个完全相同的小球,把它们分别标号1,2,3,4,5,随机地摸出一个小球后放回,再随机地摸出一个小球,用列表法求下列事件的概率

(1)两次取的小球的标号相同;(2)两次取的小球的标号的和等于5.

3. 某次考试中,每道单项选择题一般有4个选项,某同学有两道题不会做,于是他以"抓阄"的方式选定其中一个答案,则该同学的这两道题全对的概率是( )

A. $\dfrac{1}{4}$ B. $\dfrac{1}{2}$ C. $\dfrac{1}{8}$ D. $\dfrac{1}{16}$

(五)课堂小结

(1)通过本节课的学习,请学生谈谈有什么收获和体会?

(2)对本节课表现较好的同学要表扬和肯定,对不出众的同学要更多的鼓励。

(六)布置作业

(1)教材 P140 第3题;(2)预习用列举法求概率(第2课时)

预习提纲:

①如何利用"树形图法"求随机事件的概率?②什么时候用"列表法"方便?什么时候用"树形图法"方便?

六、板书设计

25.2 用列举法求概率

1. 情景导入,回顾旧知识

2. 设问并探究

3. 重难点详析

4. 学生练习

5. 课堂小结

七、教学反思

本节课达到教学目标,能够调动学生的积极性,都愿意与同学一起交流、讨论,情景导入和游戏题的设计,把课堂推向高潮。不足之处:应该多准备一些游戏道具,并请学生与老师,学生与学生协作完成,这样更能建立并促进良好的师生关系。这节课让我知道数学并不是枯燥无味的,它要与生活实际相联系,要充分利用生活中的资源去激励学生爱数学、学数学、恋数学。

《用百分数解决问题——纳税》渗透法制教育教学设计

龙家小学　龚文芬

教学内容:教材第98页的内容及第99页的例5及练习二十三第4、5、8题。

教学目标:

知识与技能:使学生了解纳税的意义和作用,理解应纳税额和税率的含义。知道常见的几种税种名称;学会根据具体的税率计算税款。

过程与方法:

经历用百分数正确计算税率、应纳税额的过程,体验用已有的数学知识解决问题的学习方法。

情感态度与价值观:在学习活动中沟通数学知识与生活的密切联系。加深学生对社会发展现象的理解,感受数学的价值,提高解决问题的能力;增强学生的法制意识,使每个学生都知道每个公民都有依法纳税的义务。

渗透法制教育的内容:(1)《宪法》第五十六条中华人民共和国公民有依照法律纳税的义务;《中华人民共和国税收征收管理法》第四条第三款规定 法律、行政法规规定负有纳税义务的单位和个人为纳税人。纳税人、扣缴义务人必须依照法律、行政法规的规定缴纳税款、代扣代缴、代收代缴税款;《中华人民共和国个人所得税法》;第一条在中国境内有住所,或者无住所而在境内居住满一年的人,从中国境内和境外取得的所得,依照本法缴纳个人所得税。

教学重点:通过学习使学生理解纳税的意义,掌握应纳税额的计算方法。

教学难点:使学生理解税种的名称,会计算应纳税额。

突破方法:小组合作、自主探究

课前准备:布置学生收集纳税的有关知识,教师的课件制作。

教学过程:

一、创设情境

课件展示公共设施、科技发展、学校教育的图片。

让学生观察思考:这组图片反映了那些情景?

教师提问:同学们结合你收集的信息说说什么是纳税?为什么要纳税?小组交流汇报:共同分享。

教师讲述:上面这些设施建设的费用就是来源于国家税收。今天,我们就来研究有关纳税的问题。

设计意图:通过情景教学让学生知道税收的作用。

揭示课题:纳税。

二、探究新知

1. 全班阅读教材第98页第一段建立纳税概念。

2. 课件展示以下信息,了解纳税的意义。

(1)神舟五号载人飞船的研究、发射,国家财政投入10亿元;(2)2001年中央财政的教育支出达213亿元;(3)2001年财政用于支持退耕还林和荒山造林资金42亿元;(4)小南海水泥厂2002年向国家缴纳增值税210万元;(5)华胜宾馆2002年8月的营业额达940万元,应向国家缴纳营业税47万元;(6)长沙卷烟厂今2月销售额3000万元,应缴纳消费税1200万元人民币。

设计意图:通过具体的数据说明税收是国家财政收入的主要来源,每个公民都有依法纳税的义务。

3. 了解纳税的种类、渗透法制教育。

(1)教师提问:你知道哪些有关纳税知识?(学生交流汇报)

(2)教师归纳并板书。

税收使国家收入的主要来源。国家用来发展经济、科技、教育文化、国防等事业。它主要分为消费税、增值税、营业税和个人所得税等几类。缴纳的税款叫作应纳税额。应纳税额与各种收入(销售额、营业额……)的比率叫作税率。

板书:应纳税额、税率

(3)小组讨论:什么人需要纳税?为什么要纳税?你认为你身边还有那些事物是国家用税收款做的。

(4)多媒体出示,学生齐读。

(1)《宪法》第五十六条规定中华人民共和国公民有依照法律纳税的义务。

(2)《中华人民共和国税收征收管理法》第四条规定法律、行政法规规定负有纳税义务的单位和个人为纳税人。法律、行政法规规定负有代扣代缴、代收代缴税款义务的单位和个人为扣缴义务人。纳税人、扣缴义务人必须依照法律、行政法规的规定缴纳税款、代扣代缴、代收代缴税款。

(3)《中华人民共和国个人所得税法》第一条规定在中国境内有住所,或者无住所而在境内居住满一年的人,从中国境内和境外取得的所得,依照本法缴纳个人所得税。

设计意图:培养学生懂得单位和个人都有依法纳税的义务。了解税额、税率的含义。

4. 学生交流通过学习对纳税的认识?教师小结:无论集体还是个人,都应该依法纳税,这是每个公民应尽的义务,偷税、漏税都是违反法律的行为。我们应该要有法律意识,多做宣传。

5. 教学例6

出示例6.一家大型饭店七月份的营业额是3000万元.如果按营业额的5%缴纳营业税,这家饭店七月份应缴纳营业额税款多少万元?

(1)理解:营业额是3000万元看作单位"1",5%是占单位"1"5%,求应缴纳营业额税款多少万元?是求3000万元的5%是多少;(2)学生试做;(3)教师板书:$3000 \times 5\% = 150$(万元)

答:这家饭店七月份应缴纳营业额税款150万元。

三、巩固练习

1. 一家汽车公司8月份的营业额是560000元,如果按营业额的5%缴纳营业税,8月份应缴纳营业税多少万元? 2. 一个卷烟厂上月香烟的销售额为1500万元,如果按销售额45%缴纳消费税,上月应缴纳消费税款多少万元? 3. 李老师为某杂志审稿,审稿费为200元。为此他需要按3%的税率缴纳个人所得税,他应缴纳个人所得税多少元?

四、课堂总结

同学们这节课我们了解税收的作用,理解了应纳税额,税率的含义。知道税收的种类和国家税收的法律法规。能正确的计算应纳税额,知道纳税是每个公民应尽的义务和责任。在生活中我们应做好宣传,做依法纳税的好公民。

五、拓展作业

1. 调查自己的父母或亲属的收入情况,根据国家规定的税率,帮助他们算一算应纳税额;2. 教材102页5题学生社会实践活动。

板书设计:

应纳税额　　税率

例6 一家大型饭店七月份的营业额是3000万元.如果按营业额的5%缴纳营业税,这家饭店七月份应缴纳营业额税款多少万元?

$$3000 \times 5\% = 150(万元)$$

答:这家饭店七月份应缴纳营业额税款150万元。

(作者简介:龚文芬,女,汉族,生于1962年8月。1986年8月参加工作,小学一级教师,获余庆县人民政府表彰"十佳优秀学科带头人",全县教育教学成绩综合评估镇级二等奖,贵州省教育科学院三等奖,多次参加学校主持的国家级重点研究课题实验,发表学术文章多篇。)

用开放性的课堂讨论去解决生活问题

遵义市凤冈县进化中学　杨正广

物理是一门以实验为主的学科,"从生活走向物理,从物理走向社会"是新课标的基本理念。同时,新课标指出物理教学要让学生学习有价值的物理,就必须联系学生的生活,使学生感到物理与生活联系紧密,感到生活中处处有物理。通过收集资料,动手操作,合作讨论等活动,把物理知识与生活、学习、活动有机地结合起来,让学生真正感受到物理在生活中无处不在,从而提高他们利用物理知识解决实际问题的能力。

1. 课堂教学与社会探究模式

以课堂作为舞台,创设课堂上小社会环境,让学生从小关注社会,了解社会上存在的问题,寻求解决问题的答案,培养学生的社会责任感,增强爱国主义教育。例如在学习"光现象"一章时,首先为学生提供酸雨危害的实例、大气污染的程度数据、家庭对大气污染的影响等有关资料,并要求学生结合实际讨论城市空气污染的来源、近几年政府的努力有哪些改善措施、对净化大气有何建议等。例如:在研究杠杆平衡条件中让学生亲自用实际的秤,用两个不同的秤砣去称同一个物理的质量,结果是秤砣小的称出的质量大。生活中的小贩就是用这种方法来牟取利益的。这样使学生始终处于主动的学习情景中,并能有效的指导学生的合作探究学习,从而提高学生分析问题和解决问题的能力。

2. 运用物理知识解决实际问题

例如讲授汽化液化学问后,补充一个课外实验:把刚煮好的鸡蛋从锅内捞起来,直接用手拿,固然比拟烫,但还能够忍耐,过一会儿,当蛋壳上的水膜干后,感到比刚捞上时更烫了。引导学生剖析这些生活中的现象,加深了对生活中现象的了解,还初步学会了说理。学习了影响蒸发快慢的学问后,引领学生讨论热风干手器、农民晒粮、妈妈晒衣服,大树移栽时修剪繁枝茂叶等现象中包含的物理学问,经过明渠输水与管道输水的比照剖析等将物理与学生的生活实践严密联络,完成物理学问向生活的回归。学生生活在社会之中,并最终走向社会,让他们理解社会的开展情况,理解科技的开展情况,对他们的如今和未来都是极端重要的。物理教学中,率领学生研讨太阳能热水器、冰箱、近年上市的具有制冷功用的电扇、从光的三基色看彩色电视机的图像,认识家用电器的功率、额定电压,研讨电饭锅保温加热的原理,研讨电热毯运用不当形成火灾的缘由等,将物理由地道的科学世界回归为生活的世界,在生活中认识自然、了解自然现象所遵照、包含的物理规律。

3. 引入课题情境要贴近生活

沪科版八年级物理第一章"打开物理世界的大门"是学习物理的入门课,这一章能否激起学生学习物理的兴趣至关重要,因此,引课时我们可从生活入手,激发学生的好奇心。农村的学生对这个大自然的奇妙景观实际上并不陌生。比如:在自然界中的电闪雷鸣、山山水水、繁星闪烁;生活中的饮料瓶要开个小孔,筷子在水中被折弯,夜晚万家灯火等等。在学习这一章时通过学生分组讨论,使学生了解了生活中的许多物理现象,学会了观察与思考,并能应用学到的知识解决实际问题。

4. 用新理念创设情境联系生活问题

新的物理课程标准和物理新教材竭力寻找与学生生活相关的实例,让物理从生活中走来,有目的地将物理问题提炼出来,再将物理知识回归生活,既能让学生感受生活中处处有物理,增强学生生活中的物理意识,又有利于发掘每个学生自主学习的潜能。在新课改的背景下用新的理念去创设新颖有趣的生活化情景,更有利于激发学生学习物理的积极性。

例如学习了热学知识后,提出这样的问题(1)烧水的铝壶壶底有凸凹不平的同心圆,这些同心圆圈起什么作用?(2)油炸食品时,油锅中滴入水滴会发生爆裂,并把热油溅起;沸水中滴入油滴却没有类似的现象。这是为什么?(3)夏天,自来水管上常有水珠,这是为什么?(4)为什么许多电冰箱的后背都涂成黑色?

总之,在我们的物理教学中要落实新课标,体现物理教学的课改理念——"从生活走向物理,从物理走向社会",培养学生见物思理的学习意识,教师就必须把课堂放开,让学生动起来,在课堂上要选取生活中常见的实例和器材。同时将物理实验和自然有机地联系到一起,这样不仅培养了学生的联想力,应用知识的能力,也让学生进一步认识了周围现象的本质,解决了问题,感受到物理知识的巨大作用,从而进一步激发他们爱科学的情感。把物理教学与学生的生活体验相联系,把物理问题与生活情境相结合,使学生能用所学的知识去解释生活的实际问题,真正体现"物理就在我身边"。

初中化学课堂教学优化初探

遵义市凤冈县进化中学　杨正光

课堂教学是一种教学形式,教师的一堂课不能只满足合乎科学性、系统性,还必须看到学生是否有了获得知识的动力,学生是否带着一种高涨的情绪,进行思考和学习,是否处在积极的智力活动中。

减轻学生的课业负担,提高教学质量,必须以提高课堂教学效率和质量为中心。教学方法,是完成教学任务所采用的手段,是使教学过程达到优化的一种推动力。初中化学教学是化学教育的启蒙阶段。要贯彻全面发展的方针,着眼于提高全民族的素质,要以化学基础知识教育学生,培养学生的基本技能和能力,为学生参加社会主义建设和进一步学习打好基础,化学与社会生活、生产有着广泛的联系。

化学教学要从学生实际出发,从学科的特点出发。初中生学习化学,往往反映内容多,杂乱,理不出头绪,要记的东西多,容易忘。学生刚刚开始学习化学时,对实验现象兴趣很浓,但并没有因此形成稳定发展的内在动机,也不晓得应该怎样由表及里、由浅入深地想问题,更不会联系自己熟悉的事物和现象去想问题,不重视记忆、理解重要的事实、术语和原理、造成知识上的脱节,甚至学习水平分化,所以教师要有针对性地下功夫,为学生创设更好的学习情境,针对初中学生的心理特征,最主要的是激发和发展学生探索、求知的内在动机。比如,在绪言课教学中,演示镁带燃烧,碱式碳酸铜受热分解,澄清石灰水变浑浊,教师应引导学生思考这些生动的实验现象,有什么特点,有什么共同点,表明了什么道理,应当得出什么结论?并在这一认识过程中,从学习方法上给学生以启迪,初中学生关于化学的准备知识是薄弱的,加以化学运动形态较物理运动形态更复杂、更抽象、一般难以直接地、简明地重现,这就给学生化学思维能力的发展,带来了较大的困难。再加上初中阶段的学习内容,因受学习水平的限制,描述性知识偏多,概念多,而且集中,这就要求教师在教学中,随时向学生指明需要记忆的内容,记忆的方法,要努力化难为易,多联系学生熟悉的常识和日常生活中的实际,多设计一些生动形象化的教学方式,多引导学生议论、讨论和练习。在学生认识水平的基础上,引导得出结论,上升为概念和理论。初中学生一般不大讲究学习方法,或习惯于按照学语文、数学的方法来学习化学,这就需要化学教师从一开始就运用典型实例,给学生以指导,要结合实验或实物来记忆物质的性质,变化的条件,以及反应后的产物。要注意联系对比,从个别中概括出一般,从个性分析出共性。比如,学习过氧气的物理性质以后,要给学生点明,学习和记忆的顺序,即按色、态、味、嗅、溶解性、密度、熔沸点的顺序,虽然不一定求全,但有个记忆和再现的顺序,就便于联想和回忆;当学习二氧化碳的物理性质时可以提示学生联系氧气的物理性质来学习、记忆。再比如,当学习到有关溶解度和溶质质量分数浓度的计算时,学生往往习惯于按数学计算的思路,急于代公式求解,这时教师要把住方向,要引导学生把注意力先集中到充分理解概念或原理上,在明确了计算依据的基础上,进行分析,找准相关项(量)的关系后,再求解。在这里的关键是明确正确的解题思路,掌握符合逻辑的解题格式和方法。

课堂知识教学是由教师的语言和板书表现出来的。教师能否掌握语言艺术,直接影响着教学效果。正如苏霍姆林斯基所说:"教师的语言修养很大程度上决定着学生在课堂上的脑力劳动的效率。"在化学教学中,教师语言规范准确能使学生得到严格的训练,形成一丝不苟的学风。反之,讲课模棱两可,实验结论似是而非,将使知识的本来面目全非。因此教学语言应字斟句酌,完全符合学科知识,不允许有半点疏漏。此外教师语言还要求既精练、丰富、生动活泼,又有幽默感,同时还要速度适中,这样可以增添课堂活跃气氛,减少疲劳,激发兴趣。板书是课堂教学过程中传授知识的一种手段,好的板书能够帮助教师表达讲课的程序和内容,使知识系统化,条理化,能够体现出讲课的重点,难点和关键,起到画龙点睛的作用;好的板书还能弥补教师讲授的不足,起着引导学生进行积极思维的作用;好的板书便于学生记笔记,有利于学生进行课后复习,理解和巩固知识。因此板书对提高课堂教学效率有着不可忽视的作用。一定要精心设计,要根据教学大纲和教材的重点、难点设计出最合理的板书,排列出的纲目以及图表等要清楚,字迹要工整,规范。一堂课一般一个板面,并分主、副作用。如一个板面不够,可用投影片或小黑板。

化学是一门以实验为基础的学科,实验教学可以激发学生学习的兴趣,帮助学生形成概念,获得知识和技能,培养观察能力和实验能力,还有助于培养学生实事求是,严肃认真的科学态度和科学的学习方法。因此,一定要重视实验教学,教师的演示实验一定要直观、显明、省时、准确、安全。学生实验一定要课前准备好,课上教师组织、指导好。

教师组织一堂课,首先要根据教学大纲,教材和学生实际,确定教学目的和任务。教学目的任务是教学的纲,教学目的、任务一要具体明确,二要全面恰当,在知识技能方面明确哪些应该理解,哪些应该掌握。在能力、思想品德方面,通过哪些内容、活动或练习,培养哪些能力和思想品德。一堂课,一方面有主要的一两项目的。如学习新知识,或进行某种技能训练。同时,要全面考虑发展双基和教育的各项任务以及能力的培养,如何贯穿在学习知识、技能的过程中。例如通过演示实验,培养学生的观察能力,这要求教师不仅做好实验,还要教给学生如何观察实验过程和结果;要培养学生的技能,就要通过一定的练习,使学生掌握相当的技能。在教学过程中,教师要随时注意学生的反馈信息,及时调整教学过程和方法,以适应实际需要,防止出现教学上的盲目性和随意性。

现行的化学教材是面向全国的。它只是根据教学大纲提出一般的教学内容。如果教师照本宣科地传授,是收不到应有的教学效果的。每一位教师都应该认真学习大纲,钻研教材。钻研教材不仅是对教材的理解、领会、还包括对教材的加工处理。教师要根据学生实际,教学条件,(实验设备、现代化教学手段)以及自身的教学经验驾驭教材。注意知识、技能、能力的相互联系和前后照应,并根据学习迁移的原理把新旧知识联系起来。一方面从旧知识引出新知识,促进新知识的学习。另一方面学习新知识时,还要注意为以后学习作好辅垫。课堂教学要突出重点,重点概念要使学生透彻理解,重点的技能要让学生熟练掌握。要形成一个有主有次,有详有略,前后有序,张弛适宜的知识结构。

我和学生同成长

遵义市余庆县龙家小学　岳启琼

几十年教书育人的记忆,师生共同成长的记忆是我永远的记忆。

1986年8月,我从师范学校毕业回到自己离别三年的母校——龙家小学任教,身份的改变,职业的转移,我在学校一干就是二十六个春秋,学校早就像我自己的家,学校教学成了我生活的主流,在这里,我们曾是学校教师播种的希望,在这里,我们又不断地播种着祖国的希望,在这里,是希望鼓励我们学习着,是希望鼓励我们工作着,是希望激励我们奋斗着,在时间流逝穿越校园时空中记载着我们几代师生的点点滴滴。

冬去春来,花开花谢,年轮的翻滚烙下了历史的种种印迹。学校的过去和现在,犹如挂在我眼前的一幅画。放在我心中的一张图。我在龙家小学学习了九年,任教了三十个年,掐指算来,我已经在这间学校生活了整整三十九个春秋。都说往事如烟,的确是呀。

三十九个春秋呀,人的一生有几个三十九个春秋,说实在的,我早已记不清多少次进出校门、多少次进出教室;迎进送出过多少位教师、学生;记不清有过多少次激动与忧伤;记不清多少次不舍与惆怅;记不清给学生讲过多少次做人的道理;记不清批改过多少次作业;记不清有多少次让我欣慰的作文;记不清自己批评过多少学生;自然也记不清表扬过多少位学生;为何批评与表扬;记不清学校开展过多少次重大活动;自己主持过多少次活动;迎送过多少次来往的宾客,如烟如雾般地过去了。

可偏偏有些往事又怎能如烟呢?

我们龙家小学一直保持着的每年都要进行植树活动,在二十几年的植树活动中,什么纪念树,毕业树,进校树,和学生种下了又拔掉,拔掉了又种下,都记不清种了多少次树,换了多少次品种,可有一棵树,它始终没换,如今已经是一棵健壮的大树,那就是学校东南面的一棵银杏树,对于这棵树,这件事情,这个学生却记忆犹新。它是我教育生命中成长的记忆树。

这棵树是我和最使我难忘的一个学生陈朝会一同植的。

记得那是二零零零的春天,学校正在宣传全校师生义务给学校植树,那天早上我上第二节课,下课后,我像平常一样刚走出教室门口,准备回到办公室去,身后传来:"岳老师,我想给你说件事。"我转身一看是父母双亡的陈朝会,忙问:"好,你说吧,什么事?"她看了看我,有点羞涩地说:"我也想给学校栽种一棵树。"我有点担心地问"孩子,你哪来钱买树呢?"(因为她父母双亡,哥哥年纪又小,家里没有一点经济来源。)"我家菜园里有一棵小银杏树,我把它挖来,你看栽哪里?"我急忙俯下身子,抚摸着她的头说:"孩子,那棵树就让它长在你家菜园吧,长大后可以卖点钱,给自己买件新衣服。""可是,我现在就想把这棵树给学校,新衣服长大后再找钱卖。老师,行吗?"顿时,我内心一股暖流穿过,多可爱的孩子呀,多美的心灵!我怎么能忍心拒绝呢!"好,挖来老师与你一起选地方栽。"她一听,只见她脸上露出灿烂的笑容,高兴得又蹦又叫:"哦,我明天要给学校栽啰!"

第二天早晨,她早早地扛着还夹着泥土的银杏树颤悠悠来到了学校操场上。大声地喊道:"岳老师——岳老师——,我把树挖来了,栽哪儿呀?"我急忙从办公室出来迎她,只看见她满头大汗,满脸通红,肩上全是泥土,书包挂在小树干上左右摇晃,我从她肩上接下树,帮她拍打肩上的泥,她抬头冲我一笑,"谢谢老师!""傻孩子,谢我什么?看把你累的。"……

师生俩边说边走,当梁校长在过道上碰到我们的那一刹那间有些诧异,我略加说明,校长很是感动,马上跑去校门外梁正国老师家帮我们找来一把锄头,在后操场的东南面围墙边挖了一个小坑,与我们师生二人一道亲手把小树栽好。还给小树绑上了一根竹竿,以确保它的安全生成。

自从栽下这棵树后,只要遇上多晴的日子,我们总忘不了给小树浇水,时不时给小树除草、施肥,一晃十多年过去了,陈朝会离我远去,每当我看到那棵长得粗壮了许多的银杏树,我就会想起她,常常与校长谈到她,也不知她现在过得怎样,只能默默地祝愿她像树一样健康快乐地长高长大。像学校一样不断强大闪亮!

(作者岳启琼:女,汉族,贵州省遵义市余庆县龙家镇光辉村人,生于 1965 年 10 月,大专文化。毕业于遵义教育学院。遵义市骨干教师,余庆县第十四届人大代表;1986 年 8 月分配在龙家小学任教已 30 年,其间两年担任龙家镇片区少先队总辅导员和团支部书记,担任十六年班主任兼中队辅导员。1998 年 8 月 - 2011

年8月担任龙家小学教导主任十三年,现任龙家小学2011级一班语文教师兼任学校工会主席;个人先后获得市级"优秀教师"、县级"优秀班主任""先进教育工作者""三创巾帼标兵""先进继教管理者""三创巾帼"等奖励;撰写的论文《探究在小学语文教学中做到实处》在《现代教育科学》上发表并获得一等奖;《探究新课改下的小学语文教学》在《读写算》上发表;《打开山门,创办特色学校》等在《贵州教育报》上发表《抓住时机,拓展思维,练习说话》《教学板书设计尝试点滴》《让课堂发言活起来》《从不同的角度看物体》《转化差生应具"五心"》等在县级教育报刊上发表;《快乐"学与活",随意抒个性》获省级三等奖。《"自主合作探究学习"行走课堂的几点思考》获县级论文一等奖;2009年7月,荣获全国青少年主题"我的祖国"读书征文活动辅导一等奖;2011年8月荣获全国青少年五好小公民主题教育"光辉的旗帜"读书征文活动指导一等奖,《师爱是打开学生心灵的钥匙》在省级教学教育论文比赛中都获得了二、三等奖,所任班级学科教学成绩获得过十多次奖励。)

刍议品德与社会教学的几点创新

湄潭县石莲镇中心完小　李光平

品德与社会课是一个不断更新的课程。在多年教学中,我注意创设良好的教育情境,把品德与社会教学作为陶冶滋养的过程,诱发学习动因,让学生也最佳情绪状态进行学习,敢于质疑,善于提出不同见解,乐于接受教诲。

教学中主要体现以下几个方面创新:

一讲,少年儿童好奇心强,喜欢听老师讲生动有趣的故事,我就带着感情,绘声绘色地给他们讲与教学有关,有新意的故事,如讲述李四光,林则徐,周恩来,刘文学,袁隆平,等英雄模范人物的先进事迹,激发学习爱祖国,爱家乡,爱科学的思想感情,将教师情、人物情、教育情、有机融为一体。

二议,师生共同讨论,联系实际谈体会,讲认识。将故事中的英雄人物的革命精神,高贵品质融化到学生感情中去,使他们真正受到感染,如把爱祖国、爱集体的内容与《学习英雄人物,争做四有新人》结合起来,启发学生怎样向英雄学习,做新型人才,学生们有的表示要学习英雄为祖国,为人民不牺牲的精神,有的表示要热爱科学,献身科学,为科学奉献毕生精力,还有的表示要向草原英雄小姐妹学习,爱集体,爱护学校的一草一木,不做损人利已的事情,爱护学校荣誉,为红领巾添光彩,一句句闪烁着理性光芒的铿锵誓言,不仅感动了学生,也深深打动了我。

三演,将品德与社会课教学的内容,精心编成课本剧,如讲到位中华民族扬威,说的是郑成功收复被荷兰侵者侵占了38年来的"台湾"故事,可让一位学生扮威风充满正气的爱国英雄郑成功,另一位学生扮威风扫地,狼败不堪、丑态百出的侵略者低着头跪在郑成功面前脱帽行礼,递交投降书。教师要充分利用好课文插图,组织学生编演,增强学生认知能力,让无声文字塑造形象再现在学生眼前,既增强教学感染力,又培养了学生创造才能和实践能力,何乐而不为?

四展,将课内教学与时事政治、国际、国内新闻信息巧结合,及时找出与课文相关的新、奇、精的知识信息,依据课堂需要及时反馈给学生,让学生广泛涉猎,激发学生爱党、爱国、爱家乡、爱科学的感情,如可以介绍申奥成功前,国人努力工作,痛斥美军用侦察机撞毁中国飞机的霸道行为,揭穿法轮功反科学,反社会的邪教本质,开展健康教育、禁毒教育、国防教育。还有当今钓鱼岛日本人硬说是他国的,如上到《当朋友犯了错误》后,可讲述某地区一名武警,知道自己的父亲携带国家巨款,武警大义灭亲,做得好,保护国家财产,父亲也如此,当朋友犯了错误怎么办?是讲朋友义气,相互隐瞒,包庇纵容,还是以国家集体利益为重,指出朋友错误,并促使他改正,相信同学们一定要正确选择。把握正确的人生观。

总之,让学生走出课堂,走出校园,深入社会,参加访问调查,从实践中得出结论。创新教育教学的同时,要遵循教育教学规律,充分调动学生学习的热情,培养创新精神、创新思维。力争使学生成为知识丰富、兴趣爱好广泛、情操高尚、品行优良的高素质人才。

(作者:李光平,男,汉族,1982年生,本科学历,中共党员,小学一级教师。现任湄潭县石莲镇中心完小校长。2002年毕业于贵州省凤岗师范学校,后在贵州师范学院学习并取得本科学历;2002年9月至2007年8月在湄潭县沿江小学任教,2007年9月至今在湄潭县石莲镇中心完小任教,期间曾担任过湄潭石莲镇中心完小教导主任一职,现任湄潭县石莲镇中心完小校长;2015年,批准为遵义市首届名校长梁中凯(龙家小学)梁中凯工作室培养对象。)

对学生数学思想的培养

遵义市余庆县钟山中学　申俊

中学数学教学中的基本数学思想有对应思想(函数思想、交换函数、递归函数、数形结合思想),公理化与结构化思想(公理思想、结构思想),系统与统计思想等(系统思想、整体思想、分解组合思想、最优化思想、转换思想)。

素质教育的核心是培养学生懂得如何做事、如何做人、如何思维。正是由于数学思想方法的重要作用,使得数学教育在素质教育中具有特殊的地位。这种思想对学生思维的发展与培养,乃至生产与生活都有积极的指导性作用,具体地说,有如下作用。

一、有利于科学方法与优良作风的培养

社会各部门、各行业对数学知识要求的深度和广度以及应用数学知识丰富与否的差异是很大的,但是对人的素质要求是有共性的。如要求走向社会的人,应具备严谨的工作态度,具有善于分析情况、归纳总结、综合比较、分析评价、概括判断等工作方法及能力,尤其是实际工作者、科研工作者,特别是决策部门的工作人员更需要逻辑论证、严格推测的科学方法与工作作风。这一切都是可以在数学思想方法中渗透、训练得以培养的。"严谨、辩证"的科学态度,"化归、转化"的科学思想,"分类评析、概括判断"的科学方法是使一个人终身受益的教学思想,它哺育着人养成诚实、正直、严肃认真、踏实细微、机敏、顽强等当今时代迎接挑战不可缺少的品质,强化数学思想方法的教学有利于素质教学,为素质教育的深入推进提供了一条有效途径。

二、有利于创造思维能力的培养

1999年全国教育工作会议决定中指出:"要培养学生的科学精神和创新思维

习惯,重视学生收集处理信息的能力、获得新知识的能力、分析和解决问题的能力、语言表达能力以及团体协作和社会活动能力"。可见,数学教学肩负着重要的职责,而数学思想方法对完成这一重要职责起着决定性的作用。它是学生形成良好的认知结构纽带,是由知识转化成为能力的桥梁,是培养学生数学意识,形成优良素质的关键。创造思维能力的培养,是素质教育的一个重要方面。"分析和解决问题的能力"与学生的创造思维能力有着密切的联系,而问题解决是指学生去解决一些不是依靠简单的模仿来解决的非常规问题,或者提供一个问题背景,运用数学方法加以解决并做出解释。现在中学阶段已开设了研究性学习,这是实施素质教育的新举措,各校竞相进行包括数学在内的校本教研,无疑是很好地实施了这一新举措。

三、数学思想方法与数学知识的关系

大纲指出:"初中数学的基本知识主要是初中代数、几何中的概念、性质、法则、公理、定理以及由其他内容所反映出的数学思想方法。""数学思想"是人们对数学科学研究的本质及规律的深刻认识。某个数学知识不可能单独存在,它必有它的来龙去脉,知识点之间是有关联的,知识点在与其他知识的关联过程中,才能被理解和应用,才能发挥它的作用。知识点的关联在课本中并未明显地叙述出来,而是隐含在知识应用当中,需要教师去挖掘和研究,用数学思想方法去沟通知识间的内在联系,使得对本质规律有深刻的认识,并把这种方法教给学生。例如,初中数学利用数形结合的思想可以解决许多数学问题,数形结合是极为重要的数学思想,数和形都是数学的基本概念。图形带有直观性,数则具有精确性,两者结合起来,图形使数量关系具有直观性和具体背景,因而具有启发性。

素质教育的实施已经几年了,教育工作者对此理解和实施的程度各不相同,然而受传统的教育教法的影响较深,重结果轻方法的教学,重眼前应试效率轻学生长远发展的现象还普遍存在。怎样才能有效地提高学生的综合素质能力,是教育工作者在教学中值得深思的问题,使之进一步把数学思想方法渗透到素质教育的实践活动中去,推进素质教育的很好实施,则更是教育工作者所应肩负的义不容辞的责任。

做"四有"好教师 谱写教育新篇章

遵义市务川自治县第三小学 许强

古人言"师者,传道,授业,解惑也"。而现代,人们又把教师这一职业,看成是太阳底下最光辉的职业;从古到今,这说明"教师"这一职业任重而道远,那么,在民族伟大复兴的今天,我们要怎样做好一个合格的"四有三者"好教师呢?记得习总书记到北京师范大学同师生代表座谈中提出了要有理想信念、有道德情操、有扎实学识、有仁爱之心的"四有"好老师标准。同时鼓励广大教师要牢记使命、不忘初衷,扎根西部,服务学生,努力做教育改革的奋进者、教育扶贫的先行者、学生成长的引导者。

教师是人类历史上最古老的职业之一,也是最伟大、最神圣的职业之一。教师重要,就在于教师的工作是塑造灵魂、塑造生命、塑造人的工作。认清肩负的使命和责任,努力成为师德高尚、业务精湛、充满活力的高素质专业化教师。努力为发展具有中国特色、世界水平的现代教育,培养社会主义事业建设者和接班人做出更大贡献。

一、要有理想信念、努力做教育改革的奋进者

我们作为老师,肩负着培养下一代的重要责任。正确理想信念是我们教书育人、播种未来的指路明灯。我们心中要有国家和民族,要明确意识到肩负的国家使命和社会责任。始终同党和人民站在一起,自觉做中国特色社会主义的坚定信仰者和忠实实践者,忠诚于党和人民的教育事业,自觉把党的教育方针贯彻到教学管理工作全过程,严肃认真对待自己的职责。我们要用好课堂讲坛,用好校园阵地,用自己的行动,用自己的学识、阅历、经验点燃学生对真善美的向往。帮助孩子筑梦、追梦、圆梦,让孩子成为实现我们民族梦想的正能量。作为教师,我们要时刻坚守岗位,以我们的职业为荣,时刻参与到教育教学改革中来,不断奋进,创新,让我们的教育更上一层楼。

二、要有道德情操、做教育扶贫的先行者

人格的力量和人格的魅力是成功教育的重要条件。我们对学生的影响,离不开扎实的学识和能力,更离不开我们为人处世、于国于民、于公于私所持的价值观。所以我们要率先垂范、以身作则,引导和帮助我们的孩子把握好人生方向,特别是引导和帮助他们扣好人生的第一粒扣子。执着于教书育人,对所从事职业的忠诚和热爱。干一行爱一行,我们就要热爱自己的教育工作,不能把教育岗位仅仅作为一个养家糊口的职业。有了为事业奋斗的志向,我们才能在这个岗位上干得有滋有味,干出好成绩。教育离不开老师,一个国家的繁荣昌盛更离不开学校的教育,我们国家之所以贫富差距较大,就因为我们农村教育较为落后,所以我们,也只有肩负起这一神圣的使命,一心为学生,不怕吃苦,努力为教育付出,那么,我相信,总有一天,我们国家会摆脱发展中国家的命运,将会跻身发达国家前列。

三、要有扎实学识、做学生成长的引导者

扎实的知识功底、过硬的教学能力、勤勉的教学态度、科学的教学方法是我们老师的基本素质,其中知识是根本基础。特别是信息时代的今天,自己所知道的必须大大超过要教给学生的范围,不仅要有胜任教学的专业知识,还要有广博的通用知识和宽阔的胸怀视野。我们只有始终处于学习状态,站在知识发展前沿,刻苦钻研、严谨笃学,不断充实、拓展、提高自己,才能在各个方面给学生以帮助和指导。只有过硬的学识,才能充当学生的引导者,使学生认真学习,克服困难,以自我为榜样。

四、要有仁爱之心,做学生、家长、社会认可的好老师

爱心是我们打开孩子知识之门、启迪心智的开始,爱心能够滋润浇开孩子美丽的心灵之花。所以我们的爱,既包括爱岗位、爱学生,也包括爱一切美好的事物。我们要用爱培育爱、激发爱、传播爱,通过真情、真心、真诚拉近同孩子的距离,滋润他们的心田,使自己成为他们的好朋友和贴心人;争取做到,让孩子认可、家长认可、社会认可的好老师。

教师,没有华丽的舞台,没有簇拥的鲜花,在"三尺讲台、一块黑板"的天地间

用爱心点亮心灵,用精神塑造灵魂,用智慧铸就文明。做"四有三者"好教师,将是我长久的目标。在今后的教学中,我将进一步深入学习贯彻总书记重要讲话精神,把全部精力和满腔热血献给我亲爱的教育事业,在教书育人的工作中不断创造新业绩,为教育事业做出更大贡献。

教学中的创新和实践设计探索

贵州省遵义市余庆县松烟中学　梁正宏

我担任一所农村初级中学的物理教师,在几年的实践中,进行了"教学中的创新和实践设计探索",收到一定的教育教学效果。

《动与静》是上海科学技术出版社初级中学八年级物理第二章第一节的内容,教学内容很简单,就是要求学生学会简单地分析物体的运动和静止,要学生体会到我们生活中很多我们看似静止的东西实际上在运动,看似运动的东西我们也可以认为它是静止的。但是学生初次用物理思维来分析生活中的问题,未免会感觉到有些吃力,所以教学过程中得添加一点课堂教学的艺术。

新课改中要求体现学生为主的思想,所以现在的教学过程中都要求学生讨论,然后交流思考。但是教学过程中也需要动与静的结合,将一部分学生讨论的"动"的时间变为"静"。让课堂的动与静微秒地结合起来。教学准备时,发给每一位同学一张白纸,在教学过程中将一部分该学生讨论的部分留给他们,让他们的观点在白纸上体现出来。

教师提出问题以后在纸上发表他们的观点,可以迫使每一个学生思考。看见的看似热闹的讨论其实也就是几个学生在表达,大多数的学生似乎总是在扮演听众的角色。可能是因为内向的个性,可能是不太自信,但是用纸来表达他们的观点却避免了这个问题;而此时,虽然教室是安静的,但你可以感觉到教室里涌动着的一股强烈的思考的暗流。它会激发创新。

教师提出问题以后在纸上发表他们的观点,将口头语言提炼成书面语言,提炼文字的过程就是整理思绪,梳理知识的过程。这样使他们有足够充足的时间。而且有一部分同学没有站起来回答问题的时候胸有成竹,但是一旦被老师提问站起来,就会显得语无伦次了,因为当他回答问题的时候,全班的眼光都齐刷刷地逼向他,众目睽睽之下,紧张的环境让他一下子就没有了思绪,造成思维短路。但是先在纸上写下来以后,就使得学生回答时更有信心,也就更精彩了。

课堂短短的45分钟,我们要艺术性地处理课堂讨论,立足创新和实践,让课堂动与静微妙地结合,该讨论的时候则讨论,没有必要的讨论坚决舍去。在教学过程中为学生创设一个心理平等、自由和安全的讨论学习环境,在这张纸上尊重学生,体现以生为本的理念。

一、教学目标
1. 知识与技能
(1)引导学生认识运动的世界,学会以多种方式描述运动的世界。
(2)引导学生学会科学地描述物体的运动、静止,知道运动和静止的相对性。
(3)在教学活动中培养学生的创新精神和实践能力。
2. 过程与方法
(1)创设相对运动或静止的情境,让学生在情境中学会知识。
(2)在教学中培养学生分析问题的能力。
3. 情感态度与价值观
增强学生热爱祖国的情感,树立为民族振兴,学习物理的志向。培养学生热爱生活。

二、教学重点
弄清运动和静止的相对性。

三、教学难点
(1)参照物的概念。
(2)物体相对运动、相对静止的判断。

四、课前准备
多媒体课件,小黑板,一张白纸(保证每位学生一份)

五、教学过程
(一)新课引入运动的世界
播放歌曲《早操歌》,学生跟唱,由:"左三圈右三圈,脖子扭扭屁股扭扭,早睡早起咱们来做运动"引出"运动"一词。

师:"运动"它有什么含义呢?

生1:在这首歌曲中它表示锻炼身体。

生2:它是一个动词,和静止时一对反义词。

师:非常好,今天我们就从物理学的角度来认识这一对词语:"运动"和"静止"

板书:第一节　动与静

(二)新课教学。

师:我们的世界五彩缤纷,这个世界也无时无刻不在运动着,接下来请同学们和我一起看看我们这个运动的世界吧。

(运用多媒体动画向学生多角度展示运动的世界,图片一:课本配图 2-1、图片二:课本配图 2-2、图片三:课本配图 2-3,并配上音乐,可以看到宇宙每时每刻都在运动。可以看到地壳运动产生了高山与峡谷;江河流动形成了沟壑与平原。大陆板块的运动与挤压,产生了雄伟壮丽的喜马拉雅山脉。人的生命在于运动,还可以看到清晨晨练的人们,运动场上矫健的身影……)

师:在很早以前,人们就用不同的方式描述着运动的世界,诗人用语言的韵律和意境赞美运动,例如:王之涣的《登鹳雀楼》,有谁能够勇敢地背诵出这一首诗?

生齐声:白日依山尽,黄河入海流。欲穷千里目,更上一层楼。

师:在这首诗中,诗人描写了登楼远眺看见远方太阳,黄河流水的运动情景,是一幅多么美丽的画面啊,请同学们思考一下,与运动有关的诗句还有哪些?(课前发给每一位同学一张白纸,引导学生讲自己思考的答案写在白纸上。)

(师来回指导,观察学生写的诗句。)

生甲:两岸猿声啼不住,轻舟已过万重山。

生已:人在桥上走,桥流水不流。

生丙:夕阳西下,断肠人在天涯。

……

师:同学们非常棒,咱们这些运动的世界都是美丽的,其实除了诗人用语言对运动进行了描述以外,画家用形态和色彩描绘了运动,音乐家也用旋律和节奏表现运动,不同的人,描述运动的方式不同,请问,你们想不想知道科学家们又是怎么样描述运动的吗?今天,老师就带领大家走进运动的世界。

师:请大家阅读P17,思考,想一想小明是以什么为参照物?为什么说花花运动得真快?

(生认真思考,将自己的答案写在白纸上。教师再组织学生起来回答问题)

生甲:以树为参照物。

生乙:以院墙为参照物。

生丙:因为小狗花花的位置相对于树或者院墙发生改变。

师:科学家是用特定的概念,数学工具及实验方法来描述与研究运动的。在物理学中,把一个物体相对于另一个物体位置的改变称为机械运动,简称运动。

(板书:一、机械运动:一个物体相对于另一个物体位置的改变。)

师:请同学们观察下面每间隔 30S 在同一地点拍摄的四幅图片,判断小车是否运动了。请将你们判断的结果写下来。

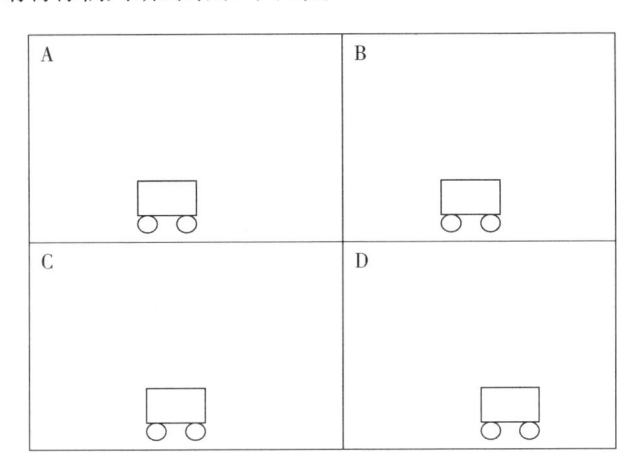

A	B
C	D

(学生先将思考结果写在白纸上。)师先做出任何判断,生停笔,师再在黑板上将四幅图片增加两棵树。

如下图所示,再请学生观察,比较,思考。

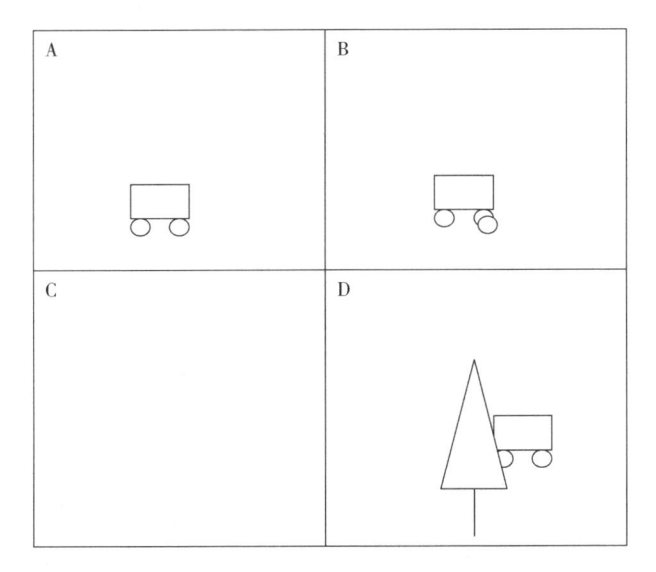

A	B
C	D

师:小车现在是静止还是运动了?请将第二次判断的结果写出来。

(生写完后,教师再提问。)

生:运动了。

师:你们的判断依据是什么?

生甲:通过观察比较可以发现,如果以树木为标准,小车原来在树木的左边,现在行驶到了树木的右边,所以,小车可以推断出小车的位置发生了改变,做了运动。

师:同学们非常聪明,第一次的图片中只有小车的时候,由于没有一个判断标准,所以我们无法判断小车是运动的还是静止的,但是第二次的图片中,我们不难发现,图C和图D中多了一棵小树,如果以小树为标准,小车原来在小树的左边,然后移动到了小树的右边,所以我们很容易判断出小车发生了位置的改变,所以它是运动了的,这棵小树在这里被我们选作判断的标准,物理学中,这个被选作标准的物体叫作参照物。

(板书:二、参照物:一个物体是运动还是静止,是相对于另一个选作标准的物体而言的,这个被选作标准的物体叫作参照物)

师:下面请同志学们用刚学的"参照物"来造句,说明小车的运动情况。

生:以树木为参照物,小车是运动的。

教师对学生的回答给予肯定;手里拿着一辆玩具小车并在讲台上来回走运。

师:请问玩具小车现在是运动的还是静止的?

生:运动的。

师:你们以什么为参照物呢?

生1:讲桌。

生2:黑板。

师:那为什么我看到小车是静止的?它没有发生机械运动?

生:以自己为参照物,你看到它一直都在你的手心,所以你觉得小车是静止的。

师:由这个例子我们发现,同一辆小车,我们所选的参照物不同,它的运动情况就不同,一个物体不会绝对静止,也不会绝对是运动的。选取不同的参照物,物体的状态也不一样,所以,运动和静止是相对而言的,它们具有相对性。

(板书:运动和静止具有相对性)

师:如果一个物体相对于参照物的位置在改变,则称这个物体是运动的,如果一个物体相对于参照物的位置没有发生改变,则称这个物体是静止的。

(师在小黑板上写出例子,学生思考分析物体的运动和静止情况,将分析情况写在白纸上。)

出示小黑板:(1)坐在行驶汽车里的乘客;(2)《鸟的天堂》这篇课文中的第一句话:"我们的船渐渐地逼近榕树了";(3)乘电梯上升的乘客;(4)地球同步卫星。

学生写完以后师引导学生分析:

生甲:(1)乘客甲以司机为参照物,位置没有发生改变,所以他是静止的;乘客甲以公路上的树木为参照物,发生了位置的改变,所以他是运动的。

生乙:(2)以船上的人的为参照物,船是静止的;以榕树为参照物,船是运动的。

生丙:(3)选择地面为参照物,乘客是运动的,选择电梯厢为参照物,乘客又是静止的。

生丁:(4)以太阳为参照物,卫星是运动的,以地球为参照物,卫星又是静止的。

师:从这些例子中,我们可以归纳出:(1)所选的参照物不同,物体的状态就不同。(2)同一物体选择不同的参照物,可能是运动的,也可能地静止的。你还知道哪些事例说明运动和静止的相对性?请大家将你想到的生活中的现象写下来。

(生写完,教师再举出以下几个典型的例子。)

生甲:空中的运输机与加油机。

生乙:传送带上的货物。

生丙:一起放学并排行走的两位同学。

生丁:坐在行驶汽车里的乘客。

三、归纳小结与学习过程评价。

师:本节课我们学到了什么?

生:讨论、交流得出:

1. 我们生活在运动的世界。

3. 把一个物体相对于另一个物体位置的改变称为机械运动。

4. 事先被选为标准的物体叫参照物。

5. 运动和静止具有相对性。

六、课后练习

课本20页第一题;思考:世界上有绝对静止的物体吗?为什么?

七、布置作业

课本 21 页第二题。

八、课后反思

1. 新授课的导入采用歌曲引入,形象化与深动化,可以引起学生对新授课的注意,使无意注意与有意注意得到有机结合。我们要很好地总结和运用这种导入模式。

2. 举一反三是教学中重要的教学文法,在教学《动与静》中多次例举动与静的物理现象,学生学得扎实,理解透彻,体现了新课程改革思想"以教师为主导,学生为主体"。

3. 新课程改革思想主张"师生互动成长",在本节课教学中充分做到这一点,今后要做得更好,使学生积极参与物理学习,培养学生的创新精神和实践能力。

(作者简介:梁正宏,女,汉族,大学文化程度,1987 年出生,余庆县松烟中学物理教师,系遵义市首届名师王文刚工作室培养学员。)

附:遵义市首届名校长余庆县龙家小学工作室活动剪影:

附：名校长培养对象所在学校学术文章收编

高原烛光 >>>

参考文献：

1. 北京：人民文学出版社，2008年5月版刊载文章。
2. 全国农村小学生状况研究报告（节选）．中国妇运。
3. 全国中小学语文课程标准。
4. 2005年6月《江阴教育》北京师范大学数学系朱文芳《建构主义学习理论》。
5. 《小学语文课程标准》;《人本主义教学理论》;《小学语文教学研究》。

作者简介

梁中凯 男,汉族,1962年9月出生,遵义市余庆县龙家小学党支部书记,校长,特级教师,多次兼职于遵义师范学院初等教育学院,成人教育学院,湖南省第一师范学院等的培训教学工作,吉林农业大学研究生支教团兼职导师。参加工作以来,荣获过"全国教育系统劳动模范";国家教育部"全国中小学骨干校长";"香港第四届亚洲柏宁顿孺子牛金球奖";贵州省委省人民政府授予"省管专家"称号;连续25年为国家教育承担规划课题和重点课题;有科研成果多次荣获教育部,省教育厅、省人民政府奖励,有150余篇学术文章分别在《中国教育报》《中小学管理》等发表。